KB218208

하나와 다른 하나

하나와 다른 하나

지은이 신 중 신

1판 1쇄 인쇄 2012년 3월 20일
1판 1쇄 발행 2012년 4월 1일

발행인 김소양

편집주간 김삼주
편집 박은아, 이윤희
기획 전민상
마케팅 김지원, 이희만, 장은혜

발행처 (주)우리글
출판등록번호 제 321-2010-000113호
출판등록일자 1998년 06월 03일

주소 서울시 서초구 양재2동 299-5 남양빌딩 6층
마케팅 02-566-3410 편집 02-575-7907 팩스 02-566-1164
홈페이지 www.wrigle.com 블로그 blog.naver.com/wrigle

ⓒ신중신, 2012

이 책은 저작권법에 따라 보호받는 저작물이므로 무단 전재와 무단 복제를 금합니다.
이 책의 전부, 또는 일부를 이용하려면 반드시 저작권자와 (주)우리글의 동의를 받아야 합니다.

값은 표지에 있습니다.
ISBN 978-89-6426-050-0 03810

*잘못 만들어진 책은 구입하신 서점에서 교환해드립니다.

하나와 다른 하나

신중신 산문집

우리글

머리말

   올해 나는 문단에 등단한지 50주년을 맞았다. 어쭙지않게나마 문학가의 긍지를 심장에 품고 살아온 세월이 반세기를 헤아리다니!

   이 짧지 않은 세월 동안 나는 시에 전념하는 사이, 이런저런 방편으로 참으로 많은 산문을 써 왔다. 수필집만 해도『가난한 영혼을 위하여』『저물녘의 플룻』『한국인의 마음』『꿈꾸는 나그네에게』『시대의 여울목에서』를 펴냈으니 이 산문집은 그 여섯 권째에 자리를 잡는다. 이 말고도 나는 대하장편을 비롯한 소설과 여타의 글들을 엔간히란 말을 넘어설 정도로 집필 출간했다.

   이렇듯 여러 장르에 걸친 작업에 무슨 뾰족한 성과를 얻기는 미상불 어려운 일이겠으나 이 또한 팔자소관이려니 할 따름이다. 확실한 건 나는 시 못지않게 산문 쓰기에도 지속적으로 열정과 노력을 경주해 왔다는 사실이다.

아, 이제 절필의 시간에 임박해서 그동안 내 영혼과 일상의 물무늬가 일렁인 낱낱의 잎과 꽃을 모아 한 권의 산문집으로 엮어내게 되었으나 이를 어쩌랴. 문장은 모름지기 그걸 쓴 사람의 전인격을 여실히 드러낸 다 하니 부끄러운 마음 한편으로, 지금은 그걸 저어할 겨를이 없음을 너그러이 헤아려 주시기를…

아름다운 책자로 묶어준 도서출판 우리글의 김소양 시인에게 감사를 표한다.

2012년 봄 문턱, 관악산방에서
신중신 삼가

차 례

2부_ 풍경 또는 풍정

3부_ 낮은 목소리로

4부_ 글 동네 이야기

1부

살아간다는 것

새해맞이의 추억

　새해를 맞아 많은 사람들이 뜻 깊은 일출을 보러 동해안을 찾아간다.

　바다 저편으로부터 미명의 새벽을 열면서 의연히 솟구쳐 오르는 햇덩이를 바라보면 그 장엄함에 압도당할 만하겠다. 그것도 여느 철이 아닌 겨울에, 묵은해를 보내고 다가오는 새해 아침에 대면하는 태양은 신선한 감동을 불러일으킬 법하다. 이때의 '장엄함'은 다른 날의 그것하고 다르고, '신선함'은 다른 철의 그 느낌하고 구별되면서 어떤 색다른 정서를 환기시키리라. 왜 그럴까?

　그 해답은 자명하다. 떠오르는 해를 바라보는 사람의 마음에 올해는 지난해와는 다르기를, 더 기쁜 일이 많기를 소망하는 간절함이 깃들어 있기 때문이겠다. 아무쪼록 가정엔 행복이 넘치고 사람 사는 세상이 건강하고 좋아지기를… 나뿐만이 아니라 이웃과 국가의 형편도 나아지기를 바라는 꿈이 충만한 탓이겠다. 적어도 일출을 보면서 감동받는 그 순간만은 이런 모든 희망의 총합에 말미암음일 것이다.

　그때의 간절함과 충만함이 연중 내내 지속되긴 어려운 일이다. 시간이

지나면서 그 열정은 퇴색해버리고 때 묻은 일상으로 되돌아가기가 십상이다. 개중에는 그 아침의 다짐과 각오를 지켜 새로운 날을 개척·창조하는 사람도 있겠으나, 비록 일회성의 충동으로 그쳤다 하더라도 크게 낭패하거나 탓할 일만은 아니다. 일시적인 상념에 불과했다고 쳐도 그것만으로도 의미가 전혀 없지만은 않을 게다. 잠시나마 자신을 씻고 깨우쳐서 재충전이 되었을 것이기에. 또 자신의 정신 한 편에 작은 씨앗이나마 뿌려놓았을 것이기에.

나는 새해 벽두에 동해안을 찾아갔던 적이 유감스럽게도 없다. '정동진 해맞이'가 항간의 화제가 된 후로 그런 기회를 가졌으면 했지만 그것도 부지런한 사람의 특권이어서 아예 기대조차 갖지 않았더랬다. TV 화면을 통해 해맞이를 하는 젊은이들의 함성과 양팔의 기개를 보고 가슴이 뭉클해졌을 뿐. 귀로의 정체된 차량 행렬 가운데서도 뭔가 뿌듯해 하고, 피로감을 잊은 채 희희낙락하는 얼굴을 보며 선망의 눈길을 던지곤 했을 뿐이다.

그런 중에 올해엔 새해 열흘 만에 설악산에서 1박을 하며 속초 일원의 바닷가에 나갈 기회를 얻은 건 여간 즐거운 일이 아니었다. 새해맞이 일출 같은 이벤트성 의미를 붙일 수는 없겠으나 앞서 지적한 '씻음' '재충전'의 계기는 될 수 있지 않았을까? 요컨대 이러한 기회와 일정은 마음먹기에 따라 일상적 나들이 이상의, 그야말로 여가선용이 될 듯 하니까.

먼저 낙산 바닷가로 나갔다. 바캉스 시즌이 아닌데도 쌍을 이룬 젊은

이들, 특히 가족과 함께 겨울바다를 찾은 이들이 눈에 많이 띄었다. 아이들은 여전히 모래성 쌓기에 여념이 없고 장난을 좋아하는 청소년들은 해안선을 따라 종종걸음을 치며 물결을 희롱하는데 정신이 팔려 있다. 더러는 덤벙대느라 발목을 적시고 만 앳된 아가씨들도 보인다. 그럴라치면 발을 적시고도 마냥 즐거워 깔깔대는 낭랑한 웃음소리가 겨울 투명한 대기를 흔들어놓는다.

아! 언젠가 그랬던 적이 있었지…

벌써 10년이 지난 일이지 않은가! 그해 겨울 우리 일행은 다섯 부부가 바로 이 해수욕장을 찾아왔더랬다. 한 부인이 자신의 나이도 잠시 잊고 밀려왔다가 포말을 일으키며 잦아드는 파도에 이끌려 물과 뭍의 경계선에서 폴짝폴짝 뛰고 있었으리라. 그러다가 느닷없이 큰 물결이 밀려들자 급히 뒷걸음치던 걸음이 그만 뒤틀려 뒤로 벌렁 나자빠지고 말았다. 대기가 쨍쨍하게 얼어붙은 한겨울 한낮의 일이었다. 일행이 그녀를 보호하기 위해 난리법석을 떨어야만 했다.

아! 그런 적이 있었지… 차디찬 바닷물에 흠씬 젖은 부인은 일변 황당해하며 계면쩍음을 감추지 못하는가 하면, 한편으로는 넋이 빠진 채 부끄러워 살갗이 얼어드는 것도 모르는 양했다. 나중에 수습이 된 후의 첫마디가 언필칭 걸작이었다. 그 순간, 큰 이불자락이 덮씌워오는 것 같더라고 말했다. 그 날벼락의 와중에서 낭패감보다도 남편의 근엄한 표정이 먼저 떠오르더라고. 우리는 고개를 끄덕이었다. 한데, 나중에 곰곰 생각해보면 이게 꼭 액운만은 아니었다. 그 부인은 남편의 지청구나 일행의 걱정쯤은 능히 덮어주고 다독거려 줄 큰 이불의 이미지를 한 생애에 간직하게 되었으니 이 얼마나 보배로운 추억이랴.

　바로 그 해안 모래톱 위로 여전히 푸른 물결이 흰 거품을 물며 밀려왔다가 부서지고 있었다. 저 파도는 작년에도, 10년 전에도, 그리고 영겁 이전에도 힘찬 율동과 젊음의 포효와 끈질긴 빛남을 보여주었을 게 아닌가! 그걸 바라보던 내가 무심코 "지칠 줄 모르게 밀려드는군" 하고 중얼거리자 옆에서 귀동냥해 들은 일행 중 부인 누군가가 "어머, 지칠 줄 모르게란 말이 참 그럴싸하네요" 하고 맞장구를 친다.
　살아가며 맞닥뜨리는 이런 시간, 겨울바다의 풍광과 부서지는 파도에의 인식, 더불어 살아가는 사람과의 인연과 체험. 이것만으로도 이 세상이 어찌 복되다 하지 않겠는가? 또 이런 추억쯤은 누구나 공유할 것이고 이와 같은 느낌은 어떤 사람이든 공감할 것이기에 이웃을 타인이랄 수 없겠다.
　해가 뜨는 동쪽, 그 동해안에 시푸른 물결이 넘실대는 국토에서 새해를 맞는 겨레, 그 복락 무궁할진저.

청춘은 아름다워라

　내 고향은 바다에서 멀리 떨어진 읍촌이다. 동서남해와의 거리가 비슷한 정도일 만큼 내륙산간 분지에 속한다.

　참으로 민망스런 고백이지만, 나는 고교를 졸업할 때까지 바다를 본 적이 없다. 수학여행쯤으로라도 대면할 기회가 있으련만 그런 행운조차 갖지 못했다.

　대학에 진학할 꿈도 못 꾸고 코가 석 자나 빠진 채 집안에 처박혀 있던 그해, 추석을 앞두고 대도시 부산에서 기별이 왔다. 나와는 내외종간으로 초중고교를 같은 학교에서 동 학년으로 공부했으며, 역시 그해 대학에 진학치 못하고 부산 형님 댁에 기거하고 있던 사촌의 청이었다. 얘기인즉, 형님 가족이 한가위 지내러 귀향하게 되었으니(언감생심) 부산으로 놀러오라는 거였다. 오, 부산! 국내 제일의 항구도시. 하지만 당시엔 도내에서 가장 멀리 떨어져 있기에 비포장도로를 열 한 시간은 족히 달려야 하는 그곳을!

　한니발이 대군을 이끌고 알프스산맥을 넘듯 나는 단신의 몸을 부산에 입성시켰다.

그런데, 그런데 말이다. 공교롭게도 이날 밤 태풍 사라호가 남해안 쪽을 거세게 할퀴었고, 내가 묵었던 형님 집은 그 태풍이 타깃으로 삼기라도 한 것 같았던 부산의 영도구 일우였다. 집 가까운 곳에 한국 굴지의 조선소가 자리해 있어선지 밤 내 지붕 함석판이며 간판 따위가 어지러이 날려 촌놈의 심장을 얼어붙게 하기에 충분했다. 이불을 뒤집어썼을 게다. 이건 훗날 연결시킨 바이지만 자연의 위력, 거대한 흰 고래와의 사투, 허먼 멜빌의 세계, 특히 '대양에서 풍화뇌전과 맞서 싸워본 경험이 없는 사람은…' 는 식의 힘찬 문장(장편소설 「백경」)을 모름지기 예감한 시간이기도 하다.

이튿날, 꽤나 부지런하게도 이른 새벽에 일어난 사촌은 눈두덩을 문지르는 나를 끌고 바닷가를 찾아 나섰다. 말은 하지 않지만 나의 바다와의 만남을, 그 장도를 기념코자 하는 장엄한 의지가 내비쳤다. 오래 걷지 않아서 간밤의 난장판과는 사뭇 다른, 가옥이나 인적이 없는 한적한 바위 투성이의 해안에 이르렀다. 아, 이게 바다란 말이지! 물결은 마치 수줍은 새댁 같은 몸짓으로 바위를 스적이고 있었는데, 바위란 게 우리 고향의 강변에 있는 희고 매끄러운 결이 아니라 검붉고 칙칙하기만 한 외간사내 꼴이었다.

사촌은 나보다 한 살이 위로 체격이나 공부, 철든 거나 챙기는 따위가 언제나 한 수 위였다. 그는 잠시 물결을 응시한 후 아무런 말이 없이, 마치 종교의식을 치르듯 윗옷과 바지, 그리고 내의를 차례로 벗은 다음 고즈녁이 물속에 몸을 담갔다. 추석 때니 물이 차가울 건 당연하다. 나 역시 아무런 말이 없이 그가 한 동작을 그대로 흉내 내며, "어, 차다!"란 말이 절로 나오려는 걸 참고 바다 속으로 몸을 쑥 디밀었다. 그는 주위를 헤엄치는 양했지만 나는 쫄아들어 생념을 내지 못했다. 타월이라는 것도 챙겨가지 않았으니 맨몸의 물방울을 터는 둥 마는 둥 하고는 옷을 챙겨 입었다.

그리고 나는 결혼을 해서 신혼 둥지를 서울 수유리 쪽에 틀었다.

아내는 부산서 성장한 터라 서울은 생판 낯선 곳이었다. 배가 만삭이던 무렵에도 이 무정한 촌놈 기질로 단칸셋방에 아내를 던져두고는 허구한 날 술추렴에 밤이 깊어서야 귀가하기 일쑤였다. 어이구, 이런 경우 팔로군 되놈이나 산적 같은 루스케일지라도 구원의 여지가 있겠지만 경상도 떨거지 사내놈은 싹수가 노란 법이다.

내가 근무하던 회사는 서울역 가까운 데 위치하고 있었다. 추석 어간의 어느 오후일 게다. 뜻밖에 아내의 전화가 걸려왔다. 한데, 희한하게도 서울역에 나와 있다는 거며, 짬을 만들어 나올 수 없겠냐는 거다. 왜?

"그냥… 혹시 나올 수 있다면 인천쯤엘 나들이하고 싶어서요. 바닷바람을 쏘였으면 해서… 어떨까요?"

말이 한껏 느려지고, 음성이 축축했다. 나는 경상도 사내이긴 하지만 결코 곰탱이는 아니다. 그래, 잠시만 기다려. 좋구 말구. 나는 이 말 외엔 다른 말없이 총총 자리를 박차고 나와 우리 인연의 바다 속으로 몸과 마음을 쑥 디밀어 넣었다.

　인천으로 가는 철길 가에는 코스모스가 청초한 모양새대로 하늘하늘 흔들리고 있었다. 어떻게 저떻게 찾아간 당시 월미도는 도로에서 벗어나 바다 쪽으로 바윗덩어리들이 숱하게 굴러 늘어선 형상이었다. 그 바위들 역시 영도를 빼닮은 듯이나 불그칙칙하기는 매일반이었다. 해질녘이어 선가, 바다에는 녹슨 철선이 흡사 김동인의 '배따라기 가락'인 듯 느릿느릿 미동하고 있었다. 바위들 틈새엔 어느새 '배따라기 여인' 같은 아낙네들이 저 19세기 식 카바이드 등을 켜놓고 저녁장사 채비가 한창이다.

　우리 내외는 눈 그리메 드리우며 멍게를 씹었고, 나는 콧잔등이 시큰해 올 때마다 '참 소중한 당신'을 눈시울로 품어 안으며 쐬주를 목구멍으로 털어 넣었다. 이 무렵엔 풍경이며 인사人事 어느 것인들 서럽지 않은 것이 있으랴만 아, 그러나 우리는 젊었기에 청춘은 아름다워라 그것 아니었던가.

우리가 소망하는 것

　한 해가 저물고 새해가 밝아오는 어간에 영주 부석사에 들릴 기회를 가졌다. 연전에 다녀갔을 땐 이 고장의 자랑인 꿀맛 사과가 제철을 자랑하던 시기였던지라 같은 산천도 계절을 달리해서 대하니 새로운 느낌을 불러일으켰다. 어찌 느낌뿐일까? 생각을 고치고 다른 시각으로 풍정을 접하니 미처 몰랐던 경이감까지 얻을 수가 있었다.

　겨울은 정겨운 산하를 헐벗겨 일견 메마르고 삭막한 경치를 보여주게 마련이다. 그러나 이런 견해도 상식에 안주해버린 일부의 생각일 따름이다. 산행을 즐기는 사람들은 대체로 겨울 풍치를 제일로 치기도 하니까 말이다. 이와 같은 선호는 산이 일체의 번거로운 꾸밈이나 의장意匠을 떨쳐버린 본성 그대로의 살결과 상태를 드러내기 때문일 것이다.

　그러한 배경 속에서 이 유서 깊은 절의 탁 트인 전면으로 질펀하게 전개되는 원경을 조망하고 있던 참이다. 고개를 돌리면 국보 17호인 부석사무량수전앞석등이, 이어 국보 18호인 부석사무량수전이 보이는 바로 그 문루門樓 쪽에서였다. 전경의 첩첩 산등성이가 그야말로 일망무제다.

자연스레 그 경치가 화제가 되자 일행 중 홍용선 화백이 거들고 나섰다.

"그 얘기 못 들었어요? 미술사학자 최순우 선생이 쓴 어느 글에서, 부석사 무량수전 배흘림기둥에 기대서서 바라보는 전경이 한국의 절경 중 제일이라는 것 말이예요? 그 지적을 염두에 두고 천천히 관상해 보세요."

이 말을 듣고 보니 과연 범상치 않은 절경이다. 눈앞으로 펼쳐지는 전경은 능선 위에 다른 능선이, 그 뒤로 또 희미한 산등이 굽이치고 있어서 흡사 망망대해에 파도가 넘실거리는 형용이다. 가까운 능선 위에는 나무의 실루엣이 겨우 식별될 정도일 뿐 그 외엔 겹겹이 굴곡을 짓는 형태의 넘실댐이다. 산세山勢의 파도이자 선율이다. 힘찬 약동이자 평화로운 하모니이다. 극히 동적이지만 그것은 완만하고 원만한 흐름이다.

저 장관이야말로 예대로인가 하면 미래를 예감할 현재상이기도 하다. 알프스 산록이나 그랜드 캐넌 협곡과는 판이한, 어디로 보나 한국적 산하요 풍정 그것이다. 고개를 돌리면 한국인의 심미와 예술적 기량이 뽑아 올린 석공예, 목조건축의 진수를 보여주는 본전, 그 본전 안에는 또 우리 겨레의 심성과 믿음의 결정체인 국보 45호 부석사 소조여래좌상이 안치되어 있으니 여기에 서 보면 우리의 자연과 인사人事에 절로 어깨가 펴진다.

이럴 수가? 우린 이쯤에서 잠언 하나를 깨우쳐야 마땅하다. 연전에 마주쳤을 땐 대수롭잖게 시야에 들어왔던 게 오늘 다른 지식, 새로운 인식으로 대하고 보니 그것이 놀라운 경이감을 자아낸다는 것, 우리가 살아가면서 짐짓 놓쳐버리고 간과해버린 것 가운데에 진실로 값지고 아름다운 것이 엄존한다는 것, 때문에 상식에 안주하고 현상에만 집착함에는 답보와 퇴영退嬰뿐이라는 점에 눈을 떠야 하리라.

　지금 우리나라는 매우 어수선한 사회상을 드러낸다. 해방 이후 이 정도의 어수선함이나 혼란쯤 겪지 않은 때가 있었더냐 한다면 대답이 옹색해질 밖에 없긴 하다. 그동안 건국기의 안간힘, 산업화의 용틀임, 민주화의 숨 가쁨으로 영일이 없었다. 그런데 이러한 급변과 성취가 너무나 빨리, 일변도로 이루어진 역작용으로 인해 지금 가치관의 혼란과 공박이 예사롭지 않은 국면으로 접어들고 있다.

　이를 큰 가닥으로 대별한다면 남북한 문제와 과거사 정리로 요약이 될 것이다. 이 글로벌 시대에, 첨단과학과 국제경제가 무한경쟁을 벌이는 오늘날에 우리의 힘은 민족 내부의 문제에 매달려 있는 셈이다. 이것은 차후로 미룰 수 없는 과제이기도 하겠지만 다른 한편으론 번영의 문전에서 발목을 잡는 짐이 되기도 할 것이다. 가파른 국제정세를 감안하면 그 어느 때보다 더 민족적 슬기와 난관을 돌파하는 예지가 요구되는 시점이다. 다른 나라가 선진국 대열에 진입하려는 직전에 추락한 사례를 꼭 기억해야 하기 때문이다.

　문제는 그것이 이 시점에서 합당하냐 아니냐 하는 점이나, 그 추진의 강도가 국민의 동의를 얻었냐 아니냐 하는 데 있는 게 아니라 이 논란 과정에서 국론이 양극화되고 이분법적 적대화로 치달음에 있다. 그것은 개혁이라는 명제를 두고 해묵은 보수·진보의 편가름과 싸움으로 나타난다. 왜 이 두 개념이 공공의 적이 된단 말인가? 보수는 인간 삶의 안정, 자유, 성장, 경쟁에 가치를 두고, 진보는 변화, 평등, 분배, 협동을 중시하는 가치관이니 이의 공존과 상호보완이 바람직한 구도일 텐데 말이다.

다시 한 번 우리는 인류에 대한 현명한 조언자 에머슨의 탁견에 귀를 기울여야 마땅하다.

'우리들은 봄과 여름에는 개혁자이지만 가을과 겨울에는 보수의 쪽에 선다. 아침엔 개혁자이나 밤이 되면 보수주의자가 된다. 개혁은 적극적이며 보수는 소극적이다. 전자는 진리를 목표로 하고 후자는 안녕을 목표로 한다.'

두 가치는 이런 관계이다. 물론 에머슨의 견해는 지나치게 단선·단정적이라는 말을 들을 만하겠지만, 인생에는 진리와 안녕이 다 함께 필요한 요소임은 분명하다. 그러므로 어느 쪽이 선이고 다른 쪽은 악이라는 이분법은 결코 용납될 수 없다. 한 걸음 물러서서 바라보고 다른 사람의 입장을 배려한다면 지금 이때야말로 어수선함에서 벗어나 도약과 융성을 한껏 도모할 시점이지 않은가?

내가 두 번째 부석사에 들린 날은 한낮이었다.

부석사는 서향西向으로 좌정하고 있어 해질녘에 전경의 아름다움이 압권을 이룰 게다. 어쩌면 앞서 지적한 말이 '황혼 무렵에 부석사 무량수전 배흘림기둥에 기대서서 바라보는~'라고 했던 걸 내가 정확히 기억하지 못했을는지 모른다. 그렇다면 내가 세 번째 오게 된 때가 마침 저녁참이라면 실로 그때는 다른 감흥과 경탄에 빠져들게 될 터이다.

붉게 타오르는 서녘하늘을 배경으로 저 산하의 검붉은 선과 형태가 짓는 음영, 이를 에워싼 공간의 질량감에 넋이 빠진 채 이런 생각에 잠겨들 법도 하겠다. 사람은 왜 태어났으며 이승을 하직하면 어디로 가는가? 현실 삶은 과연 눈 깜짝할 사이, 즉 수유須臾에 지나지 않으며, 영원이란 무엇을 말함인가? 내가 오늘 왜 여기에 서 있고 이 인연은 무슨 의미를 지녔단 말인가? 누가 여기에 산문 하나를 열어 어떤 희원을 이루자고 했던 것일까?

특정한 곳은 예나 이제나 다름없고, 그 본질 또한 변함없으되 보는 사람에 따라 달리 바라보이고, 그 한 사람에게도 보는 시간대에 따라 느낌을 달리한다. 들은 귀에 따라, 저마다의 이해와 새김에 따라 인식의 감흥이나 농도가 판이해진다. 이와 같은 작은 사례에서 우리는 큰 교훈을 터득할 수가 있다. 우리 사회 현상에 대한 시각이나 혼란에의 대처 또한 이런 도량으로 헤아려지고, 접근이 되었으면…

우리 민족은 바야흐로 날개에 힘을 얻어 창공으로 솟구쳐오를 그 '때'를 맞고 있다. 이 호기好機에 있어서도 '추락하는 것은 날개가 있다'는 금언을 모름지기 되새겨볼 일이다.

생명 개체에 대한 존중

나는 TV 채널 가운데 '내셔널 지오그래픽'을 즐겨 시청하곤 한다. 아프리카 평원 야생동물의 생태, 지구의 허파라 하는 아마존 유역의 다양한 종의 분포, 그리고 태평양 해양생물들의 생명활동을 보노라면 여가선용에 더해 유익한 지식의 축적, 때로는 깊은 감동에 빠져들기도 한다.

예컨대, 미주 서해안에서 관광객들을 태운 선박 옆으로 고래가 접근하여 물을 뿜어 올리며 함께 희희낙락하는 장면, 샌프란시스코 선창이 해달의 서식처로 점거되면서 사람의 출입을 제한하고 있다는 화면, 내레이터가 바다사자의 근황을 전하면서 "남획을 강경하게 규제함으로써 급속도로 개체수가 회복세에 있다"고 힘 있는 진단을 하는 것에서 나는 절로 코끝이 시큰해진다.

또 이 채널에선 희한한 사람들의 쉽지 않은 행동을 추적하는 프로그램도 이따금 보여준다. 이를테면 위험에 빠진 해양생물들을 구조하는 팀의 활약상이 그것이다. 저 광대한 태평양 곳곳에서 어민들이 설치한 그물망에 갇혀 질식 직전에 놓인 덩치 큰 해양 포유류, 낚싯배가 버린 폐그물에 목이 휘감겨 고통의 몸부림을 보이는 바다표범, 바다사자, 해달 등을 위험을 무릅쓰고 구하는 이들의 고군분투에는 가슴이 뭉클해지지 않을 수 없다. 구조팀의 노력은 이 지구상의 모든 생명체는 공히 신의 피조물이라는 인식과, 이 세상은 더불어 살아가는 공간이란 확고한 믿음을 그 어떤 웅변보다 더 설득력 있게 펼쳐 보인다.

이런 프로그램을 시청할라치면 저 채널이야말로 성경 메시지에 부합하는 매체이지 않을까 하는 생각이 들 정도이다. 어떻든 세말을 예고하며 우리에게 올바른 삶의 길을 제시한다는 측면에선 상통하는 점이 살펴지기도 한다. 적어도 나일론 끈에 목이 옥죄여선 탈진해 죽음에 이른 생명 개체를 구하고자 파도와 날카로운 해안 바윗돌 틈에서 진력하는 구조 팀원의 헌걸찬 모습은 우리 시대, 우리 현실세계의 사도상使徒像이요 복음의 빛이지 않겠는가?

바다낚시에는 무지몽매하고 조금도 맛들일 기회조차 갖지 못했던 내가 언젠가 서해 저 멀리 동떨어진 바위섬에서 며칠간 지내며 낚싯줄을 바위벼랑 아래로 던져본 적이 있었다. 때는 무더운 여름이고 커다란 모기가 그악스레 달라붙어 여간 곤혹스런 게 아니었지만 이 생소한 도락에 빠져 곁눈을 팔 겨를은 없었다. 한데 미끼로 쓰는 지렁이를 방치한 불찰로 뜨거운 햇빛 아래 신선도를 잃어버렸기에 내 낚싯대가 공허하게 하루해를 넘기고 만 건 너무나 당연한 일이었다.

한데 나는 서툰 데서 그치는 게 아니라 미련하기 짝이 없는 게 문제다.

바위벼랑 밑에 거센 물결이 회오리치는지, 낚싯줄을 끊어먹는 아가리가 숨어 있는지, 겨우 납덩이를 묶고 낚싯바늘을 매달고, 구역질을 참으며 미끼를 꿴 채 던져 넣었다간 이내 어딘가에 엉겨서 결국 낚싯줄을 끊어먹기가 일쑤였다. 수십 개의 납덩이와 그보다 많은 낚싯바늘과 또 수십 미터 길이의 낚싯줄을 저 심해 깊숙이 밀어 넣은 셈이다.

선무당이 사람 잡는다는 우리 전래의 속담은 이 경우 나에게 딱 들어맞는 말일 것이다. 아니, 재주 없는 건 봐준다 치더라도 미련퉁이는 용서할 수 없다는 격언도 예외가 아닐 것이다. 중국작가 모옌의 장편 「풍유비둔」에 '그러나 엄마는 그 일을 제지할 능력이 없었는데, 왜냐하면 상관집의 딸들은 남자에 대한 감정의 싹이 트기만 하면 여덟 필의 말로 잡아끌어도 돌이키지 못했기 때문이다. 엄마는 절망적으로 눈을 감았다'라는 구절이 있는바, 내가 줄을 끊어먹으면서도 계속 그 도로徒勞를 되풀이하던 때는 열 필의 말로 잡아끌어도 돌이킬 수 없었을 터이다.

살아가는 일은 모름지기 부끄러움의 더께를 두터이 하는 일일는지 모른다. 나이 들어갈수록 한 가지 지혜로워지는 건 왜 그땐 그걸 몰랐을까? 하고 뉘우칠 줄 안다는 점이다. 왜 나는 해양생물의 보금자리인 푸른 바다에 납덩이와 낚싯바늘, 어쩌자고 그 많은 낚싯줄을 끊어 넣었단 말인가! 그 싱그러운 물살에 세세대대 하염없이 흐느적일 낚싯줄들을 생각하면 정말 모골이 송연해진다. 이 점에서도 '내셔널 지오그래픽' 채널의 교훈이 나로 하여금 부끄러움에 생각이 미치도록 하였으니 그 또한 유익하다 하지 않으랴.

늦다고 한탄할 때가 그중 빠르다는 희망적인 지론이 있다. 나는 이제 낚싯줄을 바다 속에 던져 넣는 우를 범할 일은 없을 게다. 내가 머물다 떠난 뒷자리를 심각하게 염려할 것이다. 그래서 바다표범 바다사자 해달을 구할 기회나 능력은 갖지 못했으나 주위에 꼼지락대는 곤충이나 벌레 따위라도 나에게 해를 끼치지 않는 한 우호적으로 대한다. 잘못 거실로 들어온 거미 한 마리도 베란다의 화분 사이로 내보낸다. 그들이 태어난 당위성을 인정하고, 공존해 나가야 할 상대로 존중하는 마음을 뒤늦게 가진 탓이다.

겨울 바닷가

네 부부가 동반하여 1박 2일의 짧은 일정으로 강원도를 다녀왔다. 십
년 가까이 정기적으로 갖는 나들이여서 여느 사람들의 휴가 기분 내기와
별 다름없는 그저 그런 스케줄에 범속한 행태를 답습하는 나들이였다.

이를테면 설악산 쪽의 콘도에 짐을 풀기가 바쁘게 부인네들은 주방 쪽
에 들러붙어 음식 장만에 분주하고, 남자들은 목을 빼고 기다렸다가 그
것 아니고 무슨 일이 있냐는 듯 술판을 벌인다. 술판이 길어지기라도 할
것 같으면 소시민 부인들은 눈치를 보다가 지겨운 표정을 감추지 못한
채 마이웨이를 선언하듯 우르르 사우나나 노래방 같은 데로 몰려가버린
다.(하지만 이내 시큰둥한 얼굴로 맥이 빠져 돌아오는 건 불문가지다.)

이튿날이면 좋은 공기도 이만큼 마셨고(?) 또 한편으로는 부인들에 대
한 미안함을 떨쳐내기 위해 으레 주문진 쪽으로 차를 몰아 횟집을 찾아
들게 마련이다. 아, 대한민국에 태어났음의 이 유족함 – 적어도 광어회,
해삼 멍게, 오징어 물회가 그득한 상을 마주해서 소주병을 딸 때의 느낌
은 언제나 이러했다. 이런 과정이 그저 그런 스케줄에 범속한 행태 아니

고 무엇이랴.

그런데 이번 나들이는 무언가 달랐다. 제가끔 시간을 낼 수 있어 평일을 택한 것도 일조를 했음 직하다. 하지만 그것으로 설명되어질 수 없는 어떤 것, 응당 그렇게 해야 함에도 대개는 숙취와 귀로의 정체를 피하고자 서둘러 떠나와야 했기에 간과한, 전에는 가져보지 못했던 짧은 후렴 같은 향유를 이번에는 누렸던 탓이다.

주문진 횟집을 나왔을 때 누군가가 바다를 바라보며 해변을 좀 거닐어보자고 했다. 지척의 거리에 한적한 어촌이 있다는 귀띔과 함께 거기 분위기 좋은 찻집 창가에 앉아 커피 한 잔으로 폼을 잡자는 거였다. 그래서 남애리 포구를 찾게 된 것이다. 너무나 당연한 수순이어서 말을 꺼낸 자체가 싱거운 노릇일 게다.

남애리는 작고 조용한 어촌이다. 선창에는 작은 어선들이 한가롭게 정박해 있고, 호젓한 등대와 거기에 버금되는 방파제가 아기자기하게 뻗어 있다. 겨울철 주중이어서인지 사람의 기척이 전무한데다 바람도 잔잔해서 푸른 해면이 눈이 시릴 정도로 투명했다. 갈매기는 어쩌자고 애잔한 소리를 흩뿌리는지… 아! 이것이 겨울바다라는 것이구나 하는 별난 느낌이 절로 솟구쳤다. 바람이 잔잔하다 했지만 역시 바닷가인지라 머리카락이 흩날리자 부인네들은 신경을 썼으나 그런대로 한동안 산책을 즐겼다.

모든 생명체는 귀소본능歸巢本能, 달리 말하면 회귀본능을 지녔다고 한다. 때문에 인간은 세상에 나오기 이전의, 따스한 양수에 에워싸여 공포와 근심이 없는 그 안락함 – 생존경쟁에 연연하지 않아도 좋은 평화로운 모태인 자궁을 그리워하며 그리로 돌아가고자 하는 욕구를 지녔다는 말이 설득력을 갖는다. 하물며 모든 생명의 모태라 일컬어지는 바다와 호젓이 마주했을 때는 아무리 무의식 심리의 근저에서라 할지라도 어떤 반응이 없을 것인가? 영원한 자궁 앞에서!

겨울바다는 세파의 번잡스러움, 소음, 찌꺼기를 모두 씻어주고 걸러내어 무언가 본질적이고 본성다운 이미지를 현현한다. 방파제에서 머리카락을 흩날리며 한참을 거닐다보니 어떤 교감이 이루어지는 것 같다. 다른 것의 개입이 없이, 혹은 침해와 지배로부터 벗어나 자유로움 가운데 대상을 조우하면 어찌 오묘한 이해가 싹트지 않을 것인가.

우리 일행은 바다를 등지고서 어디에 예의 그 분위기 근사한 찻집이 있을까 눈어림하다가 '하얀 집'이란 상호가 보이자 저 집이다 싶어 들어섰다. 찻집 내부는 우리의 기대를 저버리지 않았다. 실내는 가스스토브로 알맞게 따뜻했고, 벽면에는 잡다하게 시와 그림으로 도배해 놓은 데다 노래방 시설까지 갖추고 있었다. 이래서 시끌벅적하게 노래판이 벌어졌으며 나는 좀 전에 스쳤던 시흥이 있었던지라 객쩍게(내가 쉽게 외울 수 있는) 나의 데뷔 시를 낭송하기도 했다.

돌아오는 길에 이구동성으로 이번 나들이가 가장 보람되고 근사했다는 말들을 나누며 모름지기 흔흔한 자족감에 빠져들었다. 무언지 모르나 저마다 조금은 고상해져 있거나 아니면 고상한 시간을 즐겼다는 얼굴이다. 이럴진대 소시민들이여, 되도록 짬을 내 바닷가에서 머리카락을 흩날려 보고 머리를 씻는 시간을 갖게끔 유의할지어다.

강보에 싸인 아기가 밀려왔다

　우리 가족은 지난 수년간 한 아이를 가까이 대하며 무척 사랑해 왔다. 가톨릭 본명으로 요셉이라 부르는 이 아이에 대한 화제는 언제나 우리 일상에 생기를 북돋아 주었고, 가족끼리 데면데면한 경우가 있을라치면 그 애의 이야기를 꺼냄으로써 슬그머니 넘기기도 했다. 우리 집 곁에 살다가 다른 동네로 이사를 가버렸기에 오래 보지 못할 땐 일부러 불러서 놀다가게 했고, 여건이 맞아 떨어지면 이틀이나 사흘쯤 묵어가는 일도 드물지 않았다. 녀석이 그만큼 붙임성이 좋고 우리의 기대를 충족시켜 줄 만큼 정애로써 보답하기 때문일 게다.

　그 아이는 내 쪽에서 보자면 처조카 쪽 소생이다. 태어나 유년기를 보내던 무렵엔 담 하나를 사이한 이웃으로 살았으므로 자주 우리가 맡아 돌보아주는 사이에 솔기솔기 정이 들었다. 한때는 우리 내외 얼굴을 볼라치면 흡사 제 엄마로부터 자기를 떼어놓는 마귀나 되는 것처럼 질겁하며 울음을 터뜨리곤 하던 녀석도 어느 시점부턴가 적응을 하더니 급기야는 쩨잘걸음으로 제 쪽에서 찾아오기에 이르렀다.

말문이 터진 후 기발한 말솜씨로 우리를 놀라게 해주던 때에 그 아이 집이(서울 시내지만) 먼 동네로 이사를 가버리자 주위가 갑자기 적막해진 느낌이었다. 그래서 우리가 부르기도 하고, 더러는 아이가 제 부모한테 칭얼대기도 해서 우리의 만남은 지속될 수가 있었다. 나는 세상의 그 누구보다 이 아이와 포옹이나 입맞춤을 많이 했다. 요셉은 선천적으로 뛰어난 표현력을 갖고 있어서 매사에 우리의 가려운 데를 살살 긁어주는 양이다. 어찌 우리 가족의 왕자님이 되지 않을 텐가!

얼마 전에 TV를 통해 체코 영화 〈콜리아Kolya〉를 감명 깊게 시청했더랬다. 잔 스베락 감독에, 루카스 역을 감독의 아버지인 즈데넥 스베락이 맡은 1996년 작으로, 그해 아카데미 외국어영화상을 수상하여 동구권의 영화예술 명예를 세계에 드높인 작품이다. 배경은 소련군이 재차 진입한 1988년의 프라하를 중심으로 삼고 있다.

스토리를 요약하면 이러하다. 주인공 루카스는 저명한 첼리스트였으나 동생이 서방으로 망명한 탓에 당국의 블랙리스트에 올라 교향악단에서 내쳐진 후, 장례식장의 합주 멤버로 근근이 생계를 꾸려나가는 처지로 곤두박질쳐지고 말았다. 그는 승용차를 갖고 싶던 차에, 지면이 있는 사람으로부터 체코 영주권을 취득하고 싶어 하는 소련 여인과의 위장결혼에 응해 준다면 응분의 보수를 받을 거라는 제의를 받고는 승낙한다. 레닌그라드(현재의 페테르부르크)에서 온 젊은 여인은 다섯 살짜리 아이를 데리고 왔는데, 위장결혼식을 올리고는 통역사로 서베를린으로 간 뒤 망명해버려 루카스는 얼토당토않게 아이를 떠맡을 수밖에 없는 난처한 입장에 빠졌다.

한데 콜리야라는 이름의 아이는 러시아인으로 그 나라말을 잘하는 탓에 소련 진주군에게 귀염을 독차지한다. 루카스는 아이를 도무지 귀애할 처지가 아니었으나 시일이 지남에 따라 차츰 인연이 얽혀져 정분이 모락모락 피어난다. 그는 낙천적이며 난봉꾼 홀아비로 지내왔고, 콜리야는 어떻든 고아가 된 터에 둘은 등을 붙이고 살아갈 밖에는…

어느 날, 루카스는 아이를 데리고 나들이를 나간 지하철에서 콜리야를 잃고는 애면글면하다가 되찾게 된 순간, 아이는 힘차게 루카스의 품에 파고들었고 사내는 아이를 깊이 포옹한다. 국경도 사상의 벽도 초월하는 인간애의 한 결정結晶을 보여준다.

이후의 이야기는 멜로드라마의 범주일 것이다. 위장결혼 혐의로 내사가 시작되어 아이와 결별해야 할 위기가 닥치자 둘은 지방으로 도피한다. 그 후, 제2의 '프라하의 봄'이 무르익어 민중항쟁에 의해 체코는 개방의 길로 들어섰으므로 콜리야의 엄마가 찾아와 아이를 데리고 떠난다. 루카스는 상실감에 휩싸일 밖에 없으나 다시 교향악단으로 복귀한데다 아름다운 소프라노(장례식 합주 멤버였던)와 결합할 것이라는 암시로 페이소스는 상쇄된다.

이 영화는 체코 태생으로 파리에 망명한 작가 밀란 쿤데라의 장편「참을 수 없는 존재의 가벼움」과 많은 유사점을 띠고 있어 눈길을 끈다. 소설의 주인공 토마스는 대학병원의 저명한 외과의였으나 당국으로부터 배척을 당해 창문닦기 청소부로 전락한 낙천적인 위인이다. 첫 부인과는 이혼한 뒤로 새 애인을 바꿔가며 정사 행각을 벌인다.

「참을 수 없는 존재의 가벼움」과 〈콜리야〉만으로 본다면 사회주의 체제의 경직성에 대한 보상으로 여겨질 정도로 성 개방 풍조가 두드러진다. 토마스가 편력하는 상대는 화가 사비나, 처녀 데레사 외에 여러 귀부인들이 있는가 하면, 루카스 또한 침실이 허전할 때면 전화 다이얼을 돌려 "허벅지를 꼬집다 보니 그대 생각이 나지 않겠어?" 라는 한 마디 말에 소프라노, 여대생, 유부녀가 득달같이 쫓아온다.

그러나 이 두 편은 1968년의 '프라하의 봄' 이후의 짓눌린 사회와 그로부터 꼭 20년 후인 88년의 '프라하의 봄' 의 간격만큼 그 결말을 달리한다. 그들(등장인물 공히) 어깨 위에 드리운 짐이 무겁든, 너무나 가벼운 것이든 그것은 지난 세월 체코의 비극과 무관할 수는 없으리라. 소설과 영화라는 장르 속성상의 차이로 볼 수도 있겠으나 종국에 토마스가 어처구니없게 죽음을 맞고, 루카스는 미소를 떠올리는 대비는 어쨌든 시대상의 표징으로 받아들여진다.

밀란 쿤데라는 이 소설에서 정말 의미심장한 에피그램 하나를 피력하고 있다. '어떤 짐이 누구의 어깨 위에 떨어졌다고들 말한다. …짐의 무게에 쓰러지고, 그것에 대항해서 싸우고 지거나 이기거나 한다. …그녀의 드라마는 무거움의 드라마가 아니라 가벼움의 드라마다. 사비나의 어깨 위에 떨어진 것은 짐이 아니라 존재의 참을 수 없는 가벼움이다.'

우리 집에 자주 찾아오는 요셉이란 아이는 이제 초등학교 2학년에 올라 있다. 학교에서는 '회장'(우리 집에서의 왕자님 대신에)이 되었고, 수업을 마치고 돌아와서는 태권도 도장, 미술학원에다 집에서는 제 엄마한테 피아노 레슨까지 받는단다. 방학이 있다지만 앞으로 거기에도 기대를 걸어서는 안 될는지 모른다. 녀석이 이날까지 우리에게 여일하게 보여준 그것 ─〈콜리야〉에서는 단 1회성으로 그쳤던 그것, 가슴으로 확 뛰어들어 포옹해준 애정 표현과 진정성을 언제까지 보여줄지 모를 일이니까.

그 안겨듦이 이제는 내게 무거움일까, 가벼운 것이 될 것인가? 흡사 콜리야를 그 엄마가 데려가듯이 태권도, 미술학원, 피아노 레슨… (더 생각하면 현기증이 날 지경이다) 따위가 우리를 떼어놓는다면? 아니, 그 아이의 양양한 성장이 나에게서 멀어지게 할 때는? 정말 사람 사이의 정이란 게 무거움인가, 가벼움인가? '사랑하는 것은 사랑을 받느니보다 행복하나니라'(청마 유치환의 시)에서의 그 행복조차 무거움일까 가벼움일까?

제비꽃눈 눈뜸

누구인들 이만쯤의 추억이 없으랴?

내 초등학교 1학년 때의 담임선생님은 읍내에서 소문이 난 만큼 예쁜 처녀였다. 그래서일까, 그분에 대한 나의 느낌은 미당 서정주가 「내 영원은」이란 시에서 '가단 가단/ 후미진 굴형이 있어// 소학교 때 내 여선생님의/ 키만큼한 굴형이 있어/ 내려가선 혼자 호젓이 앉아/ 이마에 솟은 땀도 들이는' 이라고 읊은 그것과 크게 다르지 않을 성싶다.

또 5~6학년 무렵엔 이성에의 감정이 불분명한 채로 동급생 중 예쁘고 공부 잘하는 여자애를 장래의 배우자로 떠올려보다가 다른 깜찍스럽고 귀여운 아이가 생각되자 어느 한 쪽을 젖혀두기가 아까워 둘 다 취하는 것으로 공상한 적도 있었다. 미당의 이성에 대한 눈뜸도 이와 생판 다르지 않았겠지만 워낙 시선詩仙의 경지에 오른 탓으로 여선생님의 이미지를 '지천명의 안락처'로 변용시켰을 게다.

아마도 그만 때이리라. 휴전이 성립된 쯤일 테니 어지간히 어렵던 시절이다. 여학교 졸업반이었던 누나가 친구 두어 명과 함께 어쩐 생심이 났던지 군 경계가 인접한 합천 해인사로 놀러가면서 나를 데리고 갔더랬다. 다른 기억은 전무하다. 다만, 귀로에 트럭 짐칸을 이용해서 돌아오게 되었는데, 날씨가 싸늘해진 무렵이어서 그런지 누나 친구 중 그중 예쁜 누나가 나를 자기 무릎 위에 앉혀주었다. 숙맥인 대로 덜렁 앉긴 했으나 차츰 마음이 삽상해지는 게 아닌가? 쑥스러움은 스르르 사라지고 따스해진 감촉과 조금쯤 행복해진 느낌에 사로잡혀 갔다. 내 삭막한 유소년기의 풍정 가운데 그중 달착지근한 스냅이겠다.

마침, 알바니아 출신인 이스마일 카다레의 장편소설「돌에 새긴 연대기」를 읽어낸 참이라 이런 화제가 떠오르게 되었나 보다. 이 소설은 작가 조국의 참혹한 역사를 제재로 삼고 있다. 알바니아는 발칸 반도의 소국으로 기원전부터 정치·종교·민족적 이해관계로 인해 타국으로부터 침략과 병합, 살육과 종속의 시달림이 그칠 날이 없었다. 아랍과 유럽에 대제국이 건설될 때마다, 또 기독교와 이슬람 세계가 충돌할 때마다, 그리고 인접국이 강대할라치면 으레 군대의 통과지역이 되었다. 잠시 뜸해진 시기에는 국내에서 제정과 공화정이 교차하는 내환에 의해, 제2차 세계대전 때에는 양대 세력의 다리橋로서, 그리고 냉전시대에는 공산권 블록에 편입되어 모진 고난의 시절을 보냈다.

「돌에 새긴 연대기」는 제2차 대전이 발발하여 돌과 잿빛으로 뒤덮인 유서 깊은 도시가 이탈리아, 그리스, 독일군에게 차례로 유린되던 한두 해를 작중 배경으로 택했다. 폭격, 포고령, 깃발, 행군 대열 따위는 거론하지 말자. 우리의 관심을 끄는 건 그런 와중에서도 젊은이들은 사랑을 하고, 어린 유소년들은 그 소문을 되작거리면서 제비꽃눈 같은 어떤, 알지 못하나마 싱숭생숭한, 그리하여 애꿎은 당혹과 어리둥절한 수치에 눈뜨는 국면이다.

폭격 경보 사이렌이 울리면 주민들은 방공호로 지정된 지하실에 차곡차곡 모여든다. 그러다가 전등이 켜진 어느 날, 아키프 카샤후의 딸이 어느 청년과 입맞춤하던 게 들통이 났다. 매우 보수적이며 엄격한 관습 때문에 아키프 내외는 딸을 어디론가 내쳤다. 전해 내려오는 풍속대로라면 추문을 일으킨 딸은 부모에 의해 우물 속에 처넣어진다. 이 뒤로부터 피난으로 도시가 텅 비다시피한 시기를 거치면서 집집마다의 우물, 혹은 지하 물탱크에 사람이 내려가 등잔불을 켠 흔적, 어둠 속에서 불쑥 사람의 형체가 솟구친 소문이 파다하게 퍼졌다. 처녀의 시체라도 찾고자 하는 청년의 순애와 정념이 항간에선 도깨비의 출현처럼 비쳐진다.

이 소설의 화자話者는 사내아이이다. 그는 이따금씩 전란을 피해 시골 외갓집에 내려가 있곤 했다. 몇 가호밖에 되지 않는 그 한적한 시골마을에는 수잔이란 여자아이가 또래가 되는 친구가 없어 외롭게 자라고 있었다. 다리가 날씬하게 길고 나비같이 나풀대는, 소년보다 좀 성숙한 여자애다. 도시에서 내려온 사내아이가 반가울 법하겠다. 소년이 살던 곳이 포격을 받아 쑥대밭이 된 탓으로 다시 내려갔을 땐 수잔은 여러 가지 소문이 듣고 싶어 두 눈에 초롱초롱 빛을 띠었다.

한데, 사내아이로부터 갖가지 충격적인 얘기를 들은 끝에, 유독 방공호에서 키스한 탓으로 애인을 잃고 우물마다 뒤지며 다닌다는 청년에 대한 화제에 찰싹 달라붙는다. 호기심은 그 정도에 그치지 않고 마을에서 동떨어진 곳의 동굴 속으로 소년을 데려가, 긴 팔로 소년의 어깨를 감싸안고는 숨결을 새근대면서─. 화자인 '나'(소년)는 꾸며대고 얘기를 과장해서 말하는 사이에 뭔지 모르지만 야릇한 정서적 혼란에 빠져든다. 결국에는 수잔의 어머니에게 덜미를 잡혀 소년으로선 까닭을 모를 혐오의 눈길을 받게 되고, 이로부터 수잔으로부터도 냉대를 당하게 되니 소년으로선 억울한 노릇이 아닐 수 없다.

여러 에피소드 중에 수잔의 태도가 이 소설의 중심추가 된다. "얘, 네가 한 이야기 중에서 유독 아키프 카샤후의 딸 이야기가 제일 머리에 남아. …이번에는 모든 일을 상세하게 기억해내 봐. 뒤죽박죽으로 헷갈리지 말고." 거기에 응해 동굴 속에서 거듭 얘기를 되풀이하는 동안 소년은 이런 느낌에 젖어든다. '그 애가 긴 팔을 자신의 목에 두르고 있는 동안 가만히 앉아 있는 것이 차츰 좋아졌다. 그 애의 목에서는 항상 좋은 비누 냄새가 났다.'

내가 글의 서두에서 실없게 적은 사연은 「돌에 새긴 연대기」에서 사내아이가 이성에 갖는 정도 수준이다. 이후에 발전된 이야기를 쓰게 된다면 아마도 수잔 연령쯤의 감정으로 올라가야 하리라. 하지만 이런 얘깃거리를 놓고 시시껄렁하게 되작이는 게 여간 어쭙잖음은 누구나 다 알고 있다. 다만 이 글의 첫머리에 미당의 시로 말문을 열었으니 이후의 정황

또한 그의 시를 끌어내 계면쩍은 화제를 대신키로 한다.

'가시내두 가시내두 가시내두 가시내두/ 콩밭 속으로 자꾸만 달아나고/ 울타리는 마구 자빠트려 놓고/ 오라고 오라고 오라고만 그러면// (중략) 굽이 강물은 서천으로 흘려내려…/ 땅에 긴 긴 입맞춤은 오오 몸서리친/ 쑥잎을 질근질근 이빨이 허어옇게/ 짐승스런 웃음은 달더라 달더라/ 웃음같이 달더라.' –「입맞춤」에서

자연스러움

　그냥저냥 살아오느라 우리는 가족 기념사진이란 걸 몇 장 남기지 못했다. 나이가 들면 지난 세월이 괜스레 억울해지는지, 아내는 가족사진을 두고서도 좀더 자주 찍어두었더라면 자식들이 성장한 과정을 꼭꼭 집어 살필 수 있을 게 아니냐고 아쉬움을 표한다.

　정확하게 이런 표현은 쓰지 않았다 할지라도, 누구네는 매해 찍어두는데 그렇게는 못할망정 우리가 했던 것보단 더 자주 그리 했어야 한다는 뜻은 명확한 셈이다. 좀더 여유가 있었더라면… 아이 교육에 좀더 뒷바라지를 해주었더라면… 돈에 대해 일찍 팔소매를 걷어붙였었더라면… 뭐 그런 연장선상이겠다.

　하지만 좀 더는 못될지라도 우리 가족은 두어 번 사진관에서 폼을 잡은 적이 있었다. 마지막 기념사진은 딸의 혼사를 앞두고 동네의 신설 스튜디오란 데서 찍은 것이다. 촬영기사가 가족 구성원의 위치를 두고 여러 차례 자리를 바꿔가며 구도를 시험할 때마다 어떻든 좋은 기념물을 만들기 위한 정성인 줄 알고는 참고 따를 수밖에 없었다. 슬하에 딸 아들

하나씩을 두어 단출한 식구에다 키가 고만고만한데, 유독 아들 쪽 키가 엄청나게 커서 그 언밸런스가 구도를 잡는 기사 쪽으로 보자면 난감했을 게다.

결국 내가 가장답게 중앙에 정좌하고, 우측에 아내, 좌측에 아들, 그리고 딸이 뒤에 서서 어깨를 숙인 자세로 확정짓고는 단란한 모습을 찰칵했다. 물론 이 사진은 액자에 넣어져 우리 집 벽면을 장식하게 된 건 불문가지다. 이로부터 아침저녁으로 이 사진에 눈길이 쏠리게 마련인데 언제부턴가 나는 그 사진 앞에서 마치 이빨에 이물질이 끼인 듯 불편을 느껴야만 했다. 왜냐하면 아들이 촬영기사의 지시에 따라 우리 보다 낮은 의자에 앉은 터에, 키를 맞추느라 허리며 어깨까지(가능하다면 이마까지) 잔뜩 움츠린(사진에선 움츠리고 있는) 탓이다. 때문에 아들의 본래 모습은 사라지고 흡사 윽박질러진 조화를 위해 납작 엎드린 것 같은 느낌을 떨칠 수가 없었다.

확실히 내 두뇌회전은 한 걸음이 늦고 그것도 뒷북치기가 일쑤다. 사진기의 셔터를 누를 땐 내가 렌즈를 통해 피사체를 본 게 아니었기에 이 불합리한 구도며 부자연스런 포즈에서 면책된다 치자. 그러나 기사의 이런저런 주문을 할 당시에 이의쯤 제기했어야 마땅하고, 사진을 찾을 때에라도 지적해야 할 일이었다. 한데 벽에 걸어두고 몇 해가 지나도록 심드렁하게 넘겼던 터에, 아내가 아쉬워하는 소리를 늘어놓는 시점에 이것이 심사를 건드리기에 이른 것이다. 세상에! 양코배기 속에 던져놓아도 키 하나는 전혀 꿀릴 바 없는 아들을 저 지경으로 만들어 놓고서 아침저녁 어벙한 눈길로 바라보았다니!

자연스러움은 풍경뿐만 아니라 세상이치에 있어서도 아름답고 편안하며 참스럽다. 이 낱말의 어감을 사람이 살아가는 일에 대입해 볼지라도 리드미컬하고 차밍하며 해피하다. 나아가서 우리의 신경을 거스르지 않으면서 들숨날숨 숨을 쉬게 하고 눈꺼풀을 제때에 끔쩍이게 하는 그런 상태에 다름 아니다. 이런 점에 비춰볼 때 연출된 것은 가식이며 동시에 부자연스런 것이 된다.

호수 수면 위로 거룻배가 미끄러지며 노 젓는 물결소리가 주위의 정적을 깨트리는 실경은 자연스럽다. 악곡에서 피아니시모와 포르테가 어울리면서 충격파를 일으켜야 감동이 우러난다. 나무꾼이 천사의 목욕을 엿보아야 제격이다. 키가 고만고만한 우리 가족 중에 중뿔나게(?) 키가 큰 아들이 있다면 사실 그대로가 자연스럽다. 그때의 촬영기사는 양질의 기능인인지는 몰라도 이런 면에서 양식인은 못된다.

단체사진에서 키가 작다고 발뒤꿈치를 치켜든 사람의 자세는 아무리 보아도 어색하다. 얼굴 표정에 다 드러나게 마련이다. 저쯤서 다가오는 친구가 부른 배를 힘껏 들여 넣는 모습은 아무래도 측은키만 하다. 걸음걸이에 그 작위가 풍겨나게 마련이다. 얼굴에 이런저런 의술상의 도움을 받은 여인을 볼라치면 절로 민망스럽다. 저쪽에서 먼저 무안해 한다. 하늘과 땅은 항상 원래의 속성을 그대로 간직하고 있어서 천변만화 속에서도 자연적인 본질은 부동이다. 바다는 늘 출렁거리면서도 본디 본색 그대로이지 않은가? 그 자연스러움이 아침에 일출의 광휘로움을, 저녁엔 일몰의 장엄함을 되풀이 보여준다.

이냥저냥 살아오던 우리 집 벽에 가족 기념사진이 떡하니 걸려 있다.

아내는 이런 가족사진을 더 자주 찍었어야 했다고 이따금 아쉬움을 나타낸다. 자식의 성장 과정을 꼭꼭 집어 살필 수 있다나 어쩌나… 나는 그 말을 귓전으로 들으며, 아들의 허리를 꺾게 하고 어깨를 한껏 낮추며, 어쩌면 머리꼭지까지 꼭꼭 눌러 놓는 저런 사진을 좀더 자주 찍자고? 어림없는 소리 좀 작작하라구, 어쩌구 하며 혼잣말로 궁시렁거린다.

시인의 반경

　나는 만년의 시기를 집안에 들앉아 독서하고 집필하는 일과에 집중해 왔다. 시를 썼고, 두 권짜리 장편소설을 완성했으며, 그보다 더 많은 시간을 근 30년간 지속적으로 작업해 온 명작 읽기와 그 평설 집필의 완결을 맺고자 진력했다. 지난 10년간 원고지를 메운 총량이 실로 놀라운 것이지 않을까 싶다.

　때문에 내가 읽고 쓰는 공간은 단순한 작업 공간을 뛰어넘어 사색하고 생활하는 일상의 반경이 되고 말았다. 컴퓨터가 놓인 책상 주위에서 수없는 생각이 물결쳐 갔고, 그것이 문장으로 재생산되는 일상이 반복되었다. 늘 돋보기안경을 쓰고 일하는 탓으로 눈의 피로와 시력 약화는 당연한 덤이겠다.

　내 책상은 좁은 거실의 창 쪽에 면해 있다. 안방과 건넌방, 부엌을 오가는 동선動線의 삼각지 꼭지에 자리해서 아내는 이를 늘 부담스레 여기곤 했다. 좁다란 다른 방에는 내 책상이 따로 있어 거기서 일해 주었으면 하는 부탁을 자주 하곤 했다. 그런데도 나는 이 열린 공간을 굳이 고집하며 지내왔다.

먼저, 창을 통해서는 관악산에 이어지는 호암산의 바위 봉우리가 원경으로 시야에 잡힌다. 거실 창에 면한 명색이 베란다 꼴인 자리에는 각종 화분이 흡사 온실처럼 빽빽이 늘어져 있다. 키 큰 순위로 보자면 관음죽, 소철, 치자, 천리향, 영산홍 등과 스무나무 동양란들이 높낮이를 달리하며 병렬해 있다. 갯가에서 주워온 돌멩이들도 그 사이에 적잖게 놓여져 내 취향을 북돋운다.

책상과 창틀 사이에는 참숯을 오브제로 한 박쥐란, 수석덩이 위에 올려놓은 대엽과 소엽풍란 한 분씩이 햇살을 받고, 그리고 수반에 마사토를 깔고 수석을 세워 그 돌에 각종 풍란과 석곡, 콩란 등을 붙인 내 '작품(?)'도 자리를 차지한다. 이 창가의 조경은 나에게 위안과 피로를 덜어주는 청량제가 되어 주는가 하면 이따금 상상력을 불러일으키는 보조 역할을 하기도 한다.

그중 어떤 것은 내게 시적 대상이요, 대상의 시적 변용이라 함직하다. 시는 일반적 풍정과 대상이 특수한 정황과 이미지로 탈바꿈하는 그것이다. 시인은 상상력을 통해 그것에 참여하여 성취시킨다. 시인에게 있어 '본다는 것'과 '상상하는 것'에 대해 옥타비오 빠스는 그의 역저 『이중불꽃』 중 〈목신의 왕국〉에서 이렇게 해명한다.

– 랭보는 말했다. '나는 믿는 것을 보았다/ 사람들이 보았다고 믿은 것을.' 보는 것과 믿는 것의 융해, 이 두 단어의 결합 속에 바로 시의 비밀

과 그것에 대한 증언이 깃들어 있다. 우리는 시가 우리에게 보여주는 것을 육체의 눈이 아닌 정신의 눈으로 본다. 시는 우리에게 만질 수 없는 것을 만지고, 불면이 폐허로 만들어버린 풍경을 뒤덮고 있는 침묵의 조수를 듣도록 만들어 준다. 시적 증언은 우리들 내부의 세계에 들어있는 또 다른 세계를 드러내 보여준다. 감각들은 스스로의 힘을 잃지 않은 채 상상력의 하인들이 되고, 우리로 하여금 들을 수 없는 것을 듣고 볼 수 없는 것을 보도록 만들어 준다.

옥타비오 빠스는 멕시코 태생으로 스페인 언어권의 탁월한 시인이자 비평가로 1990년에 노벨문학상을 수상한 석학이기도 하다. 그는 저명한 저서 『이중 불꽃』에서 문학과 에로티시즘의 상관성을 구명하는데 초점을 맞춘다. 이 영역의 불모지나 다름없는 우리 문학이론에 단비를 제공한 셈이다.(그는 여기서 섹스를 원초적인 불로, 에로티시즘을 그 불꽃으로, 불꽃에 의해 사랑이 창출된다는 원리를 기초로 해서 자신의 견해를 피력한다.)

지난 연말께는 길거리에서 꽃대를 잘 피워 올린 심비디움과 호접란을 사들여선 한동안 눈길을 보냈더랬다. 그보다 먼저 건사하던 덴드로비움이 아무리 잘 가꾸어 본들 집에서는 꽃대를 뽑아 올리지 못함을 잘 알면서도 기다리기도 했다. 그것을 들여 놓았을 때만 해도 꽃들은 꼭 옥으로 빚어 놓은 듯이 흰색과 붉발이 비치는 봉오리가 스무나무 낱쯤 매달려 있었으니까. 이제 새로 사온 꽃도 시나브로 그 영광을 떨어뜨릴 게다. 그때의 서운함과 아쉬움. ―이것이 시인의 반경이란 말일까.

창가에 앉아

우리 집 거실 창 너머로 삼성산에 접한 호암산의 아담한 바위 봉우리가 멀잖게 조망된다. 삼성산은 관악산 큰 자락에 이어져서 여느 사람들은 두루뭉수리로 관악산으로 통칭하기도 하나 어엿이 다른 산이라 한다. 게다가 삼성산 한켠에 또다른 산명山名으로 부르는 능선이 있다. 그 봉우리를 머리로 치자면 안양 방향으로 휘어져 뻗은 등성이가 영락없이 호랑이 한 마리가 움츠려 앉은 형상이다. 허리께의 유연한 뒤틀림이 호형虎形을 잘 드러내기에 호암산이란 이름을 얻었다는 설화가 전해진다.

나는 집에서 쉽게 오를 수 있는 이 산을 자주 오르내린다. 자연의 변화를 예민하게 느낄 수 없는 서울 생활에서 사계의 추이를 실감하는 것은 큰 음덕이다. 봄이면 아카시아 꽃이 여울지는가 싶자, 박목월의 표현을 빌자면 느릅나무 속잎 틔우는 열두 굽이를 돌 수가 있고, 그 틈틈에 선홍의 철쭉이 눈을 시리게 한다. 여름엔 삽상한 바람과 그늘이 싱그러움을 더하게 하고 가을엔 단풍 섞인 갈색의 의장意匠과 겨울이라면 눈길 사박거림 또한 좋다. 군데군데 약수터가 있고 아주 가뭄 때가 아니라면 응달

쪽에 물 고인 곳을 찾을 수 있으니 꿩이며 청설모가 얼씬대는 게 드물지
않다. 능선 곳곳에 제 난양을 뽐내는 바윗날이 산세의 미태를 한층 드높
인다.

　여차하면 가벼운 마음으로 산을 탈 수 있게 지근거리에 사는 것도 지
복이겠으나 일상적으로 거실에 앉아 호암산의 둥두렷한 형태를 일별할
수 있는 점도 여간 행운이 아니겠다. 날씨가 청명한 날엔 그런대로, 또
비안개가 감싸 희끄무레하게 접해지는 때도 감흥이 새롭다. 그런 흥취의
결과로 시를 쓰기도 했으니 이 시편도 예외가 아니다.

　　　호우주의보가 내린 날
　　　바위산은 한층 의연하다.
　　　비안개가 신성神性을 가릴 수 있을 건가
　　　여름은 고개 치켜세우지 못하는 자운영에게 질긴 섬유질을,
　　　뻐꾸기한테는 저편 골짜기에도 울릴 울음을 울게 해
　　　種종을 번식시킨다. 치열함에 의해
　　　사물은 본질이 뚜렷이 드러나며
　　　잎은 보이지 않는 뿌리를,
　　　오솔길은 짙게 드리운 그늘을 느낀다.

　그런데 우리 집 앞창을 통해 바라보이는 곳에 호암산 봉우리뿐만 아니
라 마치 호암산의 방파제라도 되는 양 야트막한 기슭이 휘돌아 감고 있

는데, 그 밑에 서울에서 널리 알려진 달동네가 자리해 있다가 재개발이 되어 서민 아파트 단지로 탈바꿈이 되었다.

재개발이 되기 전의 풍경이다. 달동네를 낮에 찾아가보면 가파른 언덕길, 거미줄처럼 얽힌 좁은 골목길, 게딱지처럼 엉겨붙은 지붕이며 어지러운 빨랫줄들… 사람 사는 모습의 얼룩과 시련의 더께가 피부에 와 닿았다. 눈이라도 내린 날에는 연탄재가 덩어리로 뒹굴고 혹은 으깨어져 볼썽사납다. 마을이 통째 북향이어서 그늘을 오래 드리우고, 날이 풀릴지라도 그 질척거림은 또한 길고도 지겨우리라.

하지만 우리 집 거실에서 원경으로 접해지는 그때 달동네의 야경은 참으로 그럴싸했다. 살림살이가 상대적으로 따뜻한 아랫동네보다 일찍 등불이 켜지고, 밤 깊도록 소등하지 않아 아이러니컬하게도 불야성을 이루는 듯했다. 가로등도 총총하고 좁은 평수에 많은 가호가 들어찼으니 불빛이 좀 많았겠는가? 어떻든 어둠 저편의 반짝거리는 불빛은 보석을 흩뿌려놓은 듯했다. 어쩌다 새벽에 깨어 나와 보면 그 쪽의 휘황한 반짝거림이 꿈결처럼 다가들었다.

나는 호암산보다 지난날의 저 달동네로 인해 많은 시편을 얻었다. 산은 멀리 있고 마을은 가까이 있는 탓일까? 산은 밤이면 잠들지만 마을사람은 깨어 뒤척이기 때문일까? 자연과 인사는 다르게 마련일 테지만 나는 이런 시를 쓰지 않을 수 없었다.

밤 깊도록 불빛 반짝거리는

긴 하루만큼, 사연만큼

달이 오래 머물진 않는다.

보름달은 호수 수면에 일렁이고

초승달은 아카시아 가지 끝에 걸려 있기 일쑤다.

달동네에 낀 기미는

언제나 먼저 내려선

삼동 내내 꿈지럭대는 저 잔설이다.

-「겨울 스케치」 중에서

정오 한때에

갑자기 주위가 조용해진 성싶다.

느닷없이 지구가 공전과 자전을 멈추기라도 했단 말인가? 지상에서 숨 쉬며 활동하는 인구가 역사하기를 잠시 그만두기라도 했단 말인가? 그렇지는 않을 것이다. 이 글을 쓰는 시점에 나는 공교롭게도 공자가 〈논어〉에서 말한 육십이이순六十而耳順을 맞은 참이긴 하다.

하지만 그것이야말로 어불성설이다. 생각하는 것이 원만하여 어떤 일을 들으면 곧 이해가 된다는 뜻의 '이순'이란 옛사람의 예지는 나에 한해서는 가당치도 않은 말이다. 나는 연령상으로는 비록 이순을 맞고 있긴 하나 사리를 헤아리는 점에서는 전혀 미치지 못하고 있기 때문이다. 그런데 갑자기 이 고요함이란 무엇인가?

어제, 잠시 맡아 길렀던 애완견 한 마리를 남의 집으로 떠나보낸 뒤끝이다. 잠깐 맡아 있었다는 정확한 의미는 우리 집에서의 1주간을 말한다. 우리 가족과 집에서는 그동안 애완동물과는 너무나 멀게 지내왔다.

아예 우리와는 아무런 인연이 없는 것으로 여겨 왔더랬다. 그런데 이따금 이렇듯 먼 관계가 갑자기 코앞에 닥치기도 하는 게 세상사다. 그 사연은 이러하다.

고향에 사는 동생 친구 중 나와 교분이 깊은 한 사람이 있다. 그가 어느 날, 아주 조심스런 음성으로 딸의 부탁이라면서 애완견을 한 마리 얻을 데가 없느냐고 물어왔다. 무성의하게 들릴 만한 대꾸를 해선 안 되는 상대였지만 나는 애매한 어조로 "글쎄~" 할 수밖에 없었다. 그런데 그 세상사란 게 신기해서 이 대화가 있은 며칠 뒤 친면이 있는 우리 성당 여교우분이 뜻밖에도 애완견 한 마리를 키워보지 않겠느냐고 운을 떼는 거였다. 아니? 웬 애완견인데요? 그분의 대답이 실로 놀라운 것이었다.

서울에 살던 어떤 영국인이 애완견 한 마리를 기르다가 본국으로 돌아가게 되어, 같은 빌라에 거주하는 이웃에게 양도를 해주었던 모양이다. 한데 이 이웃이란 가족이 참으로 상식 이하의 행태를 보였던가 보다. 개를 좋아하지 않았던지 지하실에 방치해 두고는 처음 며칠 동안은 먹을 걸 챙겨 주었었겠지만 그것도 날이 지나자 신경도 쓰지 않았단다. 개는 공포증과 영양실조로 몰골이 말이 아니게 되었을 건 상상키 어렵잖다. 여교우분이 어쩌다 이 소식을 접하고 무작정 데려왔지만 자기도 키울 여건이 아니어서 마땅한 사람을 수소문하던 중이었다. 개는 심한 스트레스를 받은 충격에서 가까스로 벗어난 상태라 했다.

이렇게 하여 당자가 개를 찾아갈 동안 이 개는 우리 식솔이 되었던 것이다. 태어난 지가 1년 남짓하다는 이 순종 애완견은 그 애정 표현이 여간 자발스럽지가 않아 나는 홍역을 앓아야만 했다. 틈만 있으면 다가와 치대고, 안겨들고, 핥고, 물어뜯는 시늉이고, 그 아니면 잠시 장난질을 멈추고 말끄러미 바라보든가 신체 일부가 접촉된 상태에서 휴전을 취하듯 하는 상태의 연속이다. 그 자초지종의 악몽이란 되새기기조차 현기증이 날 지경이다.

아내가 외출하면 이 수난을 나 혼자 감당하지 않으면 안 되었다. 책을 읽거나 집필을 하는 건 그야말로 어불성설이다. 잠시 눈을 떼면 이것저것 물어뜯고 헤쳐 놓아 거실이 난장판이다. 또 왜 그렇게도 침대에는 줄곧 파고드는 건지… 영국인이 어지간히도 잘못 길들여놓은 탓인지, 아니면 그 이웃이 내팽개쳐 둔 저간의 보상심리 때문인지, 이도저도 아니면 애완견의 타기해 마땅할 천성에 연유한 것인지…

그 야단을 치고 이놈이 떠나갔다. 나는 모름지기 무릎을 탁 치며 쾌재를 부른다. 우리 집안은 잔잔한 호수에 돌멩이를 던짐으로써 파문이 번졌다가 다시 정태靜態로 돌아간 그 양상이다. 곰곰 생각할수록 어처구니없기만 하다. 그 생난리를 겪다니! 도대체 애완견을 키우고 건사하는 양반들은 다 톨스토이 못잖은 사해동포고 간디보다 더한 은인자중의 표본으로 비친다.

그런데 갑자기 조용해진 이 심사는 뭔가? 사람이란 존재는 참으로 이중적인가 보다. 내가 나 자신을 신뢰할 때 또 나 자신을 배반할 수 있다는 건 경험을 통해서 아는 일이다. 조용해진 인식에 겹쳐지는 적막함에의 인식. 이 적막함의 빛깔과 형체란? 해방감과는 도무지 걸맞지 않은 이 마음의 물무늬를 나는 결코 기다림의 정서라고는 생각지 않는다. 그럼에도 불구하고 무언가 아쉽고 허전한 심사.

마침 오래 벼르기만 했으면서도 여직 읽지 못한 토마스 만의 장편 「마의 산」을 읽던 참이다. 어느 한 대목이 가슴에 와 닿기에 밑줄을 쳤다. 주인공 한스 카스트로프는 고지의 요양호텔에서 러시아인인 쇼샤 부인을 의식하며 함께 우편물 수취 차례를 기다리는 정황에서다. 에피그램의 농도가 강한 센텐스다.

'기다리는 몸은 시간이 길다고 한다. 그러나 기다리는 몸 이것이야말로 시간이 짧다고 할 수도 있다. 기다리는 인간은 긴 시간을 긴 시간으로 보내지 않고, 이용하지 않고 마구 삼켜버리기 때문이다. 기다리기만 하는 인간은 소화기관이 음식을 영양가로 바꾸지 않고 대량으로 그냥 지나가게 하는 대식가와 같은 것이라고 말할 수 있다. 한 걸음 더 나아가 말한다면, 소화할 수 없는 음식이 인간을 강하게 할 수 없는 것처럼, 기다리기만 하고 지낸 시간은 인간을 늙게 만들지 않는다고 말할 수 있다.'

느닷없이 조용해진 이 오후 한때. 나는 무언가를 떠나보낸 그 사건으로 인한 자족감에 빠져 있는 것이지 무엇을 기다리고 있는 건 아니다. 그런데도 꼭 누군가를 기다리는 목마름이 스멀스멀 목울대로 치받친다. 도대체 이 감흥이 무어란 말인가?

〈연가〉를 부르며

    나는 이른바 취미생활이란 걸 염두에 두지 않고 살아가는 쪽이다.

    무슨 일에든지 확 빠져 들어가지 못하고, 한 가지 일에 재미를 붙였다가도 진득하게 붙들고 있지 못하는 성정 탓이다. 어릴 때, 남이 부르는 하모니카 소리가 그렇게 좋았으면서도 그걸 배워내지 못했다. 대학에 다닐 무렵엔 당구가 광풍을 일으키다시피 했으나 나는 아예 큐조차 잡아보려 하지 않았다. 전날에는 바둑판에 붙어 앉아 보았으나 지금은 누가 두잘까 봐 지레 겁을 먹는 편이어서 만년 5급에서 이젠 6급으로 내려앉고 말았다. 1주일에 한 번 정도 산에 오르기로 작심했으나 그것마저 작파해버린 꼴이다. 한 가지 일에 집착하면 곰팡이라도 슬고 엉덩이에 뿌리라도 뻗는단 말인가. 내가 생각해도 한심하기 짝이 없는 노릇이다.

    고작 여일하게 즐기는 게 있다면 술을 좋아하는 것과 노래 부르기 정도이다. 이렇게 말하면 노래는 수준급이라고 생각할는지 모를 일이나 수준과 기호·취미는 별개다. 술과 노래는 뭔가 위안을 준다고 무의식중에 생각한 데 말미암음일는지 모르겠다.

내 변변찮았던 성장기에 있어서 조금 따스하게 환기되는 대목이 있다면 그건 노래가 있는 풍경이었다.

중학에 입학해서는 50년대 초반의 우리나라 현실을 반영이나 하듯 허구한 날을 신축교사 노력동원에 다 허비했다. 신축공사에 많은 돌이 필요했던지 수업을 전폐하다시피 하며 갱변으로 나가 돌을 주워 날랐다. 건물이 대충 완공되어서는 교실 바닥이며 복도의 목재에 광택을 내고자 초를 문지르고 돌로 문대는 일에 품을 팔았다. 또 부실공사로 인해 천정의 회칠이 벗겨져 떨어지기 일쑤여서 가관이었다. 이러노라니 학과목에 음악이며 미술 시간이 있긴 하나 그건 명색에만 그칠 뿐이었다. 3년 동안 한 차례 읍민관이라 부르는 읍내 극장을 빌어 학예발표회란 걸 했는데 나는 합창단에 끼어 몇 곡 부른 경험이 있다.

고등학교에 진학해서도 여건이나 교육환경이 조금도 나아지지 않았다. 음악 시간이 있었던 것 같으나 미술 과목은 아예 시간표에서조차 없었다. 여기서도 졸업 때까지 꼭 한 번 학예회란 걸 열었는데 나는 역시 합창 프로그램에서 노래를 불렀다. 그때의 레퍼토리로 독일 가곡 〈소나무〉와 우리 가곡 〈몽금포 타령〉은 지금도 그 곡을 기억하고 있다. 나는 이 두 차례의 기회에서도 적극적으로 참여한 게 아니었고 어정쩡하게 연습한 탓으로 하모니 음정을 제대로 맞추지 못했던 게 여간 부끄럽게 상기되는 게 아니다.

그럼에도 불구하고 이 추억은 나에게 상당히 값진 것이다. 내 별 볼일 없던 학창시절을 회상할 때면 어느 모서리에 난초꽃 향기처럼 아련히 맡아지는 건 이 합창단에서의 활동 장면이다. 번듯하게 내세울 것이 없던 내가 청중 앞에 선 것이다. 눈여겨 보아주는 여학생이나 가족 누군가도 없지만 말이다.

이런 과거와는 상관없이 나는 일상 가운데 노래 부르기를 즐긴다. 집에 혼자 있을라치면 쯔(?)를 빼보기도 한다. 저녁 무렵엔 '해는 져서 어두운데 찾아오는 사람 없어'를 흥얼거리다가 아내로부터 청승 그만 떨라는 핀잔을 받기도 한다. 여럿이 모인 자리에 틈만 보이면 '아, 가을인가'를 열창한다. 이건 내 십팔 번이다. 이걸 부를 참이면 이상李箱의 날개처럼 겨드랑이가 근질거리고 잉크가 부글부글 끓어오르며 절로 날자꾸나! 그런 기분이다. 그 밖에 애창곡에 준하는 것은 쌔고도 쌨다.

어쩌다 십팔 번 레퍼토리에 한 곡이 더 첨가되었다. 어느 날 EBS 프로그램에서 미모의 뉴질랜드 소프라노 가수가 런던 공연을 하는 걸 방영하는데, 그녀는 앙코르 곡으로 자신의 고국 마오리족의 민요를 그들의 언어로 부르겠다고 했다. 야, 군침이 돌았다. 들어보니 그 곡은 다름 아닌, 우리 가요곡집에서는 〈연가〉로 소개되어 있는 낯익은 것이었다. 가사는 이러하다.

'비바람이 치던 바다 잔잔해져 오면/ 오늘 그대 오시려나 저 바다 건너서/ 밤하늘에 반짝이는 별빛도 아름답지만/ 사랑스런 그대 모습 더욱 아름다워라/ 그대만을 기다리리 내 사랑 영원히 기다리리/ 그대만을 기다리리 내 사랑 영원히 기다리리'

이 곡에는 연정이 소용돌이치고 있어 진정을 다해 노래하면 경청하던 부인네들은 곧잘 눈에 꽃물기를 띠는 양하다. 아니, 그건 내 착각인지 모른다. 왜냐하면 아내 친구들이 모인 자리에서 내가 예의 십팔 번을 늘어놓을라치면, 언필칭 최신곡 마니아일 법한 그녀들은 "아이구, 판 깨지 말라구요" 하는 떫은 표정을 띠니까. 표정만이 아니라 무람한 처지의 어떤 이는 실제로 그 비슷한 타박을 주기도 했으니까. – 어쩌자고 이렇듯 가곡이라 칭하는 것이 외면당하게 되었더란 말인가! 그래도 나는 여차하면 노래를 부를 양으로 때를 기다린다.

별이 넘쳐흐르는 시각에

　오늘을 살아가는 사람의 가장 큰 비극은 별을 상실한 데에 있지 않을까 하는 생각을 가져본다. 아주 오랜 옛날에도 별은 있었고, 우리의 어린 시절의 밤하늘에 별이 수 놓여 있었듯이 오늘날에도 별은 항구하게 존재할 것이다. 그런데 왜 별을 상실했다고 말할 수 있는가?

　실제로 도시인들은 별을 볼 기회가 아주 드물어졌다. 황사와 뿌연 공해로 인해 그럴 수도 있고 별을 압도하는 지상의 불빛 – 가로등과 네온사인, 자동차의 헤드라이트와 그에 반사하는 형광물체 때문이라고도 할 수가 있겠다. 아니, 그보다 고개를 치켜들 겨를이 없이 한 치 앞을 바라보는데 급급할 밖에 없는 현실 삶에 따른 것일는지 모른다.

　아니, 그건 아니다. 사람의 마음에서 별이 표상하는 것, 이를테면 꿈, 원대한 이데아, 대자연에의 외경과 의탁을 상실함에서 연유한 결과이다. 어느새 우리 마음은 별이 있어도 그만, 없어도 그만인 형편이 되었고, 바라보아도 그뿐 보지 않아도 그뿐이라는 식으로 굳어지고 말았다. 아마도 꿈이 밥 먹여 주더냐는 자조自嘲를 신물이 나게 곱씹은 결과임직하다.

하지만 우리 마음이 이렇듯 삭막해도 좋을 것인가? 과연 우리 삶을 이루고 규정하고 의미 있게 하는 게 현실적 이해利害와 생활의 영위뿐일 것인가? 드높은 대상에의 간망, 차디찬 로고스와의 교감, 아득한 미지에의 동경을 우리의 마음에서, 또 우리의 생애에서 젖혀두고 배제해버려도 무방할 것인가?

별은 물론 우주의 일부이고 빛의 반사로 반짝이는 물체이다. 객관적인 사물로서의 속성은 불변하는 하나의 객체이다. 그러나 사람들이 그렁한 눈물로, 찬탄하는 눈길로, 혹은 사랑이 움돋아 복숭아꽃 빛깔 같은 마음으로 바라볼 때는 '그'만의 별이 되고 주정적主情的 자아와 특별한 관련을 맺는다.

로버트 브라우닝이 「나의 별」에서 노래한 심회도 이와 다르지 않다.

어느 별에 대해
내 아는 모든 것은
이제는 붉은빛을 던지고
저제는 푸른빛을 던진다는 것뿐.

하나의 별을 두고 그 빛깔이 붉은빛으로 또는 푸른빛으로 인식이 되는 점에서 별은 '불변의 객체'가 아니라 주정적 자아에 의한 '가변성의 인연체'임을 천명한다. 그렇다면 외로운 사람에겐 따뜻한 위로가 되어줄 것이며, 절망에 빠진 사람에겐 희망을 소생시켜 주는 촉매제가 되어줄 것이며, 사랑에 물든 사람에겐 그 사랑을 한층 고상하고 깨끗한 것이 되도록 치장시켜 줄게다. 그보다 더 중요한 것은 세상살이에 찌든 인간의 품성을 별빛이 적셔줌으로써 맑게 하고 고매함을 지향케 하는 점에 있지 않을까?

요컨대 마음이다. 우리가 한 편의 시를 읽는 건 그것이 밥을 먹여 준대서가 아니라 우리 마음에 촉촉한 정감을 회복시켜 별을 되찾게 하는 힘으로 다가들기 때문이다. 시를 부르면 별이 따라오게 마련이다. 캄캄한 밤길을 걷거나 그와 비슷한 입장에 놓여 있는 사람에겐 한 편의 시가 별을 대신해주는 대상충동으로 작용할 수도 있으리라. 별은 인간이 손닿을 수 없는 먼 거리와, 유구한 시간의 흐름 속에서도 바래지 않는 청량한 반짝거림으로 항상 우리 곁에 있듯이, 시는 언어가 지닌 불가해한 마력과 리듬으로 원하는 마음 어디에서나 기다리고 있지 않을까?

이렇게 별이고 시이고 간에 그것은 사람에 따라 존재체이기도 하고 부재하는 것이기도 할 것이다. 내일을 기다리지 않는 이에겐 별은 결코 떠오르지 않는다. 사랑하고 소망하는 마음이 없는 이에게 별이 보이더라도 별 의미가 없을 게 분명하다. 그러나 밤에 이따금 창문을 열어 밤하늘을 더듬는 눈길, 어쩌다 나들이 길에 밤하늘을 올려다보고 "어쩜 별이 저토록 마알갛단 말인가!" "어머, 와그르르 쏟아질 것 같아!" 라고 탄성을 울리는 사람은 그 순간 성경의 '두드리는 사람' 이 되어 있고 김춘수의 「꽃」에 동참한 사람이 되어 있을 것이다.

우연한 언어의 패러디이겠으나 우리 주위에 '별 볼일 없다'는 익은말의 두루 쓰임은 참으로 의미심장하다. 별別 볼일이 없어 무료하거나 한가하다는 뜻에서 출발했을 법한 말이 별星 볼일 없다의 뉘앙스를 풍기면서 가망이 없는 위인, 한심한 사람의 의미망으로 뿌리내렸다.

이런 오명에서 벗어나기 위해, 스스로를 추스르고 구원하기 위해 오늘 밤부터 별을 바라보는 습관을 기르는 게 어떨까? 그렇다면 알베르 카뮈가 '밤이 별들로 넘쳐흐르는 이 시각에 그의 몸짓 하나하나는 말 없는 하늘의 거룩한 얼굴 위에 그려지고 있었다'(『비망록』)고 진술한 상상력에 도달할 터이다. 한더위에 도처에 얼굴을 내민 창포꽃, 불두화, 글라디올러스, 접시꽃, 수련, 능소화, 백합, 장미의 이어 핌도 새로운 감흥으로 다가들 게 틀림없겠다.

오로지 이 모든 게 마음을 소생케 하는 마음 하나에 달려 있다. 불가佛家에서는 마음 하나에 이 세계가 존재한다고 말한다. 나는 구약성경의 〈아가〉를 읽을 때면 마음이 발갛게 달뜨고 이윽고 별이 떠오른다.

현실과 꿈 사이

사람은 현실에 뿌리내려 살아가는 존재인 동시에 끊임없이 꿈을 꾸며 좇는 존재이기도 하다. "저이는 현실성이 있는 사람이다" 라고 할 때는 허황되지 않고 사리판단을 할 줄 안다는 신뢰감을 내포한다. 같은 뜻을 지니면서도 "저이는 현실적인 사람이다" 라고 하면 모순에 빠지지 않고 이해타산을 가릴 줄 안다는 긍정적인 면과 함께 다른 한 쪽으론 비판적인 뉘앙스를 풍긴다. 전자는 대상인물을 합리적인 사람으로 감싸주는 측면이 강하고 후자는 어딘가 계산적이며 영악스런 위인이라고 흘겨보는 측면이 없지 않다.

뉘앙스야 어떻든 간에 어떻게 인간이 현실성과 유리된 채 숨 쉴 수가 있으며, 현실적이지 않고서 이 세상을 살아갈 수 있다는 말인가? 인간으로 하여금 삶을 영위케 하고 존재를 규정해 주는 건 현실이기 때문이다.

문학작품에선 인간이 현실에 지배당하는 한편, 그 현실을 초극하고자 하는 몸부림을 여실히 표현하는 걸 두고 리얼리티라 칭한다. 그런 한편, 인간은 현실에 얽매여 있기에 현실로부터 해방된 어떤 상태, 이를테면 규율이나 인과관계, 혹은 윤리적인 질서에서 벗어나 초월적 경지를 희구하게 마련이다. 이를 두고 우리는 쉬운 말로 '꿈을 꾼다' '꿈을 좇는다'라는 은유로 대신하길 즐겨한다.

이 경우에 있어서도 뜻은 같이하면서 풍기는 뉘앙스는 차이가 있다. 전자(꿈을 꾼다)는 비현실적인 몽환상태를 가리키거나 현실성이 희박한 일에 몰두하는 사람을 부정적으로 파악하는 비아냥이 묻어 있다. 이에 비해 후자(꿈을 좇는다)는 보다 이상을 추구하며 미래 지향적으로 이해하는 격려의 의미가 강하다.

사람은 의식주의 해결만으로 만족할 수 없는, 보다 영성적이며 구원을 목마르게 갈구하는 존재이기 때문에 꿈을 갖는 건 너무나 당연하다. 문학작품에선 이런 성향을 표현할 때 신화적 요소에 의탁하거나 상징적 수법을 차용하기 일쑤다.

이 두 가지 상이한 인간 조건이 시에서는 어떻게 반영되고 있을까?

> 밤이 한 가지 키워주는 것은 불빛이다
> 우리도 아직은 잠이 들면 안 된다
> 거대한 어둠으로부터 비롯되는
> 싸움, 떨어진 살점과 창에 찔린 옆구리를
> 아직은 똑똑히 보고 있어야 한다
> 쓰러져 죽음을 토해내는 사람들의 아픈 얼굴
>
> —이성부의 「밤」 일부

여자들은 저마다의 몸속에 하나씩의 무덤을 갖고 있다

죽음과 탄생이 땀 흘리는 곳,

어디로인지 떠나기 위하여 모든 인간들이 몸부림치는

영원히 눈먼 항구

알타미라 동굴처럼 거대한 사원의 폐허처럼

굳어진 죽은 바다처럼 여자들은 누워 있다

–최승자의 「여성에 관하여」 일부

전작은 군부독재의 암울했던 시대를 겪어온 시인이 자신의 역사인식 내지 현실인식 바탕 위에서 내적인 성찰의지를 확실히 피력한다. 시가 꼭 현장을 중시하며 삶의 한 모서리를 직설적으로 노래하는 것만이 리얼리티가 있다고는 할 수 없다. 그러나 이성부의 시는 비록 메타포에 의지하고 있다 하더라도 현실성이 매우 강한 어조를 지향한다.

이에 반해 후작은 현실적 단면을 표출하기보다 여성이라는 존재의 원초적 본질, 탄생과 죽음을 공유하는 자궁을 가진 생명체로서의 운명을 드러내는 데에 기여하고 있다. '눈먼 항구'나 '알타미라 동굴' 같은 상징 어구는 현실과는 거의 절연된 듯한 상상과 추찰의 영역에 속한다.

인간은 현실 속에 몸담고 있으면서 꿈을 좇는 양면성을 갖고 있듯 시도 마찬가지다. '현실'과 '꿈'의 어느 쪽이 승해야 바람직한가 라는 물음은 성립될 수가 없다. 19세기 사실주의문학은 문학사에서 소설이란 장르의 뿌리를 깊숙이 내리게 했지만 예술미학의 관점에선 공소한 감이 없지 않다. 또 20세기의 상징주의나 초현실주의는 시의 폭을 한층 넓히고 세련되게 한 공적은 있으나 다중의 이해 폭을 좁혀 독자로 하여금 문학에서 멀어지게 한 흠을 남겼다.

그렇다면 이러한 문학사조를 거친 21세기 문학은 어떤 모습을 띠며 나타나게 될까? 그걸 미루어 짐작하기는 극히 어렵다. 하지만 나의 소견을 굳이 말하라면, 기교가 승하여 문학적 힘이 쇠진한 구미 각국의 작품에서보다도 어려운 삶의 조건에서 희망의 등불을 밝혀들고자 안간힘을 쏟는 러시아, 남미, 아프리카 제국의 작품들에서 표징을 보여줄 것 같다.

예컨대 러시아의 친기즈 아이트마토프(「백년보다 긴 하루」)나 김 아나톨리(「아버지숲」), 남미의 호세 도노소(「광야의 집」)와 바르가스 요사(「녹색의 집」), 아프리카의 월레 소잉카(「해설자들」) 같은 작가를 손꼽아 볼 수 있겠다. 이들 작품은 한결같이 자기네 민족이 겪어 온 역사 현실을 다루면서도 신화성을 짙게 구현하며, 디테일에 있어서도 강렬한 비현실적 에피소드의 삽입, 억압당함에서 비롯되는 인간의 슬픔을 매우 시적이며 환상적으로 피력한다. 인간에게 잠재된 상상력을 십분 활용한 결과로 인해 얻은 경지일 터이다.

위에 열거한 장편소설에는 현실성이 농후한 제재와, 꿈을 좇는 인간 애환이 교묘하게 조화를 이루는 공통점이 찾아진다. 그 배경 또한 살아 숨 쉬는 자연, 자연성을 잃지 않은 자연스러움과 고통의 자연, 오래 전에도 그랬고 앞으로도 인간을 감싸 보듬어주는 강과 숲, 평원이 주요 역할을 감당하고 있다.

빌딩과 아스팔트와 회색빛 하늘에 둘러싸인 서구와는 다른, 인간의 체온과 자연의 숨결이 교차하는 그 문학이 새 인간 역사 속에서 진정 희망과 위로와 구원의 몫을 담당해 나갈 게 아닐까?

우리의 마뜨료나

　근래 읽었던 소설 가운데 『솔제니친 단편집』에 실린 「마뜨료나네 집」
이 이상하게도 내게 깊은 인상을 심어주었다. 솔제니친이라면 대하소설
을 쓸 체질을 타고난 작가임에도 이 초기의 소품은 그의 문학적 특질을
가장 잘 반영하고 있다는 세평을 듣는 작품이기도 하다.

　1950년대 초반의 러시아 시골은 소비에트의 광기에 찬 선전과 강대국
으로 발돋움하는 국력의 신장에도 불구하고 경제적 수준은 한 마디로 비
참 그것이었나 보다. 무책임하고 서비스 정신이 전무한 거대한 관료주의
행정체제, 타성적 관행으로만 남은 러시아정교회 신앙적 풍토 속에서 피
폐해져버린 인심, 그리고 극심한 식량난을 비롯한 생필품 부족현상이 그
런 사회를 만들어 놓고 말았으리라.

　나이 육십을 바라보는 과부 마뜨료나는 이러한 시대에 빈한한 농촌에
서 낡은 집을 지키며 혼자 살고 있다. 가진 것이라곤 젖을 공급해 주는
산양 한 마리와 그 나이에도 품을 팔 수 있는 노동에의 열의뿐이다. 늙었
다고 해서 꼴호즈(집단농장)에서도 밀려났고, 소를 길러보려 해도 그 넓은

땅 어디에도 풀을 베어 가질 수조차 없다. 그 질펀한 초원도 꼴호즈 소유지여서 그 구성원이 아니면 손을 댈 수가 없었던 것이다.

그야말로 절망적인 삶일 법한데 신은 공평(?)하게도 그녀에게 구원의 길을 한 가지 터놓았다.

'그녀에게는 좋은 정신 상태를 돌이키기 위한 확실한 수단이 있었다. 그것은 즉 일이었다. 금방 슬픔에 잠겨 있다가도 이내 그녀는 삽을 쥐고 감자를 캐기 시작했다. 혹은 자루를 옆에 끼고 이탄을 주우러 간다. 그렇지 않으면 바구니를 들고 산딸기를 따러가는 것이다. 그리고 사무소의 책상을 향해서가 아니라 수풀의 풀섶에 대고 절을 하고, 무거운 짐 때문에 허리를 구부리고 돌아오면 마뜨료나는 이제 명랑한, 그리고 자못 만족한 듯한 얼굴빛으로 언제나의 심덕 좋은 미소를 띠게 된다.'

이런 러시아적 자연의 품성과 풋풋한 대지의 의지를 가진 그녀는 친척의 탐욕과 배덕의 희생제물이 되어 철도에 치어 횡사하고 만다. 그녀의 장례는 속물근성에 찬 친척에 의해 치러진 뒤, 그 친척들은 남겨진 세간이며 판자때기 하나라도 더 떼어가려 눈에 불을 켜고 덤빈다.

이런 내용의 소설이 왜 나에게 지워지지 않는 감동을 남긴 것일까? 그것은 문명화되고 대중 산업화된, 그리하여 이기주의가 팽배한 인정의 불모지인 이 세상에서 마뜨료나같이 정직, 성실, 자기희생, 노동의 기쁨, 참스런 인성으로 표상될 인간상을 만났다는 데에서 찾아진다. 어쩌면 마뜨료나를 두고 남루하고 바보스러우며 무지한 여인으로 치부할 수도 있다. 그런 성질은 누구나가 경멸해야 마땅하다고 생각하는 것들이다.

하지만 달리 생각하면 그녀가 누구보다 긍정적인 사람이라는 걸 인정할 밖에 없다. 러시아 문학에 나타난 여인상이 대개 굳건한 대지의 모성, 역경을 이겨나가는 민초의 표상으로 그려지는 것이 우연이 아니다. 우리 시대의 성실한 작가 솔제니친은 이와 같은 인간형에 대해 강렬한 애정을 느끼며 그런 초상을 통해서 자신의 조국 러시아에서 희망을 발견하려 든다. 출세작 「이반 데니소비치의 하루」에서의 슈호프나, 주요 장편 「암병동」의 주인공 코스토글로토프도 이 범주에 속하리라.

얼마 전에 설 명절을 보내면서 올해에도 예년과 같이 민족 대이동을 경험한 바 있다. 아마 이런 현상은 우리나라와 중국 외에는 달리 찾아볼 길 없는 기현상일 법하다. 방송매체의 설문조사에 의하면, 설과 추석 때의 대이동은 첫째, 제사와 성묘를 하기 위해, 둘째, 부모와 친척을 만나기 위해, 셋째, 고향에 들리는 즐거움을 맛보고자 하는 데에 연유한다고 설명한다. 이를 다시 몽뚱그려 사회학자들은 한국인의 유별난 귀향본능에 근거한다고 유추한다.

어쨌거나 나는 설 귀향길에 노모를 뵈었다. 평생 동안 일을 많이 한 탓에 허리가 구부정해졌고 얼굴엔 깊은 주름살이 파졌다. 수족을 제대로 쓸 수가 없어 "이젠 부엌일이나 어떤 일도 할 수가 없으니…"를 연발하시면서도 자식을 위해 음식을 만드셨다. 내 노모가 가지신 것이라곤 근심뿐일 게다. 나는 비로소 고향에 돌아가 마뜨료나를 찾고 되살릴 수가 있었다.

그러나 그 귀향길을 통째 에워싸고 있던 것은 무엇이었던가? 고속도로를 거대한 차고로 만드는 차량의 행렬, 눈까지 뿌려 네댓 시간이면 족할 주행거리를 스무 시간 가까이 허비해야 하는 낭비, 외지 차량엔 엄격히 적용하는 주차위반 딱지… 다시 기억을 되살려보자. 마뜨료나를 죽게 한 철도는 문명적인 것, 완강한 사회제도가 그 상징이 되고 있음을 우리는 잊지 말아야 한다.

명절을 맞아 귀향하는 마음이야 오죽 즐겁고 또 미풍양속에 걸맞는 것이겠는가? 더구나 연만한 부모님 얼굴을 뵙는다는 건, 마뜨료나 같은 모습을 찾는 것 이상이다. 하지만 그런 행복을 누리기 위해 우리는 너무나 큰 대가를 치르고 있다. 우리 사회의 물질적 풍요가 마뜨료나네 친척들처럼 속악스럽고 매정스러워진 탓이다. 솔제니친이 러시아의 희망을 빚어냈듯이 우리는 무엇으로 이 나라의 밝은 장래를 피워 올리겠는가?

풍경 또는 풍정

풀은 노래한다

– 봄빛 또는 풀

그대여, 한밤중에 잠깨어 귀 기울여보라. 무슨 소리, 어떤 기척이 들리지 않는가? 개울의 살얼음이 깨어져 떨어질 때 나는(추억 속의) 그 소리를 기억한다면 그것과 흡사할 수 있다. 그렇다면 퍼어시 셸리의 「서풍부西風賦」 마지막 구절, '예언의 나팔이 되어라! 아, 바람이여! 겨울이 오면 봄도 멀지 않으리'를 되새겨보게 될 터이다.

땅은 겨우내 눈과 얼음에 덮여 잠든 듯했지만 결코 무기력에 빠져들지 않는다. 봄빛이 비끼기라도 할라치면 금세 기지개를 켜며 새날과 출발을 마련한다. 산직이 외딴 집 눈먼 처녀로 하여금 문설주에 귀대이고 엿듣게 하며(박목월의 시 「윤사월」), 소년에겐 장밋빛 들녘으로 뛰쳐나가게 하고, 하나의 나라·민족에겐 큰 역사役事를 일으키게도 한다. 부두에서 때를 기다리던 배는 대양을 향해 힘차게 물살을 가른다.

정말 지혜를 배우고자 한다면 땅에게 물어야 하고 의지해야 마땅하다. 땅은 왜 얼었다가 풀리고, 거두어들였다가는 소생시키며, 쓸모없음의 그

효용성과 무한대의 개발 가능성을 조화시키는가? 낱낱의 생명 개체에게 무엇을 부추기며 어떻게 하라고 채근하는지, 왜 망각 속에서 라일락을 뒤흔들어 꽃을 피게 하는지, 이 모든 것을 깨우쳐 납득시켜 줄 것이다.

지금은 구닥다리 말이 되고 말았지만 '춘삼월'이란 어감은 아직도 우리에게 아련한 정서를 안겨주며 가슴을 고동치게 한다. 이에 이르러 햇살이 따스해져 아지랑이가 피어오르는가 하면, 들녘엔 연록색의 새 풀잎이 돋아나기 때문이다. 풀잎이 돋아난다는 건 만물이 기지개를 켜며 생의 활력을 얻었다는 증명이자 대지가 소생한다는 걸 알리는 신호탄이기에… 살아 있는 사람으로 하여금 사랑하라, 미치도록 사랑하라고 부추기기에…

나는 '풀'이라는 낱말을 접하면 김수영의 시「풀」이 먼저 뇌리에 떠오른다. 이런 시행에서 한 시인의 '견자見者로서의 눈'을 접할 수 있기 때문이다.

'풀이 눕는다./ 바람보다도 더 빨리 눕는다./ 바람보다도 더 빨리 울고/ 바람보다도 먼저 일어난다.// 날이 흐리고 풀이 눕는다./ 발목까지/ 발밑까지 눕는다./ 바람보다도 늦게 누워도/ 바람보다 먼저 일어나고/ 바람보다 늦게 울어도/ 바람보다 먼저 웃는다. (「풀」의 중반부)

풀의 원시적 생명력은 만물의 처음이며 시작이요 보존의 연결고리이다. 이를 인문학적으로 확대해석하면 풀이 상징하는바 민초의 불굴의 힘, 역사의 순리와 궁극적인 개가를 함축한다. 위의 시는 이런 명제를 매우 정제된 시적 톤으로 속삭이고 있다. 이와 같은 시편이 있어 김수영은 당대의 명성을 넘어서서 문학사에 이름을 각인한다.

　수없이 많은 생명군 중의 한 가지, 숱한 식물 가운데 한 종種인 풀이 왜 생명 순환의 관건이 될까? 소생하는 기운의 메타포로 받아들여지는 걸까? 「이미지 사전」에 의하면 풀은 생명의 근원이며 뿌리라 한다. 생태학에선 모든 먹이사슬의 최초 제공물이라 규정한다. 또 신화학적 풀이로는 땅의 초경初經을 상징해서 무릇 생산을 예시하는 것이라고 지적한다.
　먼저 생명력의 근원이란 점을 생각해 보자
　생명은 본원적 속성으로써 감각, 운동, 성장, 증식과 같은 생활현상으로부터 파악되는 개념이다. 이 개념은 죽음을 전제로 해서 성립이 될 것이다. 그런데 사전의 해석에 의하면 풀은 '줄기나 가지가 연하여 대개 한 해를 지내고 줄기가 죽는 생물'이라 한다. 죽는 식물이 다음해에 다시 살아나기 때문에 연속과 부활의 기氣, 다시 말해서 생명 지속을 확인시키는 매개물이 된다.
　우리는 일상생활에서 흙, 땅, 토지, 대지란 말을 떠올리면 그와 동시에 자연, 모성, 땀과 노동을 떠올린다. 또 푸르무레함, 생명의 꿈틀거림, 풋풋한 풀과 야생野生이 연상되기도 한다. 오, 거기에 야생하는 무엇이 있다는 것! 머위, 쇠뜨기, 가락지나물, 며느리밑씻개, 며느리배꼽, 씀바귀, 개구리자리, 뱀딸기, 벼룩나물, 개갓냉이, 속속이풀, 방가지똥, 민들레, 산방망이, 떡쑥, 풀솜나물, 점나도나물, 쇠별꽃, 중대가리풀, 개밀, 개미자, 꽃다지, 모기방동사니....

풀은 왜 이렇듯 천스럽고 보잘 것 없고 상스러우며 업신여기는 듯한, 질박하고 가공되지 않은 뜻과 어감을 풍기는 이름을 달고 있는 걸까? 풀이야말로 땅이 만들어낸 원시적 힘이요, 원초적 본능이며, 기지개를 켬의 반영이기에 그럴까?

문화며 교양이며 예의는 인위적으로 가공된 것이어서 가변적인 성질이다. 역사를 굳건히 지켜내는 것이 민초이듯이 풀은 자연의, 계절의, 시간의 야성을 대변한다. 땅이 풀을 잃음은 황무지요 사막이며 죽음의 장場이 될 뿐이다. 새 풀을 싹틔워 올려야만 새는 노래하고 짐승은 콧김을 풍기며 사람들은 밭을 갈리라. 세계는 풍요로움과 평화가 감돌리라.

오월 밤의 매혹이여

뭐니 뭐니 해도 나는 5월이 좋다. 그중에도 오월 밤, 내 청춘의 5월 밤이 가장 좋다.

우리 속담에 '구슬이 서 말이라도 꿰어야 보물'이란 말이 있으니, 나는 오월이라는 보물을 짓기 위해 재주껏 구슬 찾는 일부터 서둘러야겠다. 오월이란 이미지의 낱낱의 꽃잎을.

얼른 생각에, '5월 어느 날 그 하루 무덥던 날'하며 찬란한 슬픔의 봄을 노래한 김영랑의 「모란이 피기까지는」이 떠오르는데, 계절의 속성을 따지자면 그의 「5월」이라 제題한 시편이 더 적절한 것으로 생각된다.

'바람은 넘실 천이랑 만이랑/ 이랑이랑 햇빛이 갈라지고/ 보리도 허리통이 부끄럽게 드러났다/ 꾀꼬리도 엽대 혼자 날아볼 줄 모르나니/ 암컷이라 쫓길 뿐/ 숫놈이라 쫓길 뿐/ 황금 빛난 길이 어지럴 뿐'

허리통이라면, (남쪽이니까 더 이른 날의) 제주도를 찾아가 황금물결 넘실거리는 유채꽃밭을 만나야 하고, 그것도 삼다의 땅이어서 거친 바람결에 어느 한 쪽으로 쏠리면서 부끄러이 허리를 다 드러내는 유채를 바라보아야 한다. 또 보리란 말이 나왔으니 말이지만 살진 보리밭 고랑의 들쩍지근한 스냅쯤 갖지 못한 사람이라면 무얼 안다고 젊음을 입에 올릴 수 있을까?

더 기고만장해 얘기한다면 '숫놈이라 쫓길 뿐'이란 하소연은 김유정의 토착풍경 아니고도 더러 발생한다는 걸 알기나 하랴. 위의 시는 이런 이미지를 다 포함하면서 운율 또한 남도타령인 양 리드미컬하다.

연이어, 5월을 배경으로 한 사랑의 노래를 빠뜨릴 수 있을까. 고교 시절, 나의 시 습작에 칭찬과 격려를 해주셨던 최웅태 선생님은 어떤 기회에 노래를 한 곡 부르셨는데 그게 영어 노래였다. 나는 이걸 이즘도 흥얼거리곤 한다. "One day when we were young, one wonderful morning in May'어쩌구 하는 달착지근한 노랫말이다. 한번 듣고서 어떻게 외워 부르게 되었느냐구? 아아니, 신동 모차르트가 네 살 때 교회의 종소리를 듣고 타종주악打鐘奏樂인 그록켄슈필을 오선지에 채보했다더니? 또 영어라면 이제나저제나 쪽을 못 쓰는 내가 무슨 망신 살 일 있다고? 그러나, 나는 신통하게도 이 노래를 이날껏 외워 부르게 된 걸 어쩌랴.

하지만 실제로 달콤한 것은 5월 밤이다.

시골에서 자란 나는 애틋한 장면과 정경이 무르녹는 추억을 이것저것 갖고 있다.

무직자였던 사회 초년병 시절, 햇빛 찬란한 낮에는 차마 나다니지 못하고 이슥한 시간대에 집을 나서곤 했다. 갈 만한 데가 한 군데 있었다.

읍 시가지를 빠져나와 다리를 건너 속칭 '물 건너'로 가면 '못둑농원'으로 알려진 친구집 과수원에 닿는다. 친구의 심성이 무던해서 먼길을 찾아온 사람을 반가이 맞고는 연중 떨어지는 법이 없는 막걸리를 으레 내놓곤 했다. 화제의 핵심은 그곳으로 가는 쭉 뻗은 길과 아련한 달빛이다.

물 건너 삼거리에서 과수원까지의 사이에는 농로라기엔 널따랗고, 신작로라기엔 어딘가 부족한 그런 반듯한 길이 있어 마주 오는 짐수레쯤이 가까스로 비켜갈 정도쯤 되었다. 행인의 인적은 전무했다. 다만, 희뿌연 달빛 아니면 와그르르 쏟아질 것 같은 별이 밤하늘을 장식했다. 루오의 '달밤'이나 '밤길' 같은 데에서 설핏 짚여질 그런 분위기다. 어디선가 아카시아 향내 같은 달콤한 냄새가 코끝을 간질이는 듯… 벼 파종을 끝낸 무논에선 개구리들이 아주 귀청을 찢을 듯이나 자글자글 울어쌓는다. 밤의 대기는 우윳빛으로 넘치며 마냥 부드럽고 신비로웠다.

이 밤의 정경이랄까 느낌을 안느 드 노아이유의 「어느 5월 밤의 매혹」처럼 잘 표현한 예를 어디서 찾아볼 것인가. 뮤즈는 살랑이는 바람결처럼 다가와 비둘기 깃같이 우리의 귓불을 간질이며 나직이 속삭인다.

'어느 오월 밤의 매혹이여/ 그대 나에게 무슨 말을 하려는가?/ 사랑에 그득한 몸뚱이같이/ 그대 나에게로 오는구나/ 하지만 한 영혼이라 나를 생각지 말라/ 풀잎처럼 수풀 속 새들처럼// 내 저으기 겸손한 마음으로 사노니// 어찌해 그대 나를 청하는가/ 아무 말 없이 잠들어/ 시원스런 안식 속에 사는 나를/ 가라앉은 계절의 무한한 저 향기/ 말할 수 없는 열정 넘쳐흘러라/ 귀와 눈과 코까지'

나는 이 글의 주제를 정하고는 컴퓨터 자판 앞에 앉을 때 절로 어떤 멜로디가 흥얼거려졌다. 성당 성가대에서 베이스 파트 일원이었던지라 무슨 특송곡으로 불렀던 소절이려니 했다. 일변 악보집을 펼치면서 애써 찾고 보니 가톨릭성가 100번의 성탄곡으로 '하늘에 빛나는 찬란한 별빛/어두운 밤길을 밝혀주며' 였다. 느닷없이, 애꿎게도 불만이 쏟아져 나왔다. 왜 예수님이 12월에 태어났단 말이지? 오월이었으면 시의적절로 땡일 텐데… 정말 성탄의 밤으로 비할 데 없을 텐데… 아무려나, 하느님의 미스테익 아냐?

2부 풍경 또는 풍정 83

옷깃을 여밀 뿐일레라

　큰 산은 만인을 두루 품에 안되 또 한편으로는 쉬 접근을 허용하지 않는다고 한다. 이 금언은 산을 가까이 접해 오지 않았던 나에겐 더욱 기막힌 말로 받아들여지는 사연이 있다.

　젊은 시절, 고향에서 교편을 잡고 있던 나는 여름방학을 맞아 동료 교사들의 지리산 등반에 얼떨결에 따라나섰다가 죽을 고생을 겪은 경험 때문이다. 평소에 산이라고 타 본 적이 없었던 게 미심쩍긴 했으나 여교사 서너 명도 끼어 있는지라 설마 뒤떨어지기야 하랴 싶었던 건성이 코를 깨어놓게 하고 말았다.

　열 일고여덟 명쯤의 일행은 버스 편을 이용해 산 밑 마을에 도착해선 하룻밤을 쉬고 다음날 새벽, 등산길에 올랐다. 요행히 군 트럭을 얻어 타기도 하며 걸음을 놓아 세석평전을 지날 때쯤 어둠이 내렸기에 거기서 텐트를 치고 야영을 했다. 새벽에 서둘러 아침식사를 떼우고 나서자 하늘빛이 영 시원치 않았다. 아니나 다를까, 정상인 천왕봉에 올랐을 땐 그예 빗날이 후두둑거렸다. 맑은 날이라면 남해의 섬이 보인다던가, 그 아니면 소백산 굽이굽이 능선이 조감된다는 기대는 물 건너가고 말았다.

급히 하산하던 나는 겨우 3~4백 미터를 내려온 지점에서 오른쪽 다리 관절에 심한 통증을 느끼기 시작했다. 평소 운동부족인 탓에 관절의 신경계통에 이상이 생겼던가 보다. 비로소 '시시각각'이란 말뜻을 실감하지 않으면 안 되었다. 한 걸음마다 더해 가는 무릎 고통, 분침을 다퉈 그 악스러워지는 빗줄기… 내가 절로 일행에서 뒤처지자 등반대장을 맡았던 교사와 체육교사가 후미에 붙어 나를 걱정하는 한편으로 걸음을 격려·채근했다.

극한상황 속에서 사람의 의지는 참으로 불가해하다. 그때 나는 미제 군복 바지를 입고 있었는데, 평지나 오르막길에는 견딜 만한 다리가 내리막길에서는 고통스러워 대개가 급경사이게 마련인 하산에 걸음을 떼놓기보다 차라리 미끄럼을 타면서 내려올 밖에 없었다. 그야말로 초인적인 인내를 다하는 순간순간이었다. 문제는 빗줄기가 거세져 분초를 다투며 계곡 물이 불어나고 있는 점이다. 이래서 조난을 당하겠거니 싶었다. 도무지 불가능할 것 같은 걸음을 계속하여 산 중턱 저 건너편에 화전민인 듯한 인가가 눈에 들어왔을 땐 두 명의 보호자(?)에게 제발 나를 놔두고 앞서 가라고 애소를 할 지경이었다.

그러나 두 동료는 최선의 동료애를 보여주었다. 지금껏 견디어 온 걸음보다 앞으로 내려가야 할 거리가 더 많아 우선엔 주저앉고 싶어 하는 나를 그분들은 지치지 않고 설득·고취한다. 이때의 정황을 곰곰 되씹어 보면 문학작품에서 접한 두 가지 인간의 초절적超絶的인 의지와 고난 극복의 아름다움이 가슴을 친다.

첫째, 파스테르나크의 「닥터 지바고」에서 주인공 유리 안드레예비치(애칭으로 유라)가 겨울철의 광활한 설원에서 빨치산 부대를 탈출, 천신만고 끝에 사랑하는 연인 라라 곁으로 돌아가는 과정의 투혼이다. 보이는 거라곤 자작나무 숲과 폭설에 뒤덮인 평원, 추위와 굶주림, 그보다 더 발걸음을 얼어붙게 하는 좌절감과 외로움… 우리의 상식 잣대로는 유라의 목숨이 열 개나 될지라도 이 역경을 헤쳐 나갈 수는 없을 것 같은데, 사랑을 갈구하는 힘과 불굴의 투혼이 이 사선을 넘어 애인과 재회케 했다.

둘째, 생텍쥐페리의 대표작 「인간의 대지」에서 악천후로 인해 애기愛機가 북아프리카 사막지대의 사구에 곤두박질쳐지며 불시착한 뒤, 두 항공조종사가 보여주는 생의 의지와 동료애다. 조종사인 '나'와 기관사 프레보는 부상을 당하진 않았으나 비상식이나 식수도 없이 사막에 내팽겨진 채 서서히 탈진하여 환시·환청에 시달린다. 시시각각 조여드는 죽음의 그림자와 맞서 싸우는 인간의 고독과, 그러한 위난 가운데서 서로를 의지하고 만상을 사랑하는 명상이 금싸라기처럼 빛을 발한다.

너무 거창한 비교일까?

아침식사를 든든히 한데다 내 배낭 속엔 간식거리가 있었을 게다. 비록 억수로 쏟아지는 빗방울과 비구름이 자욱한 산간일망정 낯익은 산하다. 무릎 통증이 심하더라도 다리 하나가 잘려나간 것이 아니며 게다가 확실한 두 동료가 곁에 있지 않은가? 그것도 몇 날 며칠이 아니라 불과

열 시간 미만의 한나절 동안임에랴.

이런저런 비교는 그러나 제삼자 – 객관적 관점일 뿐이다. 뒷동산에 오르는 것조차 망설였던 당사자 나에겐 이 한나절의 시련이 유라의 고난이나 생텍스(「인간의 대지」는 작가의 자전적 소설임으로)의 탈진에 버금가는 것으로 헤아려지는 걸 어쩌랴. 요컨대 나는 산을 너무 몰랐고, 그동안 다리운동을 외면했으며, 특히 큰 산을 외경하지 않았던 거다. 어쩌면 저 삼남을 넉넉히 품에 안고 무릎 아래 거느린 지리산이 나 같은 게으른 사람을, 삼라만상을 두루 아껴 동화해 살려는 의지에 무관심했던 안일을 질책했던 것이리라.

내가 흠씬 젖은 몰골로 귀로의 승차 지점인 마을에 나타나자 서너 시간을 족히 기다렸을 동료 교사들의 수심기가 싹 가셔진 모양들이다. 저마다 한 마디씩 인사를 건넨다. 빗줄기는 장난기를 과시나 하듯 한껏 느슨해진 양이다. 참으로 괴이하기 짝이 없는 노릇이지만 아팠던 관절은 평지에선 참을 만했고, 소주 몇 잔을 목구멍에 털어 넣은 뒤로는 사뭇 기가 되살아나 저간의 사정이 꿈결처럼 되새겨지기만 했다.

아, 기쁜 우리 젊은 날! 나는 지리산을 등반(?)했고, 그 등반보다 더 자랑스런 추억 하나를 쌓아 올렸다. 여기서 얻은 고마운 동료애며, 인내의 과실果實이며, 꼭 꼬집어낼 수 없는 교훈은 얼마나 소중한 것인가?

소중한 산하

시단의 동료들과 버스 편으로 서울에서 출발해 강원도를 가로질러가는 여로에서였다. 잠시 귀국한 재미 원로시인 한 분이 차창 밖으로 흐르는 풍경을 열심히 바라보다가는 자못 감개가 무량한 듯 입을 열었다. "허! 정말 산하가 예뻐요. 이런 풍광을 미국이나 유럽 어디에서 볼 수가 있단 말이에요? 금수강산이라더니, 참 지복이라구요"한다. 오랜만에 모국의 산천경개를 대한 터라 남다른 감회가 있으려니 해서 귀가 솔깃했다. 그분은 우리 자연의 오밀조밀함, 아름다움, 친근감에 대해 짧은 소회를 덧붙였다.

나는 어려운 시기를 넘기던 어린 날에 나의 처지를 어두운 얼굴로 응시하곤 했더랬다. 왜 나는 자기 땅을 가진 집에서 태어나지 못했을까? 하다못해 서울이나 큰 도시에서 살기나 했다면? 아니, 그 잘 산다는 미국이나 유럽 어느 나라 가운데 뚝 떨어졌더라면… '하필이면' 라는 원망이 꼬리표처럼 따라붙었다. 그런 형편이었음에도 전쟁의 여파로 내 초등학교 시절은 공부에서 풀려나, 시골 어린이답게 나름대로 자연과 친화한 추억은(이제 돌이켜 생각하면) 여간 소중하고 고마운 게 아니다.

그때의 스냅은 장래가 막막함의 다른 형태일 수는 있다. 또 나사가 풀린 듯한 소일은 무한경쟁의 와중에 던져진 오늘의 잣대로 보자면 낙오의 지름길에 다름 아니기도 할 게다. 기초 학력을 쌓아야 할 시점에 하릴없이 집밖을 나돈 사정은 딱한 노릇 외의 다른 무엇일 리 없으나 희한하게도 그때가 내 생애에서 그중 '나의 시간'이었고 그 방황이 '나의 학습'이었던 걸 어쩌랴! 그 산천, 자연의 숨결이 나에게 진정 겨레 피붙이 의식으로 인印박힌 마지막 본래 모습일진대 어찌 소홀히 회상될 것인가?

내 고향은 남쪽 지방의 소읍이다. 분지로 널리 알려질 정도로 산이 에워싸고 있는 내륙에 옹색하지 않을 만한 들녘이 펼쳐져 있기도 하다. 덕유산에서 발원한 물이 내를 이루며 시가지를 관통하고는 산모롱이를 돌아나간다. 산자락에는 과수원이 있고 천변 개활지에는 원두막이 심심찮게 보인다. 산에 오르면 산딸기 머루 다래, 동네에는 철따라 살구 오디 감이 지천이었다. 또 내에는 모래무지 피리 중태(중고기)가 흔했다. 어느 것 하나 넘치지는 않을지라도 먹성에 군색하지 않았다.

이 풍경이 바로 우리 국토, 우리 자연환경의 축소판이지 않을까? 우리나라 산맥은 히말라야 같은 위엄이나 알프스 같은 화려함은 없을지라도 우리가 등 붙여 살기에는 좋을 만큼 아늑하다. 강은 황하같이 융융하거나 미시시피같이 유장하지는 않더라도 또한 정붙이기 알맞도록 아기자기하다. 열매는 열대지방처럼 크고 달지 않으나 맛이 허벅허벅하지 않아

깜냥대로 미각에 흡족하고, 민물고기 또한 기름지지 않아도 마늘 고추맛과 궁합이 신통하게 맞아 무릎을 치게 만든다.

산과 들녘, 오곡과일의 천혜뿐이랴. 메밀꽃이 허옇게 핀 산자락을 오를라치면 어느 옴팡진 곳에서나 쉬 옹달샘을 만난다. 언저리 지표면이 메마른 사토질이건만 으슥한 곳에선 맑은 지하수가 샘솟는다. 길손은 쪽박이 없어도 두 손으로 물 한 움큼 떠서는 더위와 갈증을 식힌다. 우리 국토와 인접한 중국·러시아 어느 나라와 비교해 보라. 그곳 땅에도 수맥이 흐르고 물은 솟아날 테지만 뒤탈 없이 이처럼 청량감까지 느끼며 목을 적신다는 건 상상할 수 없는 일이다.

논 들녘엔 군데군데 웅덩이가 있어 물이 고인 곳이면 미꾸라지와 붕어 떼가 노니는가 하면, 수초가 우거진 데서는 파충류, 곤충들이 생명 있음을 구가한다. 오늘날에는 경작정리가 잘 되어 농사의 효율을 드높이고 있으나 그 대신 자연적인 물웅덩이는 사라지고 말았다. 웅덩이마다 서너 군데 샘구멍이 있어서 새 물이 뽀글뽀글 솟던 것이… 이것이 바로 하늘이 점지해준 우리 국토이다. 늘 적시는 기운이 있어서 들녘은 언제나 푸름을 보듬어 안고 길이 생산한다.

또 우리나라만큼 사계가 뚜렷함을 보이는 곳이 어디 있을까? 여름과 겨울이란 말은 있어도 그 계절을 접해볼 길이 없고, 소나기와 함박눈이 쏟아지는 정경을 체험할 수 없는 지구상의 그 많은 지역을 생각해 볼 일이다. 봄이 있다 해도 잠시잠깐 내색만 하고는 어느새 지나가버리는가 하면, 가을 단풍을 즐길 여가도 주지 않고 흰눈이 대지를 덮어버리는 곳이 얼마나 많은가? 잘 산다는 유럽은 잦은 안개에다 일상 가랑비로 축축한가 하면, 오일이 황금알을 낳는 중동은 연중 땡볕 아래 건조한 기후이기만 하다.

이를 알고부터 나는 유복한 환경은 아니지만 나를 낳아 길러준 내 고향의 풍정을 몹시 그리워하며 애정을 품고 살아간다. 봄의 배꽃과 복사꽃의 눈 시린 정취를 어떻게 설명할까? 여름날 귀청을 때리는 매미울음 소리를 들으며 천변으로 달음박질을 치던 동화를 어떻게 그려볼까? 가을 수확기에 볏짚을 잔득 실은 소달구지에 흔들리며 돌아오던 저녁때의 그 불타던 노을은? 그리고 겨울이면 처마 끝마다 주렁주렁 매달린 고드름은? –나는 이 땅에서 살아갈 우리 후대들에게 저 아름다운 풍정을 되돌려주길 소망한다.

그 아름다웠던 세상은 애석하게도 가난과 질곡이란 사회학적 의미와 불가분의 관계에 있나보다. 하얀 배꽃과 연분홍 복사꽃의 배경 속에서 우리의 입성은 한껏 허름할 밖에 없었고, 신작로 자갈길 위를 달리는 달구지 위에서 접했던 그 저녁 어스름은 허기로 우중충하기만 했을 게다. 우리는 6~70년대에 이룩한 근대화에의 열의와 노력의 결과로 이제는 경제적 윤택, 이를테면 삶의 질 향상을 성취하기에 이르렀다. 이를 위해선 앞서 열거한 내 고향의 풍정 같은 가치를 상실할 밖에 없었던가? 들녘 어디랄 것 없이 마주치곤 했던 물매암이 소금쟁이 물방개 같은 미물들조차 생물관 전시실에서 찾아야 할 판이다.

그래도 해마다 봄은 오고 무심한 사람 곁으로 꽃은 피어난다. 서울 변두리 우리 동네는 야트막한 야산으로 둘러싸여 있어 평일에도 많은 사람들이 산행을 즐긴다. 한데, 사람들이 새 길을 거미줄처럼 낸 탓에 그나마의 야취마저 훼손시키고 말았다. 너나없이 개척정신만 강했지 공동선의 배려는 팽개쳐버린데 말미암음이다. 그 척박한 풍토에 바야흐로 진달래가 수줍고 선연한 꽃빛깔을 물들이고 있다. 아카시나무는 여기저기 뿌리를 드러낸 채 나자빠져 있고, 대개의 관목들이 새잎을 틔우지 않아 앙상한 빈가지만 보이는 삭막한 산록에 연정처럼 비치는 저 기운은 얼마나 보배로운가!

시절이 변하고 인심조차 달라졌지만 우리를 자애롭게 품어 안고 한없는 위안을 베푸는 모성인 땅은 우리 곁에서 이처럼 여일하다. 그 사랑과 인내를 더 이상 시험해선 안 된다. 잘 살게 된 오늘날이야말로 모두 숙엄한 얼굴로 되돌아볼 일이다.

금강산 별관瞥觀

1

내가 금강산을 화제로 삼아 글을 쓰기엔 마땅찮기도 하려니와, 달리 마뜩찮기도 하다.

너도나도 찾아가는 금강산을 내가 그렇게 여기는 이유를 굳이 적어보자면 이런 것들에 말미암음이겠다. 그 수려한 산이 북한 역내에 있다는 것, 그곳엘 가는 여행이 자유롭지 못하고 불편하다는 것, 비싼 입산료를 지불하지 않으면 안 된다는 것, 이런 현실적 여건 외에도 금강金剛이란 한자 어감과 뜻이 내 성정에 맞지 않아 서먹하기도 하다는 걸 덧붙여도 괜찮을까 어떨까.

금강이란 한자어에서 '강' 은 지조가 굳세고, 힘이 세며, 나약하지 않고 억세다는 뜻을 내포하고 있다. 이 상찬해야 할 어의가 나의 성정에는 걸맞지 않고 위압적이기까지 해서 주눅들게 하기에 족하다. 그 낱말에서 파생한 금강석은 물질 중 가장 단단하고 깨어지거나 부서지지 않는 성질을 지니고 있어서 다이아몬드라 부르며 최고급 보석으로 친다. 이런 불멸성은 내 취향에 도무지 어울리지 않을뿐더러 그 가까이에 가는 것도 내키지 않는다.

나 같은 사람에게 인연이야 있든 없든, 금강산은 저 홀로 그야말로 풍광명미하고 초연 고매하여 국내외인을 막론하고 찾는 발길이 잦다. 상식에 속하는 말이겠지만 이런 점에서 발군이란다. 각양각색의 기묘한 바위 봉우리가 솟아 1만2천봉이라고까지 운위되는 산세, 곳곳에 맑은 계류며 폭포의 장관, 한때는 사찰이 108개나 있었다는 진경 때문이겠다. 사철마다 아름다운 경관을 드러내기에 봄에는 금강산, 여름에는 봉래산, 가을에는 풍악산, 겨울에는 개골산皆骨山이라는 이름을 갖는 것 또한 금강산의 명예를 드높이는 예증이다.

이처럼 예사스럽지 않은, 신묘하다고 해도 좋을 산을 내 어찌 쉬 발을 디딜 것인가! 이처럼 인연이 멀기만 했던 나한테 참으로 예사롭지 않은 기회가 주어졌다. 금강산의 경치를 만끽하며 그 유정한 품에 흔흔히 잠겨드는 그런 체류가 아니라 말 그대로 잠시 잠깐의 별관瞥觀에 지나지 않은 것일망정…

그 기회란 이런 것이었다. 2005년 8월, '만해사상실천선양회' 주최로 광복 60주년·만해 출가 100주년을 기념하기 위해 '세계평화시인대회'가 열리게 되었다. 그 행사의 일원으로 해외시인 50명, 국내 시인 50명, 북한 시인 30명이 참가하는 '세계평화시인대회'를 금강산호텔에서 갖게되어 나도 참가자로 입북·입산을 하기에 이르렀다. 아마도 이런 대규모의 시인대회는 유래를 찾아보기 어려울 것이다. 참가자 중 해외의 저명한 문인으로는 아프리카인 최초로 노벨문학상을 수상한 월레 소잉카를 손꼽을 수 있겠다.

2

동해안 쪽 군사분계선을 넘으면서는 소정의 입북 절차를 거쳐야 한다. 입북 수속을 받기 전에 금강산관광사업 운영처 직원이 몇 가지 유의사항을 전달했다. 시인들은 제각각 소속 국명, 성명이 국영문으로 명기된 명찰을 목에 걸고 있었는데, 유독 〈대한민국〉이라 인쇄된 내국인 명찰은 저쪽에서 용납하지 않기에 회수한다는 거며, 그 밖에 휴대폰, 서적 또는 신문, 그 밖에 반입 금지물로 규정된 것은 맡겨 놓으라는 거였다. ─아, 여기가 분단지역, 바로 그 장벽이로구나!

입북 심사대엔 두 명의 북한 군인이 앉아서 서류를 점검하고 통과 스탬프를 찍어 주고 있었다. 내 차례가 왔다. 으스스했다. 아니나 다를까, 남들은 무사통과하는 양했는데 나는 역시 금강과는 유화가 어려운가 보다. 근무자가 나를 위아래로 힐끗 훑어보더니 자못 못마땅하다는 어투로 "선생은 직업이 없어요?" 하고 볼멘 어조로 묻는다. 나는 얼떨결에 "아니, 내 나이가 몇인데 그래요?" 하고 대답할 밖에 없었다. 상대방은 아니꼽다는 듯, 내 대답이 썩 마음에 들지 않는 듯한 내색을 짓다가 문제 삼지 않기로 한 모양이다.

나는 남이 직업을 물을 때 곤혹스러울 뿐만 아니라 대답이 궁색해서 내심 짜증이 나게 마련이다. 게다가 이때는 전후사정을 몰랐기 때문에 더욱 당혹스러웠다. (나중에 안 노릇이지만 주최 측에서 입북자의 직업란에 시인들은 직장이나, 하다못해 소속단체 직위라도 기록해 놓은 모양인데 나 같은 몇몇의 경우는 달리 내세울 만한 게 없으니까 '시인'이라 적어놓았던 모양이다.)

　호텔로 향하는 버스 차창을 통해 금강산 인근의 들녘 풍경, 멀리 시야에 잡히는 취락마을, 산천경개를 눈여겨 볼 수가 있었다. 왠지 고요하고 얼어붙은 듯해 명경지수 같은 느낌이었다. 멀찍이서 중년의 농사꾼 아낙네로 보이는 사람의 형체를 접한 게 내가 근무자 외에 바라본 유일한 그쪽 주민이었다. 이런 정황으로 말미암아 여름철임에도 무언가 냉기가 돌고, 휑하게 투명하며, 유계幽界 너머로 들어온 게 아닌가 하는 착각에 빠져들게 했으리라. 갑자기 너무나 조용하고 공기가 맑은 지역으로 이동한 데서 연유하는 착시현상이었을까?

　도착지에서 버스를 내렸다. 서둘러, 본능적으로 산봉우리 쪽으로 시선을 돌려본다. 마치 전설 속의 천도산이나 꿈속의 몽유도원도에나 들어선 것처럼… 한데, 원경으로 접해지는 산봉은 유별날 것도 없어 잠시 민망한 참에 아주 가까이에 흰 바탕에 대문짝만한 붉은 글씨로 '21세기의 태양 김정일 장군 만세!'라는 플래카드가 시선을 압도한다. 아이쿠, 조심해야 한다. 모름지기 처신을 깎듯이 한다면 화를 자초하는 일은 없을 게 아니냐?

　그날 밤에 개최될 것이라던 '세계평화시인대회'는 북측 시인의 불참으로 무산되어 우리만의 잔치로 끝이 났다. 그 사정을 여기서 밝히며 이러쿵저러쿵 군말을 덧붙인다는 건 실로 무익하고 재미없는 화제겠다. 우리끼리 만찬을 그쪽의 명주 '들쭉술'을 곁들이며 시 낭송과 여타 프로그램을 진행해 나갔다. 젠장, 도수가 꽤 높은 술을 마시는 동안, 불과 서너 시간 전에 가졌던 다짐을 까맣게 잊어버렸다. 뭐 몸가짐이 어떻고 했던 것 말이다.

나는 독주로 낭패를 본 일이 한두 번이 아니었지만 술을 목구멍에 털어 넣는 것만큼이나 그 경계를 쉬 잊고 만다. 금강이란 말이 서름하다고? 금강산이 어쩐지 으스스하다고? 천만에! 독주가 들어가면 그런 정서 내지 인식과는 상관없게 마련이다. 결국 나는 과음을 하고 말았다. 남이 모른다면 그건 이미 허물이 아니라고? 그럼에도 속내는 우거지상을 지었으나 내심이 세상에 고변할 리 만무할 테니… 하고 스스로를 다독였다. 이렇게 나의 금강산과의 대면은 그다지 유화가 되지 못했다.

3

금강산은 크게 서쪽의 내금강, 동쪽의 외금강, 바다에 솟아 있는 바위섬 일대의 해금강으로 구획이 지어진다 한다. 우리 일정에는 이튿날 삼일포 관광이 있었으나 온정리 방문으로 바뀌더니 그마저 신계사 쪽의 계곡을 낀 오솔길의 산책시간으로 변경이 되었다. 산책로의 중간에 관광상품 가게가 하나 자리해 있을 뿐 적막 일색이다. 그날은 여타의 관광객조차 그림자를 찾아볼 길이 없었다. 신계사는 소실된 터라 남쪽 불교계의 노력으로 신축이 진행 중이었다. 어디서 뻐꾸기 소리라도 들렸으면… 다만 깨끗한 바윗장 위로 흐르는 계곡물은 지나치게 맑고 청량하여 현실감을 상실할 정도였다. 손을 씻거나 발을 적실 수 없는 물이라면 정화수로 값을 하겠지, 그런 생각이 들었다.

　오후에 금강산을 뒤로 하고 우리나라 역내로 넘어왔다. 차중에서 모두 심상한 표정을 짓고 있는 듯했다. 그런 참에, 집행위원측의 젊은 여성이 유인물을 들여다보다가 미국 LA에서 온 원로시인 고원高遠 선생한테 묻는 거였다.

　"선생님은 무슨 일로 체크가 되셨습니까?"

　"체크라니?"

　"벌금이 부과되었는데요. 허위 기재라? 그렇다면 입국 심사 때?"

　"응, 그거야? 직업이 없느냐고 묻길래 미국의 대학교수라 했지. 뭘 가르치느냐고 해서 한국문학, 시론 등이라 했어. 그러자 군인이 그럼 왜 여기에 시인이라 기록돼 있느냐는 거야. 내가 거기 뭐라고 써 있다는 걸 알기나 해? 그래서 아, 나는 시인이자 대학교수인데 정년을 한 사람이라고 알려줬지. 그게 왜 문제가 되느냐 말이야?"

　"그러니까 이상한 나라죠."

　"그런데 아까 벌금이랬어? 아아니! 내가 무얼 잘못했고 뭘 기재했더란 말이야?"

　선생께서 쓴말을 하자 그 젊은 여성은 아차 싶었으리라.

　"벌금 걱정하지 않으셔도 돼요. 주최측에서 다 커버하니까요. 선생님 외에도 카메라 망원렌즈를 소지한 경우, 또 뭣뭣 서너 건 더 있습니다. 누구는 계곡물에 발을 씻었다던데 그쪽 눈에 띄지 않아 여간 다행이 아니예요."

차중에서 나와 고원 선생은 버스 통로를 사이로 해서 나란히 앉아 있었더랬다.

뿐만이 아니었다. 너무 공교로운 일이나 입국 심사 때 선생은 내 한 사람 앞에서 먼저 저쪽 근무자와 질의 답변이 있었다. 선생은 답변에서 직업이 대학교수라고 밝힌데 비해 나는 나이를 내세우며 직업이 없음을 우회적으로 응답했더랬다. 때문에 둘 다 직업란에 시인이라 표기되어 있지만 나는 책잡히지 않고 넘어갈 수 있었다. 실로 소가 웃을 일이다. 선생은 연세가 80에 오른 고령이시다. 그런데 서류 허위 기재라는 명목으로 벌금을 부과하다니! 과연 21세기 태양이 다스리는 나라의 충복답다 하지 않을 수 없다.

금강산 별관, 그 여정은 이렇게 끝이 났다. 정말 티 하나 없이 청정한 공기와 계곡, 그 어떤 소음이나 왁자지껄함이 가신 공간에 묻혔다 돌아왔음에도 어딘지 마음 한 구석이 우중충하고 얼룩이 진 양이다. 아무래도 금강의 그 완강함, 카랑카랑한 경질硬質은 내 인연이 아닌가 보다.

강 그리고 바다

해마다 여름을 맞으면 생각나는 사람이 있다.

외과의이자 동화작가인 정원석 박사다. 나보다 아홉 살 연상인데다가 고향은 북녘 땅 함흥이고, 게다가 서울에서 성장해 명문중고교와 명문대학, 이른바 KS마크로 전문의가 된 분인지라 어떤 연줄로 따져보더라도 나와 인연이 닿을 데라곤 없는 분이다. 그런데 그분을 알자마자 이내 친해져선 30여 년간을 한결같이 친밀하게 지내는 사이가 되었다.

내가 처음으로 내 집을 신림동에 마련한 후의 일이다. 둘째로 태어난 아들녀석이 돌 무렵, 지나치게 건강하다 싶던 터에 갑자기 변고가 생겨 아내가 아이를 들쳐업고 찾아간 병원이 정박사의 〈경동외과〉였다. 아이를 진찰한 의사선생님이 장중첩 같으니 빨리 종합병원으로 데려가라고 권한 바람에 지체하지 않고 세브란스병원에 들이밀었으며, 이로써 아이는 메스를 대지 않고서 사흘만에 퇴원했다.

이 병은 건강한 아기한테 발병률이 높다는 거며, 관장을 통해서 중첩된 장기를 푸는 방법과 개복을 해서 장을 치료하는 두 가지 시술 경계가 발병 24시간이 분수령이라는 건 뒤에 안 사실이다.

　의사가 시간을 다투어 정확하게 진단하는 건 치료의 첩경이리라. 임상에 임해서는 좋은 실력과 경험이 뒷받침되어 최선을 다하는 게 으뜸가는 자질일 게다. 병원 수입을 도외시할 수는 없겠지만 환자고객의 형편을 헤아리는 마음을 갖고 있다면 이 또한 덕목이 아닐 수 없겠다. 게다가 그분은 의학 못지않게 동화를 좋아해 작가 백시종 형과 셋이서 자주 어울리는 동안 이런 면면을 두루 갖춘 분이라는 확신이 점점 두터워졌다.

　군의관 시절엔 이런저런 일이 있을 법하다. 어느 날 아침, 지난밤의 작취로 인해 잔뜩 찡그린 얼굴로 군병원에 출근하여 환자차트를 보니 그 사이 누군가가 수술을 해놓았더라는 거다. 황당키도 하고 화가 나서 의무병을 불러 누가 수술을 했단 말이야! 하고 다그쳤더니 대답이 걸작이었다. "군의관님이 간밤에 술이 취해 들어오셔서 한 거잖아요?" 그가 머쓱한 김에 뭐라고 우물거리긴 했지만, 속으로는 그나마 칼질은 잘해놨군 했다는 얘기를 들려줄 적에도 나는 쌤통이라고는 생각지 않았다.

　이분의 초상은, 의사로서 작가의 길을 걸은 한스 카로사가 의사를 주인공으로 삼은 장편소설 「의사 기온」의 기온을 연상시키기에 족하다. 유능하고 성실하다는 점에서도 그러하지만, 예컨대 기온 의사에게 환자들이 불필요한 질문을 던져오곤 하면 "그게 없으면 당신은 1분도 살 수 없을 거요!" 이렇게 대꾸하고선, '생각 없이 내뱉은 이러한 말투는 자기도 싫어하던 전쟁터에서의 상용어같이 딱딱하게만 들렸다'고 반성하는 대목에서 닮았다. 아니, 기온이 순박하기 그지없는 농가의 하녀 에메렌츠가 유복자를 낳아야 하는 입장을 동정하면서, 그녀를 대지의 표상으로 또는 전후의 폐허 위에 다음 세대를 탄생시킬 모성으로 소중히 여기는 자세에서 엇비슷한 점이 눈에 띈다.

그런 분이니 병원 형편이 어떠리라는 건 짐작될 만하다. 자영을 그만 두고 취업의로 나가 강원도립병원장인가 하더니, 언젠가 제천의 무슨 종합병원장으로 있던 여름철이었다. 친절하게도 나한테 전화를 걸어 "여기 좋은 강변이 있어. 누구네 가족이든 짝을 지어 오란 말이야. 잘 들어 둬. 내가 좋은 입지에 있을 때 신세 많이 져두란 말이야. 머리 굴려봐" 하는 거다. 머리를 굴려보니 과연 수지타산이 맞는 장사인 성싶었다.

이렇게 해서 작가 김용성 가족과 같이 밑반찬 정도만 준비해서 양가 여덟 명이 제천으로 내려갔다. 혼자 내려와 있던 그분은 우리가 지낼 호젓한 강변을 물색해 둔 건 물론이려니와, 저녁이 되면 승용차에 육류며 채소류, 술을 실어 나르기가 바빴다. 우리는 3박4일을 모래사장의 텐트에서 지내며 정박사의 입지(?)에 어지간히도 신세를 졌다. 이럭저럭 30년 가까운 세월이 흐른 셈이다. (이 사이 정박사와 김용성의 가족이 가톨릭에 입교하여 같은 교우로 묶여졌으니 이런 인연도 흔하지 않겠다.)

이로부터 수년 후, 이번에는 동해시의 한 종합병원장으로 재직하던 정박사께서 또 여름휴가를 자기가 있는 곳으로 오라는 거였다. 이번에는 '입지'며 '신세'란 말 대신에 자기가 얻어둔 해변의 집 자랑을 늘어놓았다. 나는 성당 교우 한 가족을 부추겨 또 여덟 명 일행이 동해시에서 가까운 어달동 그 집에 들어섰을 때 과연, 싶었다. 마을에서 오직 하나뿐일 성싶은 이층양옥의 이층을 연중 통째로 빌렸다는 거다. 여름 한철 보기여서 집세가 장난이 아니었다. 바다를 정면으로 바라보는 향도 좋지만 백사장과는 지척이어서 아이들이 먼저 신바람을 냈다. 여기서도 우리는 3박4일을 엉기고 돌아왔다.

　이즘 세태를 감안하면 이런 분이 내 이웃으로, 나의 지인으로, 그리고 자기의 입지가 따습다고 하여 불러 손짓하는 형제애를 보여주는 고마운 손윗사람으로 인연이 이어져나간다는 게 얼마나 복된 일인가 곰곰 생각해 본다. 여름을 맞이하노라면 제천 강의 푸르고 융융한 흐름, 동해 어달동 바다의 투명한 비취빛 위에 한 얼굴이 오버랩된다.

남대문을 생각하다

우리네 삶의 공간 속에는 세월 따라 변하는 것과 변하지 않는 것이 있음을 나는 서울의 남대문(정식 명칭은 〈숭례문〉)을 바라보며 모름지기 느껴 왔었다.

서울은 우리 민족이 겪은 수난의 역사, 또는 국운의 융성이 요동칠 때마다 언제나 그 한복판에 자리한 채 이를 반영하며 변화를 거듭해 왔다. 수난의 대표적인 것은 임진왜란과 6.25전쟁이라 하겠고, 융성은 근세조선 국초의 기세와 70년대 이후의 경제 발전상으로 요약해 볼 수 있겠다. 그러한 서울의 관문으로 여일하게 남대문이 우뚝 서 있는 경관은 매우 상징적이었다.

조선조 개국 초기 한양도성의 남쪽 정문으로 세워졌다 해서 남대문으로 일컬어지는 건축물은 세종 치세에 개축하였으며, 6.25전쟁으로 손괴된 것을 60년대 초에 전면적 개축·복원을 한 것으로 알려진다. 수년 전까지만 해도 서울에 현존하는 목조건물 중에서 가장 오래된 것으로 국보 제1호로 지정된 문화재이다. 양녕대군이 썼다는 〈崇禮門〉이란 현판을 이날껏 이마에 달고 있었다. (하지만 한 사람의 터무니없는 망령으로 인해 소실된 저간의 사정은 이 자리에선 접어두기로 한다.)

원래 성문 가운데 하나로 버텨 섰던 이 남대문은 일제 초기에 도로를 신설코자 문 양쪽에 이어진 성벽을 헐어냈다. 그 이후에도 도로 정비에 발맞추어, 혹은 개방을 추진하며 주변을 잔디밭으로 조성하기에 이르러 이제는 문루 한 채만 오똑한 양상이다. 이것만 보더라도 남대문이 국운의 명암에 따라, 혹은 시류에 따라 변화의 몸살을 겪어 왔을 것임은 쉬 상상이 되는 일이다.

그런데 참으로 희한하게 그토록 상전벽해 같은 변화의 와중에서 남대문만은 어쩐지 변하지 않는 것처럼 생각되었던 건 웬일까?

나는 4.19가 일어나던 해에 처음으로 남대문을 마주대했다. 말하자면 전면적 개축을 하기 이전이다. 기차역 특유의 냄새가 배어 있는 서울역을 빠져나오면 먼발치로 눈에 다가드는 게 고색창연한 성문이었다. 뒷날, 국민적 관심과 애정 속에 늠름한 자태와 미려한 단청을 자랑하게 되었지만 한동안 인근에 위치한 현대식 건물(옛 상업은행 정도)과의 상충, 언밸런스가 지적되며 논란을 낳기도 했다. 하지만 그 후 고층 빌딩에 에워싸인 형국임에도 이 문화유적이 변하지 않은 것 같았다니!

유감스럽게도 나는 타인에게 이를 설명하고 납득시킬 지식이나 언변을 갖고 있지 못하다. 다만, 70년대에 발표한 나의 시편 「남대문을 바라보며」가 얼마만큼 대변을 해줄 듯싶어 여기 옮겨놓으며 약간의 사족을 붙임으로써 이해를 구해 볼까 한다.

봄볕 속에서 남대문을 마주보면

흰옷 소맷자락의 맥박소릴 듣게 된다.

우람한가 싶으면 조촐한 모습

옛 어른의 뜻만큼한 높이로

저처럼 안온한 정좌,

어디 다른 데에 있을 수 없고

오직 거기에만 있어야 할

한 채의 커다란 백자진사연화문호.

또는 절제를 익힌 이조여인의 돌아앉음인 듯

소슬한 어여쁨이 가슴에 차온다.

그냥 우두커니 남대문을 바라보아라.

진실로 슬기로 아로새긴 숭례문

5백년 눈시린 저 궁창 아래

홀로 떨어져 있음도 결코 홀로가 아닌 듯

주위의 경관을 제 어깨로 부축하고나 있듯.

처마 밑으로 봄볕이 비껴든

남대문 단청을 바라보노라면

우리의 한 고전古典이 성큼 일어서서 날을 듯해

차라리 눈을 하늘에 둔다.

흔히 남대문을 가리켜 웅장 혹은 장엄하다고 말했더랬다. 그렇지만 나는 그렇게 생각지 않았다. 그냥 어여쁘다 싶었다. 굳이 토를 달자면 초정 김상옥 선생이 우리의 백자白磁를 일컬어 "크다 싶지만 미련스럽지 않고, 작다 싶지만 소졸하지 않다"로 가늠될 성질이다. 때문에 우람한 건축물이 내게는 잘 빚어진 백자나 돌아앉은 이조여인의 이미지로 다가든다.

두 번째는 남대문이 갖고 있는 독립적인 조형미에서 찾아진다. 아름다움은 단독에서 우러나는 것이 아니라 다른 무엇과 대비됨에서, 또는 음양의 조화적인 것, 마주보는 것에서 창출된다는 지론이 있다. 다보탑은 석가탑과 나란히 서 있어야 돋보이며, 파리의 개선문과 새 감각의 앙데팡스가 신구 시대의 영광을 표방하며 일직선 좌향坐向에 놓임으로써 의미와 미관이 확대됨을 주목해 볼 일이다.

그런데 남대문은 자신의 미태를 거들어 줄 어떤 짝도 곁들이지 않는다. 석가탑이나 앙데팡스 같은 단순 명징한 형태미로써 보완되고 있지 않았다. 오히려 그 언저리는 수도 서울에서 그중 개발의 이질감이 심한 일각이라 하겠다. 남대문시장은 백년하청 그대로 재래적 모습을 유지하고 있으며 삼성그룹 타운은 현대식 빌딩의 전형적 블록이지 않은가?

그 공간에 오래토록 5백여 년의 세월감을 간직한 건조물이 홀로 떨어져 앉아 있었다. 화강암으로 구축한 하층 중앙에 홍예문을 만들었으며, 위로 이층 누각을 올려 받친 옛 성문이! 그 유별함이 별스러울 것임에도 스스로의 미감으로 인해 홀로가 아닌 듯하고, 만대를 뛰어넘는 초월성이 주위 풍정을 제 어깨로 다스리기나 하는 것처럼 조화를 이루었다.

우리네 삶의 주변에서 가장 변화가 확연한 것이 서울의 모습, 시가지 풍경일 게다. 이것은 21세기 글로벌화 시대에 발맞추는 미래에의 예시이기도 하고 우리 민족의 저력을 과시하는 역동적 힘의 반영이기도 할 것이다. 때묻은 생활상이 짚여지던 재래 골목의 풍물시는 씻은 듯이 사라지고 그 대신 낯설지만 효율을 극대화한 새 물결이 도처에 넘실거린다.

이런 와중에 남대문이 함께하고 있어 우리가 누구이며. 어디에서 어떤 삶을 살아왔는가를 깨우쳐 알게 해주었더랬다. 아무리 세계화 시대라 할지라도 우리는 배달겨레이며, 이 땅에 붙박혀 살아갈 존재임을 깨닫도록 했다. 지금은 남산에서 뻗은 경사가 진 자락, 수도 중앙의 4통5달하는 어귀에 옛 자태를 재현하려는 복원공사가 한창이다. 불타는 남대문에 전 국민이 발을 동동 굴리던 게, 날벼락을 맞은 듯 망연자실했던 게 엊그제 일같이 상기된다.

청계천에 서서

　매우 비관적인 지적이지만, 한 번 훼손시킨 자연은 본래의 상태로 되돌려놓기는 어렵다는 말이 있다. 예컨대 산속의 나무를 벌채했다면 어떤 회복책을 강구하더라도 원시림으로 돌이킬 수는 없다는 거다. 때문에 간벌의 필요성이 강조될 때에도 생명 군락 자체의 질서와 순기능을 염두에 두지 않으면 안 된다는 말이겠다.

　나는 청계천 복원 개통이 있기 며칠 전에 그곳을 다녀올 기회를 가졌다. 동아일보 구 사옥에서 평화시장까지의 상당한 구간을 왕복했더랬다. 그건 엄밀히 말해서 복원이 아니라 개축이라 해야 옳을 성싶다. 원래는 도시를 관통하는 개천이었을 것이 세월이 흐르는 동안 인간 삶의 편의에 따라 제방과 다리가 축조되면서 갖가지 변화된 모습을 보여 왔을 게다. 이를 한 마디로 줄인다면 자연의 인위적 개발이라 함직하다.

　한데, 이번의 청계천 복원은 결과적으로 인공 축조에 다름 아닌 셈이다. 전 면적이 예 그대로의 천변이 아니요 그 형상에 접근한 복구도 아니다. 흙바닥 한 곳도 문명 이전의 그것이 아닌, 통째 가공된 구조, 풍경일 따름이다. 이렇게 될 수밖에 없는 여건은 충분히 이해가 간다. 이런 복구가 최선의 방책임을 의심치 않기도 한다. 내 말의 요점은 그곳을 걸으면서 쾌적한 기분에 사로잡혔다는 데에 있다.

나는 1960년에 상경하여 학창시절을 보냈으므로 이 일대를 잘 기억한다. 유서 깊은 이 고도古都의 중심부에 이런 취약지구가 자리하고 있다니! 이곳은 그때 바닥인생의 찌꺼기와 악취가 뒤덮인 곳, 생활의 남루와 이로 인한 인성의 비루함, 환경이 조성하는 비행과 하천의 구정물은 동음이어였다. 아마도 이곳을 수도로 삼은 이래, 근 6백년간에 걸쳐 이 상태는 최악이라 하지 않을 수 없겠다. 청계천변에 몸 붙여 살았던 주민의 생존을 결코 폄하해서는 안 되겠지만 주거 환경만으로 볼진대 그건 도시의 부스럼과 무엇이 다를 것인가.

그런데 '잘 살아보세'라는 경제논리와 효능 제일의 개발 추세에 발맞추어 개천을 콘크리트로 복개해버렸다. 그뿐만이 아니라 고가도로를 증설하여 도심을 그야말로 거대한 회색 괴물 구조로 만들어 놓았더랬다. 이런 아이디어, 이러한 추진력, 이와 같은 성취는 세계 어느 개발도상국에서도 찾아볼 수 없는 기이한 사례일 터이다. 환기도 안 될 만큼 덮어버렸으니 그 음습한 구정물에서 파생할 가스와, 가스가 야기할 독성이 어떻게 여과될 것인지 아무도 명쾌하게 설명해 줄 수는 없으리라.

그 덮개를 깨트리고 새 물줄기를 쏟아 내렸다. 이로써 도시의 공기를 정화시키며 아름다운 풍광을 창출한 것은 어떻든 박수를 받아 마땅하다. 비록 전 구간 제방이 돌로 쌓여지고, 어느 한곳 모래둔덕이나 개흙이 깔린 곳이 없을지라도 그렇다. 또 흐르는 물이 계곡에서 이어지는 자연의 계류가 아니고 수자원의 공급을 받는 것이라 해도 마찬가지다. 어떻든 그 결과가 당대의 소망, 지혜, 노력에 최선을 다했다면 그걸로 만족해야 하지 않겠는가?

천변을 거닐라치면 여러 가지 나무가 식목되어 있어 이게 무슨 나무냐고 묻기도 했다. 흙이 드러난 공지에는 어디랄 것 없이 풀이 심어졌고, 물가에는 수초가 흐느적이기도 한다. 개울 바닥은 돌이 깔렸거나 모래바닥으로 이루어져 맑은 물이 청량한 소리와 시린 물빛을 띤다. 아, 저 물! 다들 경탄의 시선으로 바라보는 듯하다.

이에 이르러 내 시의 한 구절이 떠오른다. 청계천 물을 내려다보는 감회와 다르지 않기에 여기 덧붙여본다.

드높아진 하늘 아래로 고추잠자리를
하늘하늘 날게 하는 건,
노인의 지척거리는 걸음을
고갯마루에 오르게 하는 건
산소다. 어디든 있으나 눈엔 띄지 않는

누구나 필요로 하는
청량한 생명수,
잎을 틔우고 자단목紫檀木에 향기를 불어넣기 위해

뿌리가 한사코 거머쥐려 하는 건

어둡고 찬 땅속이다.

-「하늘 길」의 일부

더럽혀지지 않은 고요

　사람들은 저마다 나름대로 외경의 대상을 품고 살아간다. 개인에 따라 그 대상은 절대적 존재나 윗대 혈연일 수 있고, 그 밖에도 자연·인사에 두루 걸쳐 있을 법도 하다. 그런데 종족 집단이 보편적으로 하나의 대상을 장구한 세월에 걸쳐 간직해 왔다면 그건 미상불 큰 음덕이 아닐 수 없겠다. 민족 결집의 구심력이 되어주고 민족적 아이덴티티로 작용할 테니까. 우리 배달겨레는 단군왕검과 백두산이 이를 표상한다고 보겠다.

　백두산은 한반도와 만주 대륙의 경계에 우뚝 선 해발 2,744미터의 거봉을 이루는 명산이다. 수림대의 보고寶庫이며 백두대간의 근원인데다가 정상에 천지가 자리하고 있어 단순한 산 높이에 더해 명예를 드높인다. 천지에 담긴 물을 두고 우리는 '하늘 아래 가장 높은 물'로 의심 없이 받아들인다. (하지만 지구상에는 최고봉 에베레스트를 비롯하여 5천 미터가 넘는 산봉우리가 수없이 많으며 그들 산정에 있는 호수 또한 적지 않다 한다.)

　그 산 주위의 민족들은 우리가 백두산을 외경하듯이 그러할 것이고, 천지에 깊은 감회를 받듯이 또한 감읍해 할 것이다. 우리 근대문학의 선구자였던 육당 최남선이 「백두산 근참기觀參記」를 썼듯이 그들도 등정기 아닌 근참기를 쓰기도 했을 터이다. 뿐만 아니라 그 산마다 많은 신화를 간직해서 세세대대로 삶의 지혜로 삼을 게 틀림없다. 하지만 이러한 비교는 실로 무의미하다.

중요한 건 우리가 우리의 백두산을 만나는 일, 그때 우리의 경이로움과 광휘와 감격의 정서다. 더 좁혀 말한다면 많은 사람이 백두산을 다녀온 터에 우리 가운데 한 사람인 '나'의 경우와 느낌이다. 백두산 정상에는 올랐지만 천지의 진경을 쾌청한 날씨 속에서 바라본 경우가 소수임을 감안할 때 나처럼 드라마틱하게 조우한 입장에서는 더욱 그러하다.

1991년, 한국문협에서는 북경서 열린 〈소수민족 문학 심포지움〉 참가를 계기로 중국 일대 관광을 주선했었다. 여기에 신청한 문인들은 대개가 백두산 코스에 마음이 동했을 성싶다. 천지를 대면할 수 있는 확률이 연중 7월말 전후 1주간이 가장 높으며, 그 시기에서 멀어짐에 따라 확률이 급격히 떨어진다는데 이 또한 타이밍이 절묘했다. 그래서 나도 참가하여 북경→ 장춘→ 연길→ 백두산으로 이동해 갔다.

이때가 어김없이 7월말 전후 한 주간에 걸쳐 있어서 천지를 보려니 하는 기대감이 컸다. 그런데, 등정 전날 백두산 아래 숙박지에 도착했을 때는 비가 부슬부슬 내렸기에 절로 우거지상이 되고 말았다. 한데 이건 웬일일까? 이튿날 기상해보니 날씨가 말갛게 개어 그야말로 비 온 뒤의 '어떤 개인 날' 그것이지 않는가! 일행은 여러 대의 지이프에 나누어 타고 쾌재를 부르며 밀림 속을 뚫고 나갔다. 두어 시간을 달렸을까, 키 작은 관목림대를 빠져나오자 눈앞에 화산으로 인한 갈색의 민둥 정상이 다가들었다. 아니, 어느새 하늘이 시야에서 사라진 걸까? 그 정상 부분은 짙은 운무에 가려져 있었다. 정말이지 천변만화의 기상 조건이다.

지이프에서 내려 숨찬 걸음으로 정상에 오르기까지는 몇 분의 시간만 소요되었을 것이다. 는개에 에워싸인 듯 얼굴에 차가운 물 미립자가 감촉되는가 하면, 바람기가 세차 오슬오슬 추웠다. 하지만 이게 뭐란 말인가? 사방이 한 치 앞을 바라볼 수 없을 만큼 안개 장막을 둘러쳤으니 낭패가 이만저만이 아니었다. 이 짙은 운무 속에서 다들 난망해져 넋을 잃고 말을 잊어버렸다.

아마도 수삼분이 흘렀을 게다. 여기까지는 공통의 느낌이다. 이후의 대목은 나 혼자 지각한 것이든지 남들도 다 같이 본 건지 그건 모르겠다. 망연히 캄캄한 허공을 주시하고 있는 가운데 어느 한 지점에 흡사 바늘구멍 같은 빛이 떠오르더니 차츰 뱅그르르 도는 듯했다. 착시현상인가 하는 것도 순식간, 그 빛이 곧 밝음을 끌어올린 양이다. 그 속도감을 인식할 겨를도 없이 사위는 어느새 환하게 눈에 들었다. 오, 이 놀라움! 그 변화는 이렇게 설명될 수 있을 성질이리라.

영상기법의 용어로 장면이 서서히 밝아오는 걸 페이드인fade-in이라 하고 그 반대의 용암溶暗을 페이드아웃이라 한다. 그것은 빛의 발현과 잠적을 동적으로 나타내는 용어이다. 그와 함께, '커튼을 열다' 나 '주렴을 걷다' 라는 말은 좌우 이동으로 그 물체 바깥의 경치를 볼 수 있다는 뜻이다. 백두산 정상에서 운무가 차츰 사라지고 천지가 환히 시야에 접해지는 과정은 이 두 가지, 즉 페이드인과 주렴을 걷는 작용의 합성으로 이해하면 되리라.

조금 전만 해도 캄캄하기만 했던 것이 어느새 넓게 펼쳐진 병풍 꼴의 호수 안벽이 눈에 들어오면서 아래쪽에 시푸른, 아니 그 어떤 형용사로도 형용할 길이 없는 물색의 수면이 드러난 게 아닌가! 하늘 쪽은 위를 쳐다볼 겨를이 없었던 만큼 언제 저렇듯 파랗고 쩽쩽하게 바뀌어져 있는지 그저 경이로울 뿐이다.

아, 이 기후의 조화, 천지의 저 푸름과 침묵! 태초의 정적과 누백만년 쌓이고 쌓인 비밀스러움! 이것이야말로 백두산의 절대적 경지요 그 궁극점 아닐까? 존 키츠가 읊은 '그대 아직도 더럽혀지지 않은 고요의 신부여' 그것 아니겠는가?

한데, 이렇듯 천지를 근참한 것도 잠시, 곧, 정말이지 이내, 우리가 보았던 그 놀라운 광경은 그것이 드러났던 역순으로 순식간에 자취를 감추어버렸다. 그와 동시에 습기와 머리카락을 흩날리게 하는 세찬 바람으로 인해 더 이상 뭉그적댈 수도 없었고 서 있는 게 무의미해졌다. 나는 밟았던 잠깐 사이에 사진 두어 컷을 찍었고 화산석 두어 개를 주워 가졌을 따름이다. 황황히 되돌아 하산하는 길에 일행인 성찬경 선생이 이런 말을 불쑥 던졌다.

"우리가 뭔가 보기는 본 거지?"

이건 내가 하고 싶은 말이기도 했다.

단련과 성찰

사람이든 어떤 조직체든 간에 뜻을 품고 구슬땀을 흘려가며 추진하여 마침내 소기의 성과를 거둔 걸 볼라치면 이해관계가 직결되어 있지 않아도 절로 박수가 쳐진다. 무엇이거나 처음에는 아주 어설퍼 보이게 마련이다. 하루하루의 생존을 위해 안간힘을 쓰는 것이 보기에도 안타까웠던 터에, 어느 사이엔가 성큼 성장하여 안정을 얻고 있는 걸 접할 땐 진정 고마움이 치솟기도 한다.

어린아이는 세상에 태어나 여린 두 주먹을 불끈 쥔다. 얼마쯤 지난 후에는 젖 먹던 힘을 다 짜내가며 배밀이를 시작한다. 그러다 어찌어찌해 무릎을 펴는가 싶더니 몇 번 쓰러지기를 거듭한 끝에 어느 날 문득 일어서선 발을 떼놓는 모험을 감행한다. 그랬던 아이가 돌을 맞으면 케이크와 촛불 앞에서 가족들은 대견해 하며 덕담과 축하의 말을 건넨다. 아이는 나름대로 한 해의 어려움을 이겨냈고, 갖은 시행착오를 거쳐 이날을 맞은 것이다.

어린아이를 이토록 키워낸 것은 시간과 불이었다. 쇠붙이일망정 맹렬한 불에 의해 달궈져서 담금질이 되지 않고선 더 강한 강철이 될 수가 없다. 한낱 철분이 많은 광석이 용광로에 들어가 고열에 의해 녹고 단련이 됨으로써 쓸모가 있는 쇠붙이가 된다. 어린아이나 인생도 마찬가지로 힘겨운 시간의 연속 속에서 꺾이거나 넘어지지 않고 버티고 추슬러 나간 끝에 안정과 영광을 획득한다. 비바람에 부대낀 후에야 질기고 튼튼한 줄기疾風勁草를 갖는 이치에 다름 아니다.

군이 풍파나 역경을 자초하라는 뜻이 아니다. 하지만 모든 진로와 선택에는 최선의 노력과 슬기를 쏟지 않으면 안 되게끔 예정되어 있는 걸 어쩌랴. 이를테면 집을 떠나는 길손은 큰 비를 만나거나 연일 땡볕이 계속되는 걸 염두에 두고 우산과 마실 물을 준비해야 한다. 길이 두 갈래로 갈라졌을 땐 산을 넘는 게 좋은지 강을 건너가는 게 마땅한지 판별해야 한다. 산에는 수풀이 우거졌고, 강은 여울이 세찬 법이다.

이를 견디고 무사히 귀가한 사람은 이제 떠날 때의 그가 아니다. 훨씬 성숙하고 인생에 대한 폭넓은 식견을 갖춘 사람, 열린 마음의 소유자가 되어 있을 게 아닌가.

나는 연전에 세계 최대의 토목공사로 알려지는 양쯔 강의 '삼협댐' 공사 현장과 조우한 적이 있었다. 중국인들은 이 강을 장강長江이라 부르며 역사와 생활 속에 깊이 아로새겨 놓았다. 한데, 인간생활의 풍요로운 모태이기도 한 이 강이 자주 범람하여 무수한 인명과 재산을 앗아가는 재앙이 되기도 했었다. 때문에 인공위성에서 유일하게 포착된다는 인공적 건조물인 만리장성을 축조한 민족답게, 장강을 막아 거대한 댐을 건설하는 역사役事를 일으킨 것이다.

그 공사의 장대함, 경제대국에의 열망, 새로운 장강 풍물에 대한 기대로 흥분이 한껏 고조되어 있었다. 많은 강변과 산록이 물에 잠길 테지만 그보다 더 나은 결실, 이를테면 홍수 조절 기능, 농공업 용수의 적절한 공급, 전력의 풍부한 생산, 그밖에 국토의 효율적 이용에 이르기까지 많은 득을 누릴 건 뻔하다.

중국은 오랜 잠에서 깨어나 마치 거인의 기지개처럼 훌훌 털고 일어서는 양이 확연히 접해졌다. 그들은 참으로 오랜 세월 동안 상부 명령과 시정 조치, 자원에 대한 비효율적 관리와 낭비에 파묻혀서 고단한 삶을 감내해 나갈 밖에 없었다. 한때는 세간 가운데 쇠붙이는 모두 강제로 거두어 그걸 녹이느라 산의 나무를 무모하게 벌채함으로써 인민의 생활과 자연을 황폐화시키고 말았었다. 잘못 추진한 정책상의 오류는 좀체 치유하기 어려운 깊은 골과 상처를 남겨놓는 법이다.

아마도 '삼협댐'은 이런 어리석음을 되풀이하지 않을 것이다. 그렇더라도 모든 일, 성취에는 반드시 양가성ambivalence이 내포됨을 잊어서는 안 될 터이다.

우리나라도 돌을 맞는 어린아이같이 힘겨운 자립의 세월, 홀로 우뚝 서 보겠다는 안간힘을 쓴 끝에 이제 대견하다고 해도 좋을 성년을 구가하고 있다. 이러기까지 많은 개발 의욕과 시행착오를 거듭했던 것도 사실이다. 국토의 획기적 이용에는 개발과 환경 보존이라는 두 가치의 괴리가 필연적으로 파생하기 마련이다. 확실한 이利가 예상되는 반작용으로 회복 불능이라는 손실은 없을 것인가?

오래 전에 남산의 보존을 위해 이른바 외인 아파트를 철거한 사례가 있는가 하면 막대한 국가 재정을 투입하여 청계천을 원상회복한 역사를 벌인 바도 있다. 그런 한편으로 여전히 지역 균형 발전이라는 명제에 밀려 산자락이 헐리고 개펄이 매립되고 있는 형편이다. 골프장을 만드느라 곳곳이 파헤쳐져 붉은 진흙바닥을 흉스럽게 드러내고 있는 걸 쉽게 목격할 수가 있다. 이럼에도 아무런 문제가 없을까?

소설에서 이와 같은 개발 문제를 심도 있게 다룬 예로 브라질 작가 조르지 아마도의「끝없는 대지」를 상기할 필요가 있겠다. 브라질은 이 지구상의 허파로 부르는 광대한 자연 원시림을 가진 나라다. 그런데 사람들이 부富를 좇아 숲을 파괴하여 부가가치가 높은 농장으로 개간해 나갔다. 그것이 도가 지나쳐 많은 부작용을 낳은 결과로 지금 그들은 고통을 겪고 있다. 그 개간의 정황을 소설에서 이렇게 묘사한다.

'그는 인간들이 숲에 침투해 들어와 나무들을 베어 넘어뜨리고, 짐승들을 죽이고, 시퀘어로그란지 숲이었던 그 땅에 카카오나무를 심을 거라는 사실을 분명히 알았다. 그는 숲에 화전불을 놓아 나무줄기에 불꽃이 넘실거리고, 리아나 줄기가 불기운에 몸을 비비 꼬는 광경을 어렴풋이 본다. 쫓기는 표범들의 울음소리도, 원숭이 떼의 아우성도, 타들어가는 뱀들이 내는 예리한 소리도 듣는다.'

원시림은 한 번 파괴되면 훗날 어떤 노력에도 불구하고 자연수림 상태로 되돌아가지 못할 게다. 우선에는 카카오가 황금 열매로 소득을 높여 주겠지만, 먼 훗날에 그 득실을 계산하면 사람들은 개간이 자충수를 둔 것이거나 자기 묘혈을 스스로 팠다는 자괴감에 당도할 수도 있다.

어려움을 겪으며 성숙하고, 비바람을 견디며 무언가를 이뤄낸 그 모든 과정은 칭찬받을 만하다. 지금 장강에 엄청난 둑을 쌓은 중국인의 다부진 의지와 원대한 희망 또한 격려를 받아 마땅할 게다. 우리는 '신이 중국인에게 물을 쓸 수 있게 해주었는데, 오늘 중국인은 그 물을 부엌의 항아리에 간수하게 되었다'는 평을 듣게 되길 진심으로 바란다.

그들이 단지 부에의 과욕이나 한 지역의 이기주의에서 이 대역사를 완성한 게 아니라 자연 재해의 극복과 보편적 가치 추구에 바탕을 두고 있다는 걸 믿는 탓이다. 우리나라의 국토개발과 빈번한 토목공사들도 이와 같기를 어찌 바라지 않으랴. 그리하여 모든 열매는 달아야 한다는 철리哲理가 여기서도 꼭 달성되어질 것을 모름지기 소망해 본다.

인도로 가는 길

먼 미지의 나라로 생각되었던 인도가 근년 들어 우리에게도 많이 친숙해진 것 같다. 대개는 영화 〈인도로 가는 길〉과 〈시티 오브 조이스〉를 통해서 그곳 풍물에 쉬 접근할 수가 있었을 것이며, 여행 자유화 바람을 타고 몸소 다녀온 사람들도 적지 않을 것으로 짐작된다. 이렇게 만난 인도는 역사적으로 혹은 관념적으로 이해해 왔던 그 신비를 전적으로 배반하는 것이어서 주목된다.

역사적으로는 인더스 갠지스 강 유역에 원류를 둔, 세계 4대 문명발상지 중 하나로 인식되어 왔으며, 동양 일원에서는 불교 종주국으로 동경의 대상이 되기에 족했었다. 그런가 하면 유럽에서는 일찍부터 인도 땅이 황금으로 뒤덮여진 곳, 그래서 일확천금이 보장된 파라다이스로 알려졌던 모양이다. 오늘날 원주민을 통칭하는 인디언이란 말이나, 카리브 제도를 인도로 오인해 서인도제도라 명명했던 건 유럽인의 무지를 나타내기도 하지만 동시에 인도 진출에의 꿈을 담은 결과라고도 볼 수 있겠다.

이런 현상에 맞장구를 치듯 유럽의 19세기 소설이나 동화에서는 인도에 가서 단기간에 거부가 되어 화려하게 금의환향하는 꿈같은 얘기가 심심찮게 보인다.

그러나 정작 인도에서 우리가 볼 수 있는 건 지독한 궁핍(그것도 극심한 불평등으로서의 가난)과 국토가 통째 누더기처럼 남루한 몰골뿐이다. 더구나 놀랄 일은, 부에 대해 도덕적으로나 사회적으로 부담감을 갖지 않은 상류계층 옆에서 거처할 집이나 신고 다닐 신발도 없이 내던져진 채 살아가는 다수의 부초 같은 인생이 득실거리고 있는 풍경이다.

어떤 후진국에서나 또는 독재국가에서도 국민의 불만을 잠재우기 위해 우선적으로 정책을 수립하는 부분은 주택 보급이라 한다. 사람은 잠자리를 누릴 공간만 확보하고 있다면 웬만큼의 불평불만은 삭이며 소시민으로 안주하려는 성향을 가졌다는 사회학자의 지적은 옳은 말이다. 그럼에도 고대문명의 발상지이며 현재에도 인구로 보자면 중국 다음의 대국, 게다가 핵보유국으로 알려지며 제3세계의 맹주로 자처하는 인도에 한뎃잠을 자는 무리가 늘려 있다는 걸 어떻게 이해한단 말인가?

나는 인도여행을 하면서 다른 어떤 문화대국에서보다 큰 감명을 받은 바 있다. 대개는 아름답고, 내세에의 깊은 소망에 연유한 정신적 결정체라 할 건축물과 조각상에 말미암은 것이었다. 현실의 어떤 질곡이나 고통도 대수롭잖게 여기는 정신의 초월성, 절대적 가치 체계에 순응하여 영원복락을 추구하는 그들의 믿음 세계를 유형적 문화유산에서 읽을 수 있었기 때문이다.

대표적인 예로써 아그라에 있는 타지마할은 그 완미함으로 세계 최고의 아름다운 건축물로 손꼽힌다. 순백색의 대리석에 각종 보석을 상감象嵌하여 치장한 벽면들, 큰 돌덩이를 조각칼로 파내고 뚫어 그물망처럼 투각해 놓은 장식물, 그리고 정원의 대칭구도와 빼어난 미감의 조경 등 어느 것 하나도 흠잡을 데 없는 예술품 그것이다. 17세기 무갈제국의 야지한 제帝가 사랑하던 왕비의 죽음을 애석하게 여겨 유택으로 지어 바친 건조물이다.

이 대역사로 인해 국가의 재정이 바닥나고 백성의 원성을 샀던 끝에 왕은 왕세자에 의해 축출당하여 인근의 레드폴드 성에 유폐된 채 생을 마쳤다는 슬픈 이야기도 전해진다. 비록 봉건사회 체제 아래서 제왕의 횡포를 엿보게 해주는 역사의 한 장이긴 하나 애처의 명복을 그토록 염원했던 진정은 숙연케 하는 바 없지 않다.

이에 못지않은 것으로 엘로라·아잔타 두 석굴을 들 수가 있다. 거대한 한 개의 바위 덩어리를 측면으로 깎아 수많은 수도의 도장을 만들었는가 하면, 위로부터 깎고 다듬어 들어가 입체적인 사원을 건조해 놓기도 했다. 내실마다 힌두교의 신상과 불상이 그 바윗돌에 각해 있으며, 벽 천정 기둥 등 곳곳에 채색그림이 현란하다. 누대에 걸쳐 석공이 돌을 쪼은 공력도 불가사의한 일이지만 공정이 수백 년 동안 걸쳤음에도 일관성과 조화의 통일이 유지된 건 오늘날의 과학 지식을 무색케 한다.

또 그 벽화에 나타나는 설화들은 로맨티시즘의 극치라 한다. 이러한 찬란한 문화유적이 전란과 종교적으로 적대시되는 이민족의 외침으로 인해 파괴 · 훼손된 점은 안타깝기 그지없다. 게다가 현재에도 국력이 미치지 못해 이 세계적 유적지가 온전히 보전되지 못하고 있는 실정이다.

내가 인도여행에서 문화관광 이상의 보람을 느낀 데는 위와 같은 미의 정수, 불가사의한 건조물을 조우한 데에 그치지는 않는다. 그 외의 것이란 오늘날의 궁핍한 생활환경과 대비될 때 비로소 이해가 되는 국면이다. 즉 인도인들은 고대로부터 현재에 이르기까지 '영혼의 집'을 짓고자 집착하고 있다는 거다. 오늘 배 불리 먹고 편한 잠자리를 차지한다는 게 그다지 중요하지 않는 저간에는 영원토록 영복을 누릴 영혼의 집에 천착하는 심성이 도사리고 있기 때문이라 한다.

인도사회와 생활을 이해하기 위해선 힌두교에 입각한 종교문화와 빈곤의 두 가지 특색, 또는 함수관계를 먼저 염두에 두어야 한다는 지적이 있다. 말할 수 없는 빈곤도 다수의 인도인에게는 힌두교의敎義에 따라 재생하기 위한 준비단계로 생각하고 결코 절망하지 않으며 생을 영위해 간다는 말이다.

무심한 나그네라면 그야말로 헐벗고 초췌한 모습, 누더기 하나로 길바닥에서 이슬잠을 자는 이들, 이러한 다수의 인도인에 대해 연민을 품을 법하다. 그런가 하면 재생을 위한 준비단계로 저처럼 태평스런 표정을 짓는 걸 두고서 미레토스 사람들처럼 비웃을 법도 하겠다. (미레토스 사람들이란, 고대 그리스 천문학자인 탈레스가 밤하늘의 별을 연구하며 걷다가 도랑에 빠졌는데, 이때 미레토스 마을사람들은 아무리 대과학자라 하더라도 별을 보느라 발밑을 보지 못하면 세상살이에 지장이 많을 거라고 비웃은 걸 가리킨다.)

오늘은 집을 갖지 못한 채 도시 그늘을 배회하는 인도인의 눈빛에서 슬픔이나 절망 따위는 비치지 않는다. 가진 것이 없다면 잃을 것도 없다는 노자老子 식의 사유와도 다른, 그네들 특유의 신앙이 삶의 지반을 튼튼히 받치고 있는 까닭이다. 우리는 다들 돌아갈 집이 있고 따스한 잠자리를 확보한 국민으로 발돋움한 시대를 살고 있다. 이쯤서 우리 또한 내세에 살아갈 집, 즉 영혼의 집에 대해 상념해 봄이 좋지 않겠는가?

화폭과 소설

　아기에게 젖을 물리는 젊은 여인의 자태는 아름답다. 거기에는 따뜻한 모성뿐만 아니라 원초적 사랑의 교감, 의지하고 보살펴 주어야 한다는 사회적 연대감이 살펴진다. 더구나 첫아기인 경우 좀 더 델리킷한 느낌이 덧붙여진다. 가슴의 뽀얀 살결, 옷깃을 추슬러 움켜쥔 수줍음의 매력, 또 원형이 허물어지지 않은 채 봉긋한 볼륨감은 고혹적이기까지 하다.

　나는 어느 한때, 문학과 예술도 저러한 경지에 다다라야 한다고 생각해 본 적이 있었다. 그것을 풀이한다면 관념적이기보다는 실체적 진실을, 언어의 화장化粧보다는 생명력 있는 창조를, 에로티시즘에 접근하되 진선미를 구현하게끔… 한 마디로 간추리면 선언적 모션이 되어서는 안 되고 삶을 드높이는 어떤 가치를 띠어야 한다는 뜻이다.

　왜 나는 글감으로 젖을 물리는 젊은 여인이라는 항간의 화제, 어찌 보면 어쭙잖은 말문이라 핀잔받기 십상인 이런 걸 택하였을까? 그럴 만한 이유가 있다. 진정한 예술에서는 이처럼 예사스런 풍정에서 예사롭지 않은 격정의 정서, 감동적인 삶의 모서리가 창출되기도 하기 때문이다.

나는 1991년 가을, 막 페레스트로이카가 일기 시작한 구소련의 모스크바와 페테르부르크를 짧은 일정 속에 관광하는 행운을 가졌다. 크레믈린에서는 개혁 개방정책을 추진하고 있었으나 사회 전반의 관행과 분위기는 여전히 경직된 사회주의 그늘이 두텁게 드리우고 있었다. 눈발이 자욱이 흩날리는 사드바야 환상도로의 드라이브, 볼쇼이극장의 발레 〈지젤〉 관람, 화려 장대한 예카쩨리나 궁전, 카잔 대성당의 돔 천장… 이런 것들은 무뚝뚝함과 서비스 부재의 인상과는 판이한 러시아적 광휘였다.

그중에서도 세계 3대 미술관으로 손꼽히는 에르미타지 관람은 내게 특별한 경험이었다. 이 미술관은 제정러시아 수도였던 페테르부르크의 혁명광장에 면해 병풍처럼 늘어선 건축물로, 18세기 중엽에 예카쩨리나 여제가 동궁冬宮으로 지어 황실미술품을 소장했던 곳인데, 그 1세기 후쯤에 미술관으로 개관했다고 한다.

짧은 일정에 쫓겨 건성으로 회화 전시실을 일별하고는 다음 방으로 가로질러 가곤 하던 순간이었다. 어느 한 곳에 들어섰을 때 나는 숨이 칵 막히는 압도감과 함께 다리가 절로 멈춰서고 말았다. 1백호 남짓할 큰 화폭에 늙수그레한 남자 죄수가 두 팔이 뒤로 묶인 채 벽에 기대앉아 있고, 웬 아리따운 젊은 여인이 풍만한 젖가슴을 풀어 죄수에게 젖을 물려주려는 모습이 그려진 유화였다.

그림 내용이 쇼킹하다. 사내는 수염을 길게 늘어뜨렸음에도 나체나 다름없는 육체는 근육질의 강건한 체격이었으니까. 미모에다 풍만한 육체를 지닌 여인의 유방에 입술을 내미는 남자는 희랍신화의 탄타로스를 연상시키기에 충분했다. 하지만 여행사의 가이드가 나서서 다음과 같이 설명해 주었으므로 나의 당혹스런 느낌은 일거에 바뀌어졌다.

"아버지가 정치범으로 중형수 감옥에 유폐되었는데, 굶주림과 갈증으로 목숨이 경각에 달한 참이었답니다. 그때 마침 딸이 간수를 매수하여 면회를 하게 되었던 겁니다. 더 지체했다가는 아버지가 살아남기가 어렵다 싶어 얼른 자신의 젖을 물리는 장면입니다."

나는 그 순간, 기묘한 충격에서 벗어나 관능과는 무관한 삶의 한 드라마를 읽을 수 있었다. 상식을 분쇄하는 실체적 진실, 생부에게 젖을 물리는 절박한 심정의 딸 표정에는 앞서 적은 모성 표현, 사랑의 교감, 사회적 연대조차 뛰어넘는 무엇인가가 접해졌다. 정치 체제의 가혹함에 대한 고발과 리비도libido를 초월하는 근원적 윤리성까지…

'젖을 물리는 여인'에 대한 새로운 인식은 화폭과의 조우에만 그치지 않았다. 알을 줍기 시작하면 공룡의 알도 찾을 수 있는 게 세상 이치다.

나는 세계의 명작들을 읽고 평석評釋·소개하는 작업에 몰두한지 오래됐다. 그러는 동안에 나타니엘 호손에서 토머스 핀천에 이르기까지의 미국소설을 두루 접했다. 20세기 거장으로 일컬어지는 포크너, 헤밍웨이, 스타인벡의 주요작품이 망라되는 건 너무나 당연하다. 스타인벡의 소설은 내가 20대에 「불만의 겨울」을 읽은 뒤 중편 「진주」와 「생쥐와 인간」을 거쳤다. 「생쥐와 인간」에서 떠돌이 노동자의 우애와 휴머니티에 감명 깊었지만 그 계열의 대작이자 작가의 대표작으로 칭송되는 「분노의 포도」

는 근년에 와서야 접했다.

20세기 중엽의 미국문학에서 이처럼 척박한 노동 계층의 삶과 반자본주의적 성향의 굳건한 리얼리즘을 구축한 장편이 있다는 건 놀라운 일이다. 오클라호마에서 목화 농사를 짓던 조드 일가는 기계화 영농의 시류에 밀려 부채가 늘고, 비정한 은행에서 토지를 빼앗자 살길을 찾아 서부 캘리포니아로 이주한다. 오렌지와 포도 농원에서 일꾼을 모집한다는 전단만 믿고 대가족이 헌털뱅이 트럭 한 대에 의지해서 천신만고 끝에 당도한다.

그러나 그곳인들… 미국은 경제공황의 뒤끝이 보이지 않았으므로 이른바 '오키'(서부로 향하는 뜨내기의 총칭)의 비극은 중첩된다. 그럼에도 스타인벡은 「생쥐와 인간」에서 피력했던 생명 개체의 상호보완, 숭고한 인간애를 한층 개화시킨다. 그것은, 「분노의 포도」에서 대미를 장식하는 젖을 물리는 여인의 인인애隣人愛로 입증된다.

등장인물 가운데 '들장미'로 불리는 로쟈산은 조드가家의 4남2녀 중 장녀이다. 그녀는 18세의 앳된 나이로 결혼하여 부른 배를 안고 친정가족을 따라 나섰으나 지독한 고생 때문에 유산을 하고 말았다. 오키에 대한 해코지가 그러고도 모자란 듯 비는 줄기차게 내려 홍수가 덮쳤다. 젊은이들은 제 살길을 찾아 떠나고 남은 가족이 흠씬 젖은 몰골로 비 피할 곳을 찾아나섰다.

헛간채 하나가 보여 들었더니 마침 건초가 깔려 있었다. 그런데 어두컴컴한 한 쪽 구석에 병들어 피골이 상접한 50대 남자가 널브러져 있는 게 아닌가. 그 남자 옆에 아들인 소년이 지키면서, 아버지가 음식을 목에 넘기지 못해 생명이 위태롭다는 말 끝에 우유를 구할 수 있다면 살리겠는데 그것이 무망하다며 울먹인다. 로쟈산의 젖은 옷을 그녀의 어머니가 벗겨주고 남루한 이불로 맨몸을 감싸는 사이 모녀간에는 무언의 공감대가 이루어졌다.

더 무슨 말을 덧붙이랴. 긴 장편의 끝은 이런 문장으로 장식되어 있다.

'그 다음 그녀는 피로한 몸을 일으키고 이불을 끌어당겨 몸에 감고 천천히 구석으로 가서 남자의 초췌한 얼굴과 겁에 질려 말똥거리는 눈을 내려다보았다. 그러더니 남자 옆에 누웠다. 남자는 천천히 고개를 저었다. 들장미는 이불 한 쪽을 헤치고 젖을 꺼냈다.

"어서 먹어요"

그녀는 몸을 움직여 가까이 가서 남자의 머리를 끌어당겼다.

"자, 어서!" 하며 손을 남자의 머리 뒤로 넣고 그 머리를 받쳐 주었다.'

러시아 스냅 2제題

모스크바대학에서

1992년 가을, 우리 내외가 모스크바에 머물고 있던 때의 일이다.

우연히, 국내에서 러시아어를 전공하고 이곳 주재 상사원으로 나와 있는 젊은이를 알게 되어 몇 차례 관광 도움을 받았다. 그 무렵 러시아는 개혁 개방의 역작용으로 하루가 다르게 환율이 곤두박질치며 극심한 경제난에 허덕이던 참이었다.

날씨가 쾌청해서 이날은 레닌언덕을 거쳐 모스크바대학 캠퍼스로 나들이를 나갔다. 이 대학의 본관 건물은 세계적으로 유명한 예의 그 웅장한 '스탈린식 건축물'의 대표적 명소여서 위압을 당할 만했다. 활달한 성격의 젊은이 덕에 강의실을 기웃거려 보기도 하다가 마침내는 엘리베이터를 타고 굉장히 높은 중앙탑 부분의 꼭대기 층까지 올라갔다.

그 복도 끝에는 드물게도 간판이 붙어 있었는데 '지질학연구소'라고 한다. 여기까지 올라와 그냥 내려가기도 뭣해서 문을 두드렸더니 뜻밖에도 인자해 보이는 노부인(그럼에도 지적 교양이 은은한)이 얼굴을 내밀며 미소를 짓는 게 아닌가. 젊은이가 우리 내외를 가리키며 너스레를 떨었을 게다. 노부인은 이를 좋게 들었던가, 이곳은 외부인의 방문을 엄격히 통제하는 곳이지만 먼 나라에서 모처럼 찾아주었으니 예외로 치겠다며 잠시 둘러보게 배려해 주었다.

홀을 가득 채운 진열장은 러시아 영토 내에서 출토된 광석의 샘플들이다. 상당 부분이 우랄산맥의 광물질인 듯했다. 하지만 문외한인 우리 눈엔 그냥저냥 엇비슷한 돌멩이로 보일 따름이다. 그보다는 대형 유리창을 통해 내려다보이는 잘 구획이 지어진 캠퍼스 일원과 멀리 도시의 원경이 한눈에 잡혀 카메라 셔터를 누르는데 관심이 쏠렸다.

우리가 그곳을 나오려 할 때, 그 노부인은 우리의 비전문적인 태도에 대한 석연찮음은 접어두고서 그네들이 곧잘 입에 올리는 예의바른 인사말로 전송한다. 아주 인자한 음성으로… 그때 우리의 젊은이가 친절에 대한 보답이라며 지갑에서 고액권 루블화를 한 장 꺼내 정중하게 드렸다. 겨우 서너 달 전인가 발권이 된 최고액권 5천 루블짜리 화폐로, 여느 시민들은 소문만 들었지 만져보지 못한 사람도 많을 그런 돈이었다.

노부인은 매우 수줍어하며 받아 쥐는 양했다. 우리가 도어를 밀고 나와 엘리베이터 쪽으로 아마 스무 걸음쯤을 옮긴 참이었을 게다. 그녀가 황급히 뒤따라와 우리를 부른다. 아연한 표정으로 서 있는 우리 앞에 다가선 부인은 그 지폐를 내밀며, 손님이 화폐를 착각하고 잘못 준 게 아니냐고 묻는다. 젊은이가, 착각한 것도 잘못 드린 것도 아니라고 주지시켰다. 노부인은 한층 당황해진 성싶었다.

"아니, 이렇게 큰돈을 처음 받아봐서 그렇답니다. 너무나 뜻밖이라서… 오늘은 내 손자 손녀한테 큰 행운의 날이 될 것입니다. 정말 감사합니다(스빠시바)!"

그때의 화폐 가치로 따지자면 그 액수는 우리의 만 원 조금 넘는 정도에 해당하지 않을까? 저처럼 감사해 하다니… 그날 밤에 인자한 할머니 옆에 붙어앉아 눈동자를 반짝거릴 슬라브족 아이들의 평화가 설핏 접해지는 순간이었다.

페테르부르크 사원에서

누구든지 생의 한 모서리에 영성적인 것을 갖고 있을 터이다. 이 말이 좀 애매모호하다면 영성적으로 바뀌는 순간을 체험했을 법하다고 고쳐도 무방하겠다. 나는 영성이란 낱말을 끄집어냈지만 사실 그 본의를 딱히 밝히긴 어렵다.

뭐랄까, 이따금 고즈넉해지는 경우가 있다. 아주 타성적이 되어버린 일상의 나로부터 벗어나 조금쯤 숙연해지고 영혼이란 것이 어떤 알지 못할 작용에 의해 서늘해지는 때, 혹은 가슴이 뭉클해지거나 새삼 두려운 얼굴로 자신과 자신의 주위를 살펴보게 될 때가 있게 마련이다. 이를 두루뭉수리로 말한다면 신앙적인 인간으로 일시 변모되는 찰나로 여김직도 하겠다.

비엔나 소년합창단의 노래를 듣고 있노라면 나는 평소의 내가 아니다. 어쩌다 푸른 들판에 나가 자잘한 야생 풀꽃더미가 질펀한 광경을 보게 될 때 경이로움을 느낀다. 아기를 안은 참한 새댁을 지하철 객차 속에서 우연히 조우하게 되면 절로 미소가 떠오른다. 아름답고 화창하고 행복스런 어느 일면을 접하면 분명히 마음이 순화될 밖에.

그런데 그 반대의 경우에도 우리는 나름대로의 충격을 받아 순화되기도 한다. 고향에서 내쫓기고 황야를 헤매다가 굶주림으로 기진해 누운 르완다 난민을 클로즈업시킨 화면, 누추한 포대기에 아기를 감싸안고 손을 내미는 집시여인의 깊게 가라앉은 눈, 오염된 강에서 숱하게 떠오른 물고기 떼와 철새의 주검… 그때 우리는 과연 부동의 의지와 무표정, 짐짓 나 몰라라 할 수가 있을까?

도스토예프스키 문학의 온상이라 할 장편 「죽음의 집의 기록」은 제정 러시아 시대의 참혹한 시베리아 유형감옥의 실태를 묘사한 소설이다. 죄수들은 크리스마스를 맞아 자기네끼리 자축공연을 벌인다. '감옥, 족쇄, 감금 앞에 놓인 길고 구슬픈 세월, 음침한 가을날의 물방울 같은 단조로운 생활을 상상해 보라. 이러한 억압되고 구속된 생활에서 느닷없이 잠시나마 편안하고 즐겁고, 괴로운 꿈을 잊고 큰 연극을 하는 것이 허용되었다.' 그날 성대한 연극공연을 관람하고 늦은 밤에 옥사로 돌아온 한 노인은 조용하고 느릿느릿하게 감사의 기도를 바친다. 마음 저 깊이로부터 파문이 번져오는 듯하다.

이제 화제의 본론으로 들어가자. 11월 초순임에도 기온이 뚝 떨어진 어느 날, 러시아의 옛 수도 페테르부르크를 아내와 둘이서 관광하던 때였다. 우리는 오래된 정교회 – 지난날의 성세聲勢를 무거운 정적으로 간직한 채 관광객의 눈요깃감으로 자리해 있는 사원을 둘러보고 나오던 차에 커다란 정문 돌벽에 붙어서서 노래를 부르는 한 사내 앞을 지나치게 되었다. 까만 통옷(수도복 같은)을 입은 키가 큰 중년의 사내였다. 그의 앞에는 돈을 담는 작은 바구니가 놓여 있었다.

참으로 유감스럽게도 날씨가 차가운 탓인지 인적이 뚝 끊긴 오후였다. 그는 아주 성량이 훌륭한 바리톤으로 성가 같은 곡을 부르고 있었다. 우리들의 모습이 비치기 전부터 첫 소절은 시작되었을 성싶다. 수도자 복장을 하고 있지만 수도자가 아닐는지 모른다. 거리의 악사 부류일 법도 하겠으나 그가 서 있는 장소, 차림새, 그리고 무엇보다 음색에서 풍기는 격조 같은 것이 그런 선입견을 지워준다. 아, 무심한 나그네의 걸음을 멈추게 하는 성가곡!

러시아정교회에서 올리는 미사 중에 혼성 하모니의 성가를 들어본 적이 없는 사람은 쉬 짐작키 어려우리라. 부르는 사람의 모습은 보이지 않지만 성당 안의 보이지 않는 발코니에서 좌우로 남녀 한 쌍씩이 부른다는데 저런 아름답고 성화聖化된 화음을 만들어 내다니…

사내의 곡이 끝나자 나는 인색치 않을 지폐 한 장을 바구니에 넣었다 (바라건대 조소일랑 하지 마시라. 나로선 대상代償표현으로 그 길밖에 없다는 데에 유의하시길). 우리가 몇 걸음을 내딛자 그의 새 레퍼토리가 귓전에 울렸다. 열 몇 걸음을 더 떼어놓은 후에 뒤를 돌아보았더니 그는 우리를 향해 앙코르곡을 불러주듯 노래를 부르고 있는 게 아닌가. 얼어붙은 공기 속에 그 홀로 서서.

러시아여, 역사를 위해 울지 말라. 시대를 위해서도 울지 말라. 러시아를, 그 영성적 러시아인을 위해 울라. ─나는 이 순간 영성적인 카타르시스를 체험했다. 비록 영성이란 낱말의 본의를 딱히 알지는 못하나마.

이르쿠츠크와 바이칼

시베리아 남쪽에 위치하며, 바이칼 호수를 끼고 있는 유서 깊은 도시 이르쿠츠크는 오래 전부터 가보고 싶어 하던 곳이었다. 도심의 경관이 '시베리아의 파리'로 불리는 만큼 이래저래 구미가 당겼더랬다. 그런데 세상사가 그렇듯 기쁨보다 슬픔이 앞서고, 호사다마란 말 그대로 높은 기대치에는 반드시 궂은 일이 따르게 마련인가 보다.

내가 구 소련지역을 여행하던 중 하바로프스크에서 어렵게 비행기 티켓을 구해 이르쿠츠크로 향하는 기내에선 여러 가지 상념으로 가슴이 울렁거렸다. 이 도시가 춘원 이광수의 소설 「유정有情」의 끄트머리 배경으로 장식한 것은 이젠 낡은 앨범 속에 접혀 있어서 색이 바랜 설화가 돼버렸달 수 있다. 짜아르 치하(제정러시아 시대)였던 지난날, 일단의 귀족청년들이 농노제의 폐지와 입헌정치의 실현을 도모하여 무장 봉기했다가 실패, 유형에 처해진 데카브리스트들이 이 유형지를 아름다운 도시로 중흥시켰다는 토막 지식도 나에겐 역사의 한 페이지일 따름이다.

그에 비해 바이칼 호는 내게 살아 있는 여신이었다. 하지만 러시아를 여행한 경험이 있는 모든 이들이 동의하듯 그 나라엔 상궤를 벗어나는 일이 언제 어디서 돌발할는지 모를 괴상한 세계다. 나에게 닥친 첫 액운은 기내 화물칸에 넣어진 내 짐이 도착해서보니 증발한 점이다. 나는 노심초사, 공항 사무실을 찾아가 화물표를 보여주며 짐이 나오지 않았다고 항의했다.

희한하게도 그 나라의 공공건물 대민 담당자는 대개가 50대의 중늙은이 여성이고, 이들은 한결같이 뚱뚱하고 험악한 인상으로 예외 없이 불친절 일색이다. 이때의 자초지종을 일일이 나열할 수는 없는 노릇이어서 간략하게 줄여 말하면 이러하다.

그녀는 나를 데리고 활주로 쪽을 나와 타고 온 비행기가 어느 거냐고 물었다. 이게 말이라고? 마침 가까운 곳에 착륙해 있는, 방금 도착했을 성싶은 두 대의 비행기 중 하나를 가리켜 보일 밖에 없었다. 나는 그녀가 내 짐을 손수 찾아보라는 대답에 따라 기체 옆구리의 화물칸 문짝이 위로 들쳐져 있는 두 대의 여객기 뱃속(?)을 번차례로 들락거려야만 했다. 햇빛이 들지 않는 화물칸 어둑한 안쪽에서는 내 짐을 찾으려고 어쩔 수 없이 라이터를 켜서 이리저리 기웃거리기도 했다. 지구상 문명국 어디에 이런 일이 있을 수 있단 말인가!

(나중에 안 사실은, 내 짐이 정상적으로 기내 화물칸에 옮겨진 후 그 비행기가 이륙할 수 없는 사정이 생겨 승객은 대체된 기편에 탑승했기에 생긴 불상사였다. 꽤나 큰 덩어리의 내 짐을 잃어버린다면 이후의 내 여정은 볼장 다본 셈일 게다. 아주 어려운 시련을 겪은 뒤에야 이튿날 저녁 무렵에 그 짐을 찾을 수 있었는데 이

때 나는 데쳐놓은 미나리꼴이었다.)

두 번째로 나를 경악케 한 건 호텔의 아침 레스토랑에서였다. 나는 이때 여행을 하는 동안 현지 누군가의 도움을 받으면 꼭 두 가지 부탁을 했더랬다. 그중 하나는 터무니없이 비싼 인투리스트 호텔이 아닌 저렴한 호텔을 예약해 달라는 것과, 다른 하나는 떠나는 날에 맞춰 항공편 예약을 해달라는 것이었다.(소련 시대에는 큰 도시에는 으레 국제적 수준의 호텔 한 곳이 있어 외국인은 반드시 여기 투숙케 했는데 이를 러시아말로 인투리스트 호텔이라 했다. 다른 호텔에 비해 숙박비가 과연 국제적이다.)

내가 묵게 된 호텔은 도시 변두리에 위치하고 있으나 내부는 비교적 깨끗한 서구적 모델이어서 안심이 되었다. 아침에 나는 지정된 시간에 엘리베이터를 타고 내려가 레스토랑으로 들어섰다가 혼비백산하고 말았다. 드넓은 식당에는 수십 명이 식사를 하고 있었는데 그들은 예외가 한 사람도 없이 모두 한 쪽 눈에 새하얀 안대를 끼고 있지 않은가! 〈원 아이 제키〉라는 영화를 본 적은 있으나 애꾸눈만 모인 나라와는 처음으로 맞닥뜨린 것이다. 으악! 기절초풍하는 나를 본 종업원이 외국인임을 알아보고는 옆의 조용한 룸으로 안내를 해주었기에 망정이지…

이 또한 나중에 안 사실로 그 호텔은 소련 시대에는 안과병원 내의 한 병동이었단다. 소비에트를 구가하던 시절에는 인민복지 천국을 자랑하듯 각지마다 전문병원이 있게 마련인데 그것들의 규모가 그네들 말 그대로 참으로 볼쇼이(크다)다. 소련이 붕괴된 후 국가의 지원이 급감하자 재정난 타개책으로 이 병원도 규모를 축소, 스웨덴의 어느 기업과 합자로

병동 하나를 호텔로 리모델링하여 영업을 한다는 것이었다. 이럼으로써 투숙객 대부분은 인근 각지에서 찾아온 안과 환자이게 마련이어서 레스토랑도 애꾸눈들로 만원이 될 수밖에 없었다.

이렇게 이르쿠츠크와의 첫 대면은 파김치 꼴에 더해 혼비백산이 되고 말았지만 바이칼 호수 관광은 나의 기대를 조금도 부스러뜨리거나 축내지 않았다. (바이칼호 패키지 투어를 신청하는 곳은 아이러니컬하게도 인투리스트 호텔이었다.) 이슬비가 내리는 가운데 시베리아 특유의 길, 타이거 지대 심장부를 관통해 나가는 기분은 유현함 그것이 아닐 수 없었다. 호숫가에 이르렀을 땐 비가 그쳤음에도 드넓은 호수는 물안개에 가려 독특한 경관을 연출하는 게 아닌가. 출렁이는 물빛은 그 명성대로 깨끗하고 투명했다. 돌아오는 귀로는 차편의 육로가 아니라 쾌속 유람선의 선상유람을 하였으니 이 또한 생광스럽다.

오, 이 한나절의 만족을 위해서, 아니, 감흥을 배가시키기 위해 그동안의 언짢은 일들을 거쳐야만 했던 걸까?

한 가지만 더 덧붙여 보자. 나는 이 도시에서 체류 기간이 길어져 호텔 예약을 번번이 연장했으므로 이때마다 편의를 보아준 호텔 프론트 근무자(이 또한 예외없이 오십대 여성이나 친절하고 교양이 있다는 점에선 예외겠다)에게 스타킹 같은 가벼운 선물을 했더랬다. 그런데, 내일 체크아웃 하겠다고 말한 날 저녁에 낯이 익은 두 여성 근무자가 객실로 찾아왔다. 예의 바르게 인사를 하고는 영어로 말을 하는데 서로가 서툴러서 대화가 매끄러울 순 없었다. 말인즉, 내일은 비번이라 떠나는 걸 볼 수 없다는 것, 당신의 친절에 보답하고자 둘이서 낮에 다운타운으로 나가 이 선물을 장만했노라며 포장한 꾸러미를 내미는 거였다. 그네들이 항용 잘 쓰는 "스빠시바(감사합니다)"를 연발하면서…

풀어보니 시집이었다. 과연 시를 사랑하는 국민임에는 틀림이 없나보다. 그들로부터 사랑받는 레르몬토프, 네크라소프, 아흐마토바, 파스테르나크, 예세닌의 시편을 모은, 표지에 금박을 물린 고급 장정의 사화집 詞華集이었다. 그와 함께 작고 예쁜 카드가 한 장 들어 있는데 영어로 쓴 내용은, 아무쪼록 남은 여행에 행운이 있기를 바라며 좋은 추억을 간직하고 돌아가길 기원한다는 거였다.

그 두 부인의 아름답고 상냥한 용모, 예의 바른 정중한 태도는 고생이 덧쌓이기만 했던 내게 두고두고 흐뭇한 여운을 남긴다. 그것은 여느 도시에선 마주치지 않는, 아마도 이르쿠츠크 정도의 문화적 풍정과 바이칼을 곁하고 있음의 인성에서 습득되는 그런 선물이 아닐까 싶다.

가을의 사색

내가 앉아 있는 벤치로 나뭇잎이 하나 뱅그르르 떨어진다. 내 어깻죽지에 얹혔다가 이내 땅바닥에 나뒹군다. 은행잎이다.

공원 흉내를 낸답시고 만든 동네 쉼터를 빠져나오려니 정문 쪽 모서리에 낙엽이 쌓여 있다. 플라타너스 잎사귀이리라. 여름 한철 드높았던 기세를 잃고 지천꾸러기나 된 듯 몰려 누웠다. 뭔가 애잔해지는 심사다.

같은 풍정이라도 설악산의 불타는 단풍물결을 바라보며 가을을 느끼거나, 지자체의 좋은 본보기인 양평 용문의 은행나무 길을 걸으면서 낙엽의 정취를 실감한다면 좀 좋으랴만… 이와 같이 큰 변화와 풍경 앞에서 우리의 감정은 압도당하게 마련이니까.

이러한 가을맞이 기회를 얻지 못한다면 다음과 같은 장면을 가상해 보는 건 어떨까? 동구 밖 실개천에 이르러 걸음을 멈춘다. 노랗게 물든 버드나무 잎이 물 위로 동동 떠내려 오다가 돌팍에 걸려 멈칫멈칫 맴돌더니 곧 물살에 휩쓸린다. 잠시 파문을 일으켰지만 그 언저리는 여느 때처럼 맑고 호젓하다. 물빛이 투명하기론 봄 한때와 마찬가지이고, 맑기론 여름이나 다름없지만 갑자기 호젓하게 인식되는 건 아무래도 가을철이기 때문이겠다.

이런 작은 국면에서도 가을은 확연하다. 그렇지만 실개천의 작은 가을맞이를 할 기회란 좀체 찾아보기 어려울 게다. 왜냐하면 우리 국토 어디에, 지방 어느 곳에서 이런 실개천을 만날 수 있단 말인가? 자연현상으로는 예나 이제나 존재할 것이지만 우리의 심정 혹은 풍정에선 지워져버렸으니 말이다. 그 대신 도시 일각에서는 앞서와 같은 쉼터의 인공적 가을맞이가 우리 주변현실로써 새로 생겨난 풍경이리라. 이 또한 뭔가 애잔한 여운을 남긴다.

이런 계절 앞에서 사람들은 모름지기 숙연해진다. 달이 차면 기운다는 것, 언덕 위에 오르면 내리막길이라는 것, 익으면 떨어진다는 것, 완성 다음에는 조락澗落으로 이어진다는 것을 지각하는 탓이다.

일반적으로 낭패와 의욕 과잉이 교차할 성싶다. 유한한 세월, 한정된 삶을 한탄하는 쪽이 대다수이겠지만. 오! 한번만 더 살고 더 사랑하고 더 노래했으면… 그때 몰랐던 걸 이제는 알게 되었는데 여기서 주저앉는다는 건 창조의 섭리에 비춰볼 때 지나치게 비효율적이며 낭비 아닌가!

그러나 아직 걸어다닐 여력이 있고, 남은 생의 시간이 있다면 최선을 다할 가장 소중한 가치를 확보하고 있는 셈이다. 흡사 백 미터 단거리 선수가 90미터를 달린 후 더욱 안간힘을 쏟는 진실을 되새겨 보라. 때늦은 날, 얼어붙는 창가에서 옆구리를 열며 탐스런 꽃대를 뽑아 올리는 난초도 있지 않는가?

지금 젊은 사람은 젊다는 사실만으로 시간이 화창한 한편 어깨를 짓누르는 하중도 만만찮다. 선대들이 보다 나은 생활을 향유하기 위해 많은 발견과 발명을 한 반대급부로 북극에선 쥐라기의 빙벽이 허물어져 내리며 해수면이 높아지고 있다는 경고가 잇따른다. 또 어린아이들은 살날이 많기에 장래가 양양한 반면 장차 팔뚝이 굵어지면 애꿎게도 그들이 아틀라스가 기울지 않도록 버팀목이 되어야 할 운명을 피할 길이 없다. 북극보다 월등한 양의 빙산을 갖고 있는 남극이 초래할는지 모를 위험을 막는 일은 전적으로 그들의 몫일 테니까.

비극적인 사념, 부정적인 예측은 아무런 도움이 되지 않는다. 우리 목전에 다가드는 가을 앞에서라도 그럴 게다.

한 해의 기우는 철, 마무리로 분주한 계절이라 할지라도 늙은이는 가정에서 후손들에게 더 안온한 목소리로 옛날 얘기를 들려줘야 하고, 내외일 것 같으면 서정주의 시 구절처럼 '…목숨이 가다가다 농울쳐 휘어드는/ 오후의 때가 오거든/ …지어미는 지아비를 물끄러미 우러러보고/ 지아비는 지어미의 이마라도 짚을' 일이다.

젊은이는 절대 되풀이 후회할 수 없는, 한번 후회만으로도 회복할 길이 없는 어버이 공경에 힘써야 마땅하다.

우리 겨레는 이런 덕목으로 누천 년 문화 역사를 이어왔고 여러 환난과 외침에 맞서 민족 자주성과 고유성을 지켜 왔다. 나는 오래 전에 마이

클 브린이라는 외국인이 〈한국에서 살다보니〉라는 신문 칼럼을 통해 다음과 같이 통찰력이 있는 지적을 한 걸 보고는 무릎을 친 적이 있다. 가을의 사색으로는 제격이다.

'한국에는 외국인들에게 더 선명하게 보이는 위대함이 있다. 미국의 위대성이 일반시민의 기독교적 선함과 그것을 완벽하게 실현할 수 있는 자유에서 출발한다면 한국의 위대성은 가족 사랑에서 비롯된다고 생각한다. 자식을 사랑하는 부모의 마음은 모든 것을 초월한다. 이것은 뭐든 잘해내고 싶다는 자식들의 효도로 보상받는다. 이런 사랑의 에너지가 합쳐져 위대함으로 가는 의지를 만들어내고 곧 한국을 세계의 중심으로 밀어 올리는 힘이 되고 있다.'

3부

낮은 목소리로

아, 그분이
– 성 김대건 안드레아

산속 바윗돌 틈새에 아침 햇살이 비쳐들어 쌓인 눈이 청결하게 반짝거리는 언저리에 한 송이 하얀 에델바이스가 꽃봉오리를 내민 정경을 떠올리면, 거기에 김대건 안드레아 성인의 얼굴이 겹쳐진다. 그 청초함, 깨어 있는 의식이며 새 희망에의 예감 모두가 그분의 이미지에 합당하기에.

언젠가 TV 화면에서 바다표범이 낚싯줄에 목이 휘감긴 채로 바다 밑을 수백, 수천 마일을 헤집고 다니는 동안에 몸이 불어나, 낚싯줄이 목을 깊게 파고들어가 고통스러움에 슬픈 눈동자를 끔벅거리는 걸 본 적이 있다. 그 장면을 보노라면 절로 김대건 신부의 삶의 역정이 떠오르지 않을 수 없었다. 그 고난과 살갗의 시림, '십자가를 지고 나를 따르라'는 말씀에 대한 순명이 가슴을 치는 까닭이다.

김대건 신부는 참으로 짧은 생애를 불꽃같이 살다 사라져간 샛별이다. 순교자 집안에서 태어나, 열다섯 살 어린 나이에 수만 리 길 이역 땅 마카오에 당도하여 사제 수업을 받은 것은 하느님의 부르심이자 한국천주교회의 소망이라고 할 수 있다. 하지만 수학이 끝나 귀국길에 오른 1842년부터 새남터에서 치명하기까지 4년여의 세월은 하느님의 부르심에 대한 그분의 응답이자 한국천주교회로 향한 인간적 보답이었다. 이 기간, 그분의 행적은 신앙인의 모범을 보여준 한편 그분의 인간적인 위대성을 설명해 주기에 부족함이 없다.

그분의 행적은 생전에 마카오나 중국에 있던 스승 신부, 또는 장상에게 보낸 편지를 통해 우리에게 전해지고 있다. 그중 나의 가슴을 크게 뒤흔들어놓았던 세 대목을 가려 뽑아보면 이러하다.

① 유학을 마치고 홀로 입국을 시도했던 때의 장면이다. 의주 성문을 아슬아슬하게 빠져나와 고국의 한 외딴 주막집에 들렀다가 수상히 여긴 촌민들에게 쫓겨 달아나던 중 굶주림과 피로에 지쳐 눈 속에 쓰러져 잠이 들었다. 이때 "일어나 걸어가라"는 소리가 들려왔다는 대목이다.

'나는 그 목소리와 헛것을 주림과 외딴 곳의 무서움으로 흥분한 내 상상력의 환상이라 여겼습니다. 그러나 섭리는 이로써 나를 보호해 주셨으니, 그렇지 않았다면 나는 동사해 저세상에 가서야 눈을 떴을 것입니다.'

② 압록강을 건너 국내로 몰래 들어오는 게 어렵다고 판단되자 페레올 주교의 권유로 두만강 어귀의 훈춘으로 가 경원 쪽에서 월경하고자 위험한 만주 설원을 눈썰매로 가로지른다. 이 험난하고 장대한 모험을 그분이 유려한 문체로 묘사하고 있는 대목이다.

'이 산림은 길림에서 별로 멀지 않습니다. 그 산림들이 눈이 부신 흰

눈 위에 시커먼 큰 덩어리를 솟구쳐 올리고 있는 것이 지평선에 보였습니다. 이 산림은 중국과 조선 사이에 넓은 장벽처럼 가로질러 있어 두 민족 사이의 모든 교통을 막고, 조선 사람들이 반도로 물러간 뒤 줄곧 있어온 그 증오심에 불타는 분열을 유지시키는 것같이 보입니다.'

③ 훈춘으로 입국하는 것이 좌절되자 압록강 변문으로 돌아와 조선 교우의 안내를 받기로 약속한 뒤 홀로 약속된 장소를 찾아간다. 그러나 서로 길이 어긋나 김 신부가 두 차례 의주 읍내를 살피고 돌아온 대목이다.

'…이런 모든 사정으로 저는 큰 근심에 쌓여 있었습니다. 추위와 주림과 피로와 슬픔으로 기진맥진한 채, 사람들에게 발각되지 않으려고 거름더미 곁에 누워 인간의 어떤 구원도 받지 못한 몸으로 오직 하늘의 도움만을 기다리고 있는데 그때 교우들이 저를 찾아왔습니다.'

(인용부호 속 문장은 라틴어로 쓴 원본의 번역문. 「김대건의 편지」 정음사 간)

어렵사리 귀국한 후 목선 한 척에 의지하여 황해를 건너 기다리던 페레올 주교와 다블뤼 신부를 모셔오고, 후속 사제 영입을 위해 지형을 살피러 연평도 일대에 나갔다가 등산진 포구에서 잡힌 일, 그리고 기나긴 문초 끝에 새남터 형장에 끌려나와 여덟 번째의 칼날에 목이 베어진 정황은 하느님의 성은과 배려로써만 이해가 가능한 일이겠다. 나에게 이 대목은 신앙의 신비 그것이다.

옥중에서 내보낸 〈회유문〉(교우들에게 타이르는 글로 모두 돌려보길 바라며 쓴 서한)은 죽음을 목전에 둔 그분의 영성이 어떤 것인지를 짐작케 해주기에 충분하다. '재앙을 겁내지 말고, 용기를 잃지 말고, 천주를 섬기는 데서 물러나지 말고, 오로지 성인들의 자취를 밟아서 성교회의 영광을 늘이고, 주의 충실한 병사이며 참된 시민임을 증명하여 주시오.'

또 새남터 형장에서 마지막 음식상을 거절한 채 주위의 구경꾼들을 향해 의연하게 목소리를 높였다. "나의 최후의 시각이 당도하였으니 여러분은 나의 말을 잘 들으시오. 내가 외국 사람과 교제한 것은 오직 우리 교를 위하고 우리 천주를 위함이었으며, 이제 죽는 것도 천주를 위하여 죽는 것이니 바야흐로 나를 위하여 영원한 생명이 시작되려 합니다. 여러분도 죽은 뒤에 영복을 얻으려거든 천주교를 믿으시오."

이 말에서 우리는 그분의 흐트러짐 없는 육성, 내적 열정에서 솟구치는 신념, 신앙심에 충만한 논리 정연한 메시지를 접할 수 있다. 이런 완벽한 문장과 말의 구사는 초대교회 시절에 성령의 힘과 도우심으로 복음사가들이 복음서를 기록했던 사실과 맥이 통하지 않는가?

우리는 속세에 사는 사람이기에, 추위와 주림과 피로를 짐작해 볼 수 있고, 또 신고와 위난의 국면을 두려워하는 일상인이기에, 부제副祭 신분의 그분이 귀국을 도모하여 만주지역에서 방황한 것과 입국 때의 노심초사와 안간힘이 실로 불가해한 모습으로 되새겨진다.(언젠가, 김대건 부제의 만주에서 조선 입국까지의 행로를 답사할 수 있는 기회가 마련된다면 그야말로 우리 신앙의 '거룩한 묵상 순례길'이 될 성싶다.) 이럴진대 어찌 산간 속의 눈을 헤집고 핀 희고 깨끗한 한 송이 에델바이스 같지 않으며, 낚싯줄에 목이 휘감긴 채 바다를 헤매는 바다표범 같지 않으랴.

노 신부의 미소에서

　시대에 따라, 혹은 지역과 사회의 여건에 따라 특정 대상이나 사물에 대한 인식이 달라지는 건 예사스런 일이다. 가톨릭교회 안에서도 이런 예는 비일비재하겠다. 제2차 바티칸공의회 이후, 그리고 선교지역이었던 우리나라에서 사제상司祭像에 대한 인상의 변화는 한층 급속하게 이루어졌지 않나 싶다.

　내 주위의 이른바 구교우舊教友라 칭하는, 신앙생활을 오래 한 분들은 사제를 바라보는 시선에서 어떤 정형화된 인식을 갖고 있는 듯하다. 그 대충을 적어보면 이렇게 요약할 수 있지 않을까? 외국인 노 사제의 조용한 미소, 성무와 함께 기도생활에 열심인 모습, 인자한 듯하나 카리스마를 지니는 옹고집―그러기 때문에 막연한 외경심 가운데서도 어딘가 친근감이 느껴진다는 점이다. 이런 관점은 제임스 조이스의 초기 창작집 「더블린 사람들」에 나오는 제임스 플린 신부를 연상케 한다.

　'이따금 나에게 어려운 문제를 들고 나와, 이런 경우에 사람은 어떻게 해야 될 것인가, 또 이러이러한 죄는 대죄인가 소죄인가, 그렇지 않으면 단순한 결점인가 하는 질문을 하고는 혼자 좋아하는 일도 있었다. (중략) 그럴 때 그는 언제나 미소를 짓고 고개를 두세 번 끄덕였다. 이따금씩 미리 나에게 암송시킨 미사의 답창을 외워보게 하는 일도 있었다. 그럴 때 내가 그것을 빠른 입으로 외워댈라치면 그는 곧잘 생각에 잠기듯 미소를 짓고 고개를 끄덕이면서 때때로 코담배를 한 줌씩 덥석 쥐고, 양쪽 콧구멍에 번갈아 쑤셔 넣었다.'

단편「자매」중에는 플린 노 신부가 미소를 짓고 고개를 끄덕이는 서술이 반복되고 있다. 위와 같은 묘사는 어느 시대, 어떤 지역에 사목했던 사제상의 보편적 일면을 드러낸 것으로 파악된다. 우리의 구교우들이 갖는 정형화된 이미지도 이와 흡사할 거라고 짐작해 본다.

하지만 1970년에 세례를 받은 나는, 내가 소속된 본당의 주임신부로는 내국인만 대했던 터라 유감스럽게도 저러한 외국인 사제상司祭像에 향수를 느낄 어떤 인연의 고리도 가지지 못했다. 전날에는 프랑스인이거나 혹은 아일랜드인 신부가 본당 사목을 맡은 경우가 드물지 않았는데, 나는 입교가 늦은 탓에 외국인 사제를 주임신부로 대한 경험이 없었던 건 일말의 아쉬움으로 남는다.

얼마 전에 우리 부부는 본당이라는 울타리 안에서 친밀해진 다섯 부부와 함께 패키지 투어로 미국 북동부와 캐나다 쪽을 여행할 기회를 가졌더랬다. 캐나다 일정 가운데 주일이 끼어 있어서 투어 가이드에게 미사 참례를 부탁했다가 부정적 반응을 들었다. 스케줄에 지장을 줄 뿐만 아니라 일행 중에는 개신교 목사 내외에다 그쪽 신자가 더 많으므로 들어 주기 어렵다는 것이었다.

그 주일 새벽을 우리는 캐나다의 수도 오타와에서 맞았다. 피곤한 몸 인데도 호텔 객실의 커튼을 젖혀보니 우리 일행 중 두 부부인가가 호텔 주변을 산책하고 있는 모습이 시야에 잡혔다. 우리 내외는 마치 손해를 보기라도 한 것처럼 부리나케 내려갔다. 아까 시야에 잡혔던 분 가운데 한 쌍만이 남아 있다가 저쪽을 가리키며 말했다.

"저건 틀림없이 가톨릭교회겠지? 어때, 가보지 않겠어요?"

시계를 보니 7시 10분 전이었다. 7시에 뷔페 레스토랑이 문을 열고, 출발 시간이 8시로 알려져 있는지라 순간 나는 떨떠름한 표정을 지었을 게다. 잠시나마 주일 아침이란 것도 잊었던 게 계면쩍기도 해 상대방의 뜻에 따라 우리는 그쪽으로 발걸음을 옮겼다.

그 성당은 대로에 면한 탓에 인도에 바짝 붙어서 대여섯 층 계단이 있고, 바깥 정문과 안쪽 출입문 한 쪽이 열려 있어서 저 깊숙한 곳의 제단이 어렴풋이 짚여졌다. 새벽인지라 인적이 뜸한데도 성당이 이처럼 개방 (?)되어 있는 건 주목할 만한 일이다. 내부 공간은 아침 햇살이 스테인드 그라스를 통해 들어와 밝았다.

입구 쪽 뒷자리에서 기도하는 이가 눈에 띄길래 우리는 더욱 발소리를 죽이며 제각각 흩어져 장궤틀에 무릎을 꿇고 잠시 기도를 올렸다. 이 성당은 외관으로도 고딕식 첨탑을 치켜올린 규모가 장대하려니와 내부의 장식미가 드물게 볼 정도로 미려했다. 유럽의 성가聲價 높은 성당들처럼 고풍스럽진 않지만 현대적인 만큼 밝고 깨끗한 의장意匠이 그것대로 마음을 사로잡았다.

우리가 되돌아 나와서 잠시 외벽과 높다랗게 솟구쳐 올린 첨탑에 시선을 주고 있다가 걸음을 떼놓는 순간이었다. 웬 노인이 층계에 서서 우리를 향해 미소를 보내고 있는 게 아닌가. 자세히 보니 희색 양복차림의 목에 로만칼라가 눈에 잡혔다. 따져볼 필요도 없이 조금 전에 성당 뒷좌석에서 기도를 올리고 있던 분이었고, 말할 나위도 없이 이 성당의 주임신부일 터이다. 우리가 공손히 목례를 보내자 예의 그 잔잔한 미소로 답해주었다.

호텔로 급히 돌아오는 동안 나는 이상한 감회에 젖어들었다. 성당 앞 인도에서 직선으로 성당 제단의 내밀한 정면이 바라보였던 특이한 감흥, 거기에 더해 이 한적한 시간에 홀로 기도를 드리고 나와 낯선 외국인을 향해 조용한 미소를 던지는 노 사제의 모습이 준 짜릿한 감동. 어쩌면 나는 이때 「레미제라블」의 밀리에르 신부, 「자매」의 플린 신부의 모습을 직접 본 게 아닐까? 내 주위의 구교우들이 기억하며 곧잘 화제에 올리곤 했던 그 외국인 노 신부도 저와 같지 않을 것인가?

이튿날의 일정이 몬트리올이어서 거기서는 세계에서 바티칸의 베드로 대성당 다음으로 규모가 크다는 성요셉 성당을 찾아보았고, 귀로에 뉴욕에 도착해서는 미국 가톨릭교회가 자랑하는 성패트릭 성당에 들린 기쁨을 누렸지만 그 조용한 도시의 아침에, 이름조차 모른 채 다가간 성당에서 느꼈던 감동에는 미치지 못할 것 같다.

여행 중 가이드는 이렇게 설명을 했더랬다. 성요셉 성당은 몇 번을 에스컬레이터를 타고 올라가야 미사가 봉헌되는 본성전에 다다르는 큰 규모로도 유명하지만, 건립에 공헌한 안드레아 신부의 하반신 장애자에 대한 치유 능력 때문에 내적 은총을 지닌 성당으로 널리 알려졌다고 했다. 또 성패트릭 성당은 다른 세평들에 앞서 존 F. 케네디와 재클린이 혼배성사를 올린 곳이란 걸 내세웠기에 뜻밖이기도 했었다.

어떻든, 하느님의 집이자 하느님의 백성이 모여 예배하는 공간, 하느님과의 만남과 친교의 장소인 교회는 크고 아름다워야 함은 마땅하다. 경우에 따라서는 특별한 은총이 나타나는 걸 공손하게 받아들여 감사해야 하고, 저명한 인물이 연緣을 맺은 걸 광고하는 것도 무익하진 않다. 하지만 나그네한테 이른 새벽에 문이 열려 있는 성당, 그 앞에서 잔잔한 미소를 띠는 사제가 있는 게 더 심금을 울릴 수도 있을 법하다.

이런 상념이 또 소설의 한 장면을 떠올린다. 「자매」에서 플린 신부가 가련한 임종을 맞고 말았지만 그 모습에 대한 한 노부인의 진술은 음미할 만하니까.

"혼자 고백소 어둠 속에 앉아 눈은 화안히 뜨고, 혼자서 부드러운 웃음 비슷한 것까지 띠고 있더라는 거라우."

고백

내가 나가는 성당에선 이즘 주임신부님이 반별班別로 가정을 돌며 밤 미사를 봉헌하고 있는 중이다. 우리 반은 신자가구 수가 적어 소공동체 미사가 한결 단출할 밖에 없다.

어느 교우의 집에서 곧 미사가 시작되겠거니 하고 있을 때, 뜻밖에도 이 기회에 신부님께서 고백성사를 주신다는 거였다. 성사를 자주 보지 않았던 나는 대축일을 맞을 때마다 의무적으로 봉행해야 하는 고백성사 를 근년엔 빠뜨렸으므로 내심으로 켕기던 참이었다. 그러고 보니 방금 신부님이 그 집의 안방으로 들어간 게 뇌리에 떠올랐다. 마침 부활대축 일을 앞두고 있는 시점이라 나는 떠밀리듯 임시 고백소일 그 방으로 들 어서게 되었다.

촛불을 앞에 두고 좌정한 신부님이 어둠 속에서 옆자리를 가리켰다. 나는 거기 꿇어앉아 교회의 규정대로 먼저 성호를 그었다.

미리 계산해둔 건 아니었지만 얼른 짐작해서 "고백을 한 지 이 년쯤 되었습니다" 라고 말문을 열었다. 부끄러운 신앙생활이어서 순간 낯이 뜨거워졌다. 이어 "그동안 죄를 짓지 않았다는 교만한 마음으로 대축일 판공성사에도 의무를 다하지 못했습니다"라는 통회를 필두로 하여 지은 죄를 고백했다.

언제나 그렇듯 고백성사를 보고 나면 꼭 목욕을 하고 나온 것처럼 기분이 상쾌해진다. 게다가 곰곰 생각해 보니 성사를 본 지도 두 달이 빠진 2년인지라 얼른 짐작한 것이 제대로 들어맞았기에 신통하다 싶기도 했다.

이 기간을 어떻게 기억해냈느냐 하면 그 전에 고백성사를 본 게 어머니 장례 때였기 때문이다. 어머니는 평생 고향에서 사셨는데, 말년을 서울 우리 집에서 지내시다 운명하셨다. 우리 집에서 뇌경색으로 쓰러진 뒤 두세 달 의식불명으로 투병한 끝에 숨을 거두셨던 것이다. 병원 장례식장에 빈소를 차렸다가 장례 당일 고향으로 운구하여 어머니가 세례를 받은 성당에서 장례미사를 올리게 되었다. 이 또한 예상치 못했던 일로, 장례예식이 거행되기 전에 상주喪主는 고백성사를 보라고 누군가 귀띔해 주었다. 얼떨떨한 마음인 채 성전 구석 쪽의 고백소로 발걸음을 옮겼다.

고백소에 들어가 장례를 집전할 신부님한테 고백을 하는 사이에 나도 모르게 감정이 북받쳤다. "어머니께 지은 죄를 일일이 열거할 수 없습니다. 특히, 고향에서 서울로 모셔간 후의 불효는 주님께 용서를 청할 염치조차 없습니다. (…) 진실로 뉘우치오니…"

그 후, 우리 반 미사 때 다시 성사를 보게 된 것이다.

고향 성당은 옛날의 건물을 허물고 지방 읍 치고는 꽤 넓고 번듯하게 신축했다.

장례미사에는 많은 조문객이 참례해 주었다. 예식이 시작될 시점에 신부님이, 미사 중에 상주가 조문객을 향해 인사할 기회를 주겠노라는 언질이 있었지만 황망한 가운데 잊고 있다가 막상 마이크를 내 쪽으로 내밀자 조금쯤 당황했다.

그럼에도 의외로 나는 침착하게 우리 집안 분들, 이웃 군의 외갓집 친척. 먼 곳에서 찾아와 준 여러 친지, 어머니를 기억해서 찾아와준 교인들, 그리고 대구에서 개신교회에 나가는 누이동생을 위해 그곳에서 찾아온 목사님과 신도를 일일이 거명하며 상주로서의 인사를 차렸다. 마이크에서 내 음성이 계속 이어졌다.

"저는 일년 전에 어머니를 제가 사는 서울로 모셔 갔었습니다. 그때는 따스한 몸의 어머니였는데 지금 차디찬 시신으로 모시고 돌아왔습니다. 그동안 어머니께 향한 제 찬 마음이 어머니 몸의 온기를 조금씩 빠져나가게 한 듯해 그 부끄러운 죄로 말미암아 여러분께 얼굴을 들 수 가 없습니다." – 여기까지 말하자 갑자기 심장께로부터 어떤 뜨거운 것이 치밀어 올라왔다. 목소리가 사뭇 떨려나옴과 동시에 눈물이 솟구쳤다. 이건 낭패다 싶은 대로 계속해서 말을 쏟아냈다. "조금 전에, 어머니를 이 세상에서 떠나보냄에 있어 조금이나마 성의를 다하고자 하느님께 용서를 구하는 고백성사를 보았습니다. 이제 어머니를 기억하시는 여러 친지 교우분께 진정으로 용서를 청합니다. 참으로 후안무치한 노릇이나 이 자리서 일일이 말씀 드리지 못하는 저의 불효를 헤아려 주시어 부디 허물을 접어주시기 바랍니다."

이렇게 다중 앞에서 고백을 했지만 예식이 끝나 다시 성당 밖으로 운구를 하는 사이, 또 장지를 향해 가는 장례버스 안에서 도무지 마음이 무겁기만 했다. 목욕 후의 상쾌함은커녕, 용서를 구한 뒤의 홀가분함조차 얻을 수가 없었다. (고백소에서 사제한테 죄를 고하고 마치 죄벌에서 사함을 받은 듯이 여겨온 것도 그렇게 간단치만은 않을 것이라는 상념이 뒤따르기도 했다.) 이럴진대 우리의 죄를 보속해 주시는 하느님은 그야말로 너그러운 존재임에 틀림없으리라.

어머니 장례를 치른 몇 달 후에 고향에 내려갈 기회가 생겼다.

고향에서 부모님을 모셨던 아우가 생업관계로 타지 이사를 한 뒤로 나의 귀향 걸음은 멀어졌고, 설혹 생겼다 하더라도 부모형제가 없어 타곳처럼 인식될 밖에 없었다. 문화원에서 문학 강의를 해달라는 요청이 있어 내심 장례를 성심껏 집전해 주신 그곳 신부님께 인사를 드릴 수 있겠다 싶어 기꺼운 마음으로 귀향했다.

서울에서 신부님께 대한 인사로 술 한 병을 챙겨 왔더랬다. 성당을 찾아가는 동안에, 사제관을 향한 층계를 오르며, 이런 당연한 인사와 도리를 하는 걸음임에도 불구하고 어쩐지 찜찜한 구석이 없지 않았다. 이 인사와 도리로 나는 어떤 부끄러움의 골을 메우고자 하는 건 아닐까? 도스토예프스키의 장편 「악령」에 이런 구절이 나온다. 지방 유한지주인 니콜라이 스타브로긴은 수도 페테르부르크에서 지내던 시절, 불쌍한 어린 소녀 마드료샤를 자살케 한 죄업을 저질렀다. 그리고 한동안의 세월이 흘렀다. 하지만 양심의 가책을 이기지 못했음인지 그는 자신을 고발하는 문서를 배포하면서 이와 같은 생각에 빠져든다. '법률상으로 나한테 별로 책임을 묻지 않을는지 모른다. 적어도 커다란 문제는 야기되지 않으리라고 생각된다. 나 혼자가 나 자신을 기소할 뿐이지, 따로 공소를 제기할 사람은 없기 때문이다.'

이 순간, 이 '고백'이 시사示唆하는 정도로 명징하게 나의 불효를 나 자신이 기소한 건 아닐는지 모른다. 그러나 그 비슷한 느낌이 신부님을 뵈러가면서 설핏 스쳤지 않았나 싶다.

신부님은 나를 반갑게 맞이하면서 실내에서 무슨 일인가를 하고 있는 여교인들도 듣게끔 덕담을 그곳 억양으로 늘어놓으신다.

"아이구, 오셨어요? 일부러 찾아주지 않아도 좋을걸. 참 효자시제. 어머니를 그렇듯 생각하고, 효성 지극하시고… 이리 인사까지 오다니…"

영락없는, 지방에서 사목하는 사제의 사람 좋은 음성이요 그 어법, 그 마음 씀새다. 그런데 참으로 어쭙잖게도 나는 왜 이런 순간에 눈시울이 시큰해지는가? 어쩌자고 음성은 축축해지고 마는가? 내가 효성이 지극하기라도 하단 말인가? 자괴감이 나를 사로잡았다. 나이 값에 걸맞지 않게 심약해진 나는 인사도 변변히 차리지 못한 채 서둘러 작별인사를 드렸다. 오! 이런 젠장맞을…

부활을 되새기며

　우리에게 오래 애독되어야 할 소설 가운데 톨스토이의 장편 「부활」이 그중 먼저 손꼽혀 마땅하겠다. 이 명작은 19세기 후반의 러시아를 무대로 하여, 젊은 공작 네플류도프와 그의 고모댁 농노인 가련한 처녀 카츄샤와의 관계, 그 우여곡절의 인연을 묘사함으로써 만인의 심금을 울리는 대표적 로망으로 사람들 입에 오르내린다. 한데 이 작품의 깊은 감명은 젊은이의 애달픈 사랑 이야기에서도 찾아지겠으나 인간의 양심 회복이라는 고귀한 명제와 영혼의 갱생을 추구하고 있다는 점에서 로망의 차원을 뛰어넘는다.

　네플류도프가 근위장교가 되어 임지로 가던 길에 고모댁에 들려 앳된 처녀 – 약간 사팔뜨기 같지만 새까맣게 빛나는 눈동자와 도톰한 가슴, 빨간 볼의 처녀를 품에 안는 대목은 우리들이 빠져들기 쉬운 충동적 기분, 혹은 미처 자각하지 못한 채 경솔하게 범하는 죄의 양상을 대변하는 것이라 할 수 있다. 그 장면에서 "어머나! 왜 이러세요" 하고 속삭이듯 앙탈하는 처녀의 정황은 우리가 일상 맞닥뜨리는 세속 그것이기에.

카츄샤는 농노의 딸이지만 지주댁 마님이 양녀로 삼았기에 이름을 부를 때도 예카테리나의 애칭(카챠)이나 비칭(카첸카)이 아닌, 중간(카츄샤)으로 정해진 그런 처지의 신분이다. 그러므로 미청년의 유혹만 없었다면 으레 농가의 평범한 주부의 길을 걸었을 것이다. 한데 한 번의 불장난이 임신을 초래했고, 쫓겨남과 어린애를 잃는 불행을 겪은 끝에 매정스런 세태에 농락당하며 창녀로 굴러 떨어진다. 그녀가 살인죄를 뒤집어쓰고 재판을 받는 자리에 배심원으로 나타난 네플류도프는 모름지기 부끄러움을 느낀다. 죄책감에 사로잡혀 그녀를 구하고자 백방으로 애써 보았으나 무위로 돌아가고 그녀는 마침내 유형지로 내몰린다.

이 장편의 가치는 이러한 국면에서 젊은 공작이 취하는 태도에서 빛을 발한다. 용서를 구하기 위해선 고통을 공유해야 하고, 그러자면 지금껏 누려온 사회적 명예, 달콤한 향락과 기름진 삶을 버리지 않으면 안 된다. 네플류도프가 상류사회를 등지고 유형수 무리를 따라가는 장면 전개는 인간의 죄에서 해방과 영혼의 부활을 힘차게 외치는 문학적 서술이 아닐 수 없다.

우리는 올해에도 주님의 부활을 체험했다. 예수께선 죽음을 예견하면서도 이를 피하지 않고 예루살렘에 입성했으며, 믿음의 백성들은 호산나를 외치며 환호했다. 이 '거룩하고 힘찬 행진'은 드라마틱하기도 하려니와 신비스런 메시지를 피력한다. 죽음으로 몰아넣음과 환호하며 반김과, 그러고도 토마의 불신앙 같은 우리의 어정쩡한 자세하며… 그것은 2천 년 전의 일회성으로 끝난 사건이 아니라 인류의 역사 안에서 거듭 되풀이될 거라는 예감을 갖게 한다.

　때는 바야흐로 4월을 맞는 시점이다. 묵은 겨울의 먼지를 털어내야 하리라. 화창한 봄 햇살 아래에서 혼의 갱생을 꿈꾸어보지 않겠는가? 우리 모두가 네플류도프의 초상을 떠올려보며 거듭해서 희망의 세계를 알려주는 주님의 부활에 동참할 때이지 않은가?

이렇듯 이루어지다니!

　여행을 하게 되면 새로운 풍물과의 만남, 비일상적인 것에서 겪는 신선함, 동행하는 이와의 살뜰한 인정 교감 등 보람되고 기쁜 일도 적지 않지만, 그에 못지않게 불편 감수와 느닷없이 곤경에 처해지는 따위 어려움에 직면키도 한다. 그런데 묘하게도, 난감한 상황과 조우했던 나들이 길에서 음미할 만한 추억이 남는 건 신통한 일이다.

　그해, 사할린과 블라디보스톡 일대를 여행할 기회를 얻은 건 나로선 행운이었다. 한 달 간 체류하던 중에, 유즈노 사할린스크에서 블라디보스톡으로 건너간 날이었다. 사할린 섬의 주도인 사할린스크공항에서 오전에 뜰 항공편이 두 시간, 또 네 시간, 더러는 아무런 멘트도 없이 지체를 하다가 저녁 늦어서야 겨우 이륙했다. 일행은 우리 내외와 그곳에서 만난 어떤 분하고 세 사람이었다. 대륙의 도시에 도착했을 땐 밤 열 시가 넘어서였다.

　그런데 이 날이 한국 대통령의 러시아 순방 귀로에 블라디보스톡에 들러 하룻밤 유하게 된 날인지라 공항 주변을 엄격히 교통 통제하였으므로 시내로 들어가는 대중교통 이용이 불가능했다. 치안이 극도로 불안한 때인 만큼 외국인의 택시 이용은 금기시되던 시절이다. 여간 낭패가 아니었다. 공항 대합실은 장의자마다 짐을 베고 누운 탑승 대기자들로 빈틈이 없었고, 무지막지한 모기는 살인적으로 달라붙는다. 하룻밤을 여기서 새운 뒤 움직여야 할 액운에 실색하고 있는 사이, 아내는 새파랗게 질리다 못해 아예 울상이었다.

이런 참에 누군가가 나타났다. 세 젊은이의 모습을 아내 편에서 먼저 접하고 내게 달려들며 "저이들이 서울 말씨를 쓰는 것 같아요" 한다. 말을 붙이고 도움을 청했더니 이런 횡재가 어디 있으랴! 여기 신공항 신축공사를 한국 기업체에서 맡았는데, 자기들은 공사 하도급업체의 직원으로 이곳에 상주하고 있단다. 서울로의 통화가 공항 공중전화로만 가능하기에 그걸 쓰고자 마침 나왔다는 거다. 자기네 숙소가 바로 광장 건너편인 공항호텔이며, 객실 세 개를 장기 임대하고 있는 터에 동료 두 명이 일시 귀국했으므로 마음 놓고 묵으란다.

아내는 순간 손뼉을 쳐대며 기쁨을 감추지 못했다. 희희낙락해서 탄성을 내질렀다. "어쩌면… 주님께 이 난경에서 도와주십사고 간절히 기도를 드렸더랬는데 이렇듯 곧바로 이루어지다니!" 그뿐이 아니었다. 우리는 이들의 보금자리에서 보드카를 곁들인 저녁대접을 받고는 밤이 깊도록 노래를 불러가며 흥을 돋우었다.

우리는 살아가는 와중에, 알게 모르게 '엠마오로 가는 길'을 걷고 있을 터이다. 그때 우연히 마주치거나 동행하게 된 낯선 사람이 주님 같은 분, 성가셔하지 않고 선뜻 곤란을 덜어주는 이웃이 있을 때, 우리는 '그 제서야 그들은 눈이 열려 예수를 알아보았는데'라는 성경 구절을 떠올리게 될 법하다. 세상의 어느 한 구석에선 따스하고 자비로움이 맥맥이 흐를 것이다. 이를 찾기 위해 기도하며 주님의 은총을 간구해야 하리라. 블라디보스톡의 밤이 이의 확실한 실증이겠다.

파파, 우리 교황님

    교황 요한 바오로 2세께서 선종하셨다는 보도를 접했을 때 나의 뇌리속에 솟구친 건 '위대한 생의 종언終焉'이었다. 이 느낌은 달리 말하면 언어일 수 있고 로고스일 수도 있겠다. 위대한 인간, 위대한 행적, 위대한 사상은 귀에 익은 낱말이지만 위대한 생이라니? 그렇다. 당신의 삶 자체, 생애 통째가 위대하다는 말 외에 달리 끌어올 말이 없으니까.

    나치 치하에서 지하신학교 입학, 젊은 나이에 고향 크라코프 교구 주교 수품, 슬라브 민족 최초의 교황 서임, 유물론이 지배하는 사회주의 체제와의 대결, 화해와 평화의 사도로서 매진했던 한 시대 스승으로서의 발자취는 격동적이며 장엄하기 짝이 없다. 그러한 생전의 이미지에 걸맞게 임종과 사후의 문제에도 여러 설이 전해진다.

    먼저, 교황님께선 '자신이 원한 방식대로 서거했다'는 보도이다. 이 국면은, 인위적인 생명 연장을 물리치고 죽음을 고즈넉이 받아들임으로써 '생명 보전'과 '죽음의 수용' 사이의 균형에 관한 도덕적 질문의 여지를 남겼다는 지적이다. 또 한 가지는, 시신이 베드로대성당 지하에 역대 교황들과 나란히 안치될 테지만, 고국 폴란드로의 이장, 혹은 심장만 크라코프 주교좌성당에 보존하려는 움직임이 있다는 소문도 들린다. 실제로 음악가 쇼팽은 파리에서 숨을 거두었는데 심장만 고국으로 가져와 바르샤바의 한 성당에 보존하고 있다. 앞서의 소문도 교황에 대한 폴란드 국민의 애정과 한없는 추모의 정을 생각하면 수긍이 가기도 한다.

크라코프는 폴란드의 옛 수도였으며 학문과 공업의 중심도시다. 근대의 여명을 알린 천문학자 코페르니쿠스와 노벨문학상을 수상한 여류시인 심보르스카를 배출한 고장이기도 하다. 심보르스카는 「위대한 사람의 집」이란 시편에서 교황을 예감이나 한듯 '대리석 위에/ 금과 은으로 새겨 있다/ 여기에서 위대한 사람이 살았고/ 일했고/ 죽었다'고 읊은 다음 '그는/ 시대가/ 요구할 때에/ 세상에 왕림하시었다' 하고 강조했다.

나는 10여 년 전 크라코프를 들린 적이 있었다. 교황님께서 우리나라를 다녀가신 후였기에 그 땅과 풍정은 새로운 감회를 안겨 주더랬다. 수도인 바르샤바로의 귀로는 열차편을 이용했는데, 짙게 에워싼 무거운 안개 속으로 뻗은 철로, 철길 주변의 이국적인 냄새, 몽환처럼 스치는 나무와 숲 등 동구 특유의 분위기를 물씬 감촉할 수가 있었다. 아우슈비츠가 멀지 않은 이곳에서 당신께선 하느님의 부르심을 받아들였던 것이다!

부활 제4주일. 오늘의 복음은 '도둑은 다만 양을 훔쳐다가 죽여서 없애려고 오지만 나는 양들이 생명을 얻고 더 얻어 풍성하게 하려고 왔다'고 기록한다. ─ 20세기 후반의 세계사의 그늘과 교황님의 열정적인 사목, 바로 그 대비 아니겠는가.

봄의 한복판으로

봄이다! 엊그제던가 싶게 개나리 노란 꽃눈이 움트고, 양지쪽 백목련
이 탐스럽게 꽃잎을 터뜨리더니 어느 사이에 봄은 무르익어 산하에 푸르
무레한 기운이 넘쳐난다. 봄과 약동하는 기운, 청춘과 생명의 충만함은
옛 문인만의 감성은 아닐 터이다. 오감을 갖고 있는 사람, 인생을 사랑하
고자 하는 이라면 누구나 느끼고 기쁘게 향유하려는 정감이겠다.

이런 계절과 맞닥뜨릴라치면 절로 성경의 말씀이 떠오르게 마련이다.
예수님께선 당신을 따르는 무리들에게 '온갖 영화를 누린 솔로몬도 이
꽃 한 송이만큼 화려하게 차려입지 못하였다' 며, 무엇을 먹을까 무엇을
마실까 또 무엇을 입을까 걱정하지 말라고 하셨다. 거기에 덧붙여 '가서
너희가 있을 곳을 마련하면 다시 와서 너희를 데려다가 내가 있는 곳에
같이 있게 하겠다' 고 다짐하신다. 너무나 낙천적이어서 우리가 어리둥
절해질 지경이다.

구약의 첫머리 천지창조에서부터 야훼 하느님께선 당신의 창조성과에
대해 거듭 '보시니 참 좋았다' 했고, 인류를 사랑한 탓에 인간을 당신 모

상 따라 지어내셨으니 믿음의 백성에 대해 기쁜 소식을 전하면서 현실을 밝고 긍정적으로, 미래를 낙관적으로 전망하는 것은 너무나 당연하겠다. 이와 같은 인식은 '생은 고해苦海'라거나 '죽음에 이르는 병'이라는 관점과는 사뭇 다른, 그야말로 우리 곁에 가까이 다가온 구원의 메시지로 접해질 밖에 없다.

나의 믿음이 반석 위에 올라 있지 않은 탓에 많은 의구심의 소치로, 어리둥절함을 넘어서서 긴가민가하다가 때론 허무의 늪에 빠져들기도 한다. 때문에 봄의 소용돌이 속에서도 '봄이 왔으나 봄 같지 않다'는 선인의 목소리에 귀 기울이는가 하면, 주변의 황사바람과 세계의 온난화 현상이 미구에 가져올 재앙에 지레 질겁하기가 예사다. 이것이 내 신앙의 현주소이리라.

하지만 그래도 봄은 왔고, 그 청신하며 향기로운 바람은 내 주위를 감돈다. 더 많이 가져 누긋해 하는 사람이나, 가진 것 없다고 앙앙불락인 사람에게도 공평하게 낭랑한 음성으로 속삭인다. 행복에 겨워하는 이에게 흥겨운 꾸밈음裝飾音 하나 더 보태고, 음울에 젖은 이한테는 르노아르의 분홍빛깔 쪽으로 이끌어낸다. 봄은 재림하실 구세주의 예비이며, 앞으로 그분께서 구현할 세상의 예시이지 않겠는가?

나는 10년쯤 성가대 단원으로 지냈으므로 성가 부르기를 무척 좋아한다. 노래를 부를 땐 마음이 환해지고 주님을 느낄 수가 있다. 오늘 같은 날이라면 가톨릭성가 2번을 택할 것이다. 그것도 2절, '저 수풀 속 산길을 홀로 가며 아름다운 새소리 들을 때/ 산위에서 웅장한 경치 볼 때/ 냇

가에서 미풍에 접할 때' 가 살갑게 흥얼거려질 거다. 아무렴, 크시도다 하며 주님을 찬미할지어다. 이 화창한 봄날, 우리 함께 성가를 부르며 세상 복판으로 뛰어들자.

시골성당에서 얻는 것

얼마 전, 강원도 사북성당에서 주일미사를 봉헌한 적이 있었다. 서울에선 목련이 한 풀 꺾이고 있는 참인데도 그곳은 고지대여선가, 성당 한 쪽 큰 백목련 한 그루에 수천의 꽃봉오리들이 필까말까 하는 내색으로 탐스럽게 매달려 있었더랬다.

나는 여행 중 작은 시골성당에서 미사에 참례하는 걸 무척 좋아한다. 그곳은 번듯하거나 와자지껄하지 않다. 결코 화려 장엄하지가 않다. 젊은 사람이나 어린아이도 눈에 띄지 않는다. 사북성당 미사는 더 한적하고 듬성듬성해서 이 좋은 계절 같지 않게 을씨년스럽기까지 했다. 그 흔한 오르간 소리도 들리지 않아 성가를 한 옥타브 낮게 부르는 성싶다.

그럼에도 나는 이 시간에 왠지 그 추상적인 말인 '영성'이 스며드는 듯하고, 시골 신부님의 소박한 억양이 마음속에 친근하게 사무쳐들고, 그리고 성전을 나오면서 언감생심 은총이나 받은 듯 자족감에 빠져들게 마련이다. 언젠가 쓴 「시골 성당」이라 제목을 붙인 산문시의 후반부는 이런 정서의 산물이다.

'그 두레박 연년이 그랬듯이 올해도 이 시린 찬 샘물을 길어 올려 줍니다. 시골 작은 성당 제야미사는, 가난한 마음과 긍휼히 여김을 받는 가슴이 모여 이빨이 빠진 만큼 조금씩 흘리며 두레박물을 받아 마시는 시간입니다. 서너 사람쯤 기다려 서서 먼저 마시라거니 아니라거니 그런 성근 말마디 끝에 도르래 우물가엔 두레박 하나만 남습니다.'

나는 중국이 개방되기 전인 1991년, 백두산 등정을 하고 연길로 돌아오는 귀로에 용정에서 실로 뜻밖의 간판 하나에 눈길을 박았었다. 용정이라면 일제하에 우리 민족 일부가 북간도로 넘어가서 한 두메에 우물을 파고 살았던 지명을 일컫는 말로 낯익다. 그 우물터가 보존되어 있고 유래를 알려주는 안내판도 세워져 있기에 무심코 기웃거리다가 바로 그 옆, 초라한 한옥에 〈龍井天主教會〉라고 내리받이로 쓴 간판이 보이는 게 아닌가! 아, 이 미망의 사회, 이 잊혀진 취락마을에 이처럼 신앙이 면면히 이어지고 있다니… 누군가에 의해 뿌려진 신앙의 씨앗이 그 험난한 시대, 곱잖게 바라보는(예컨대 문화혁명기 같은 살벌한 시기) 시선을 이겨내고 이 한인 집성촌에서 연명을 해왔다니…

오늘날 한국 천주교회는 세계에 자랑해도 좋을 괄목할 만한 교세, 신앙의 내적 충실, 그리고 경제성장에 따른 윤택을 누리는 게 사실이다. 이러기까지 우리 교회는 포르투갈을 시초로 해서 프랑스, 아일랜드, 독일, 미국 등으로부터 수도회 진출을 비롯, 경제적인 많은 도움을 받아왔다. 그들이 이번 주 복음말씀처럼 제자들의 사명을 다한 점을 간과하거나 잊어선 안 된다.

이제 우리가 다른 누군가에게 갚아야 할 시점이다. 넉넉한 본당은 저 후미진 곳의 쓸쓸한 형제교회를, 여유가 있는 교구는 힘겨워하는 형제교구를, 그리고 지금 안정된 형세를 확보한 한국교회는 세계의 그늘진 지역, 안간힘을 쓰는 포교지에 관심을 쏟아야 마땅하다. 사북성당을 찾았던 어쭙잖은 걸음 끝에 이런 거창한 담론이 절로 솟구친 걸 어쩌랴.

'무엇'에 관한 성찰

천주교회의 다른 본당에서도 이 캠페인에 동참하고 있을 것으로 짐작되는 바지만, 우리 본당에서는 올 여름에 사도 바오로 탄생 2000주년을 기념하여 전 신자에게 바오로 서간 성경쓰기를 권장하였다. 신부님이 어느 주일 강론 때 이 지침의 의의를 언급하나 싶더니 곧 '사도 바오로와 함께 드리는 기도' 문이 배포되었고, 이어서 두툼한 노트 한 권씩이 반별로 각 교우가정에 전달되었다.

참으로 송구스런 생각이요 말이지만 나는 먼저 미욱한 내 견해를 밝히지 않을 수 없다. 이따금 열성적인 교우를 통해 성경 옮겨쓰기筆寫를 한다는 말을 귓전으로 듣기는 했지만 나는 시큰둥하게 여겨 관심을 갖지 않았다. 지난 시대에 성경암송을 독려했던 그 지배적 독선으로만 받아들여진 탓이다. 딴에는, 아무렴 성경말씀은 만인에 선포되어야 하는 진리이며 묵상해야 할 복음이지 꼼꼼하게 베껴쓰는 수동적이며 기계적인 무엇이 아니라는 인식의 소치이기도 하겠다.

더욱 부끄러운 노릇은, 나는 창작으로서 글쓰기 이외의 일기, 편지 쓰기나 어떤 글의 필사 따위를 대수롭잖게 생각하며 극구 기피하는 성향을 갖고 있다는 점이다. 그런 성향의 저간에는 옹졸한 이기심과 천박한 직업의식이 도사려 있을 터이나 이 자리에선 덮어두는 게 좋겠다. 이런 연유들로 인해 나는 특별희년의 은총이나 신자로서 최소한의 신앙자세를 간과하고는 코앞에 닥친 성경쓰기 봉헌을 남의 일로 치부키만 했다.

그런 가운데 본당에서 배분하는 노트 한 권을 받게 되었다. 이걸 어쩐다? 만일 각자 가져가라 했다면 나는 이 두툼한 과제물을 자의로 챙겨들지 않았을 게다. 가벼운 대학노트 정도라면 부담을 갖지 않을 수도 있었겠다. 노트를 받아놓고선 며칠이 그냥 지났다. 열흘쯤 넘긴 시점에서 내 방 어디에 자리잡고 앉은 묵직한 뭔가가 신경을 자극한다. 아니, 마음 한 자락에 바오로 사도의 극성(?)이 영향을 미치기 시작한 모양이다.

나는 이십여 년 전에 명동성당에서 교리교사 강습을 받던 때, 바오로 사도가 선교활동에 매진하던 중 고린토 교회에는 신자의 분열상과 타락을 질타하는 편지를 네 번 보냈는데, 그중 두 통은 분실되었으며, 남은 것 중 고린토에서 봉변을 당하고 돌아와 눈물로써 화해와 신앙 재무장을 촉구한 편지가 지금 둘째 서간(그 때문에 '눈물의 서간'으로 지칭되기도 한다는)으로 전해지고 있다는 강의 한 토막이 상기되기도 했다.

우리가 살아가는 동안에 맞닥뜨리는 것 중 불가해한 일이 한두 가지가 아닐 것이다. 어떻든 나는 어느 순간에 그 묵중한 노트 앞에서 펜을 쥐었고, 사랑과 열정의 사도 바오로의 문장을 재생산(?)하는데 몰두하기에 이르렀다! 재생산이라 함은 필사를 하는 동안 예상치 못했던 성경 이해가 눈에 띄게 확충되었기 때문이다. 무엇보다도 마음이 뭔가로 충만해졌다. 연일 무더운 날씨가 계속되었지만 글을 씀에 있어 아무런 장애가 되지 않았고, 오히려 더위를 잊기까지 했다. 때문에, 일 년 동안에 쓰기를 권유하지만 속필인 탓으로 한 달 안에 끝냈다.

뿐만이 아니다. 늦게 배운 도둑이 밤새는 줄 모른다는 속담대로 이참에 신약성경을 통째 필사하자는 과분한(그렇지만 기특한) 발심이 솟구친 게 아닌가! 그래서 이튿날로 마태오 복음부터 쓰기 시작했는데, 진도가 빠르게 나가자 기왕 내친 김에 구약성경까지 밀어붙이자는 작심을 하기에 이르렀다. 베이징 올림픽 열기가 뜨거웠지만 그보다 신심이 더 달아오른 것 같았다. 이에 힘입어 빠른 시일에 신구약 모두를 필사하겠다는 결심을 하고 말았다.

이와 비슷한 일이 전에도 더러 있었다. 교회 내 신심 쇄신을 위한 3박4일간의 교육 프로그램을 수료하는 자리에서 통과의례로 이른바 '하느님과의 약속'이란 걸 요구했다. 나는 그때 '신구약 통독'이라는 그럴싸한, 그 임시에는 충분히 실천 가능할 듯싶은 약속을 써냈다. 물론 약속 이행 여부를 확인할 절차나 어떤 장치가 있는 게 아니어서 수년간을 유야무야 허송했다. 그런데 어느 시점에 그 무형의 약속이 묵직한 뭔가로 신경을 자극하여 스스로도 믿기 어려운 분발로 반년쯤 걸려서 통독을 한바 있다.

사례를 덧붙여 나열한다면 너스레가 되고 말게다. 그러나 확실하며 너스레일 수 없는 진실 한 가지마저 묻어 두서는 안 될 일이다. 우리는 비단 신앙생활에서뿐만 아니라 무슨 일 앞에서도 머뭇거릴 때가 일상다반 사다. 도무지 내키지 않는 경우도 있고, 도저히 해낼 것 같지 않아 망설 여지는 경우도 있을 법하다. 그때 일 그램도 안 되며 한 푼도 아닌 그 '무 엇'만 동하면 만사는 하느님이 이루어주시고 형통한다는 믿음이다.

그것이 무어란 말인가? 사전을 찾아보면 ①발심: 무슨 일을 하겠다고 마음을 먹음 ②작심: 마음을 단단히 먹음, 또는 그 마음 ③결심: 무엇을 하려고 굳게 마음을 결정함, 또는 그 마음이라 한다. 그중 무엇이든 좋으 나 명확한 것은 하느님과의 올바른 관계를 도모하려는 일에 있어서는 발 심→작심→결심으로 진전이 된다는 사실이다. 나는 어느 순간에 느닷없 이 엄습한 그 마음 동함이 우연이 아닌 줄을 이제 겨자씨만한 지혜로 느 낀다. 본당에서 권장하는 바오로 서간쓰기에서도 예외가 아니다.

성탄 이야기 2막4장

　나는 〈신약성경〉 가운데서 예수 성탄에 관한 대목을 흥미 있게 음미하는 편이다. 문학적인 관점에서 가히 매혹적이다. 예수님의 생애, 그분의 말씀과 행적을 중심으로 기쁜 소식을 기록한 복음사가들의 네 복음서는 서술 방법, 플롯, 표현의 특성, 문체가 약속이나 한 듯이 엇비슷한데 다만 성탄을 언급한 부분만은 무언가 색다른 점이 있기에 그러하다.

　복음서들의 국면 서술이 평면적이며 연대기에 따른 나열식임을 감안한다면, 그런 패턴에서 벗어난 탄생 에피소드는 퍽 이색적이라 할 만하다. 그런데 네 복음서 중 마르코와 요한 복음서에는 신약세계의 첫 단추가 될 이 화제에 대한 언급이 전혀 없는데, 루카 사도가 이를 간과하지 않았기에 우리는 지복을 얻는다. (영화 용어를 빌자면) 루카 복음서가 전하는 시이퀀스sequence에다 마태오 복음서에 짤막하게 기록된 한 시인scene을 합성해 놓고 보면 동화풍의 맛깔스럽고 촉촉한 그림이 그려진다.

　신약의 전체 서사 구도에 있어서 예수 탄생과는 무드가 판이하지만 십자가상의 죽음에 관한 대목은 극적 시추에이션과 사건 진행이 야기하는 삭막한 풍경으로 충격을 안겨준다. 이 두 화제는 복음서의 여타 부분과 구분되는 분위기를 드러내는 한편으로, 표현 양식에서 이 둘 간에도 확연이 달라 눈길을 끈다.

탄생 이야기는 초월적 제재를 시적詩的으로 그린 신비스런 설화 한 토막을 연상시킨다. 주님의 뜻과 메시지가 주선율을 이루는 중에 거기에 부응하는 인간의 응답이 조화를 이루면서 매우 간략하고 평이한 언어로 아름다운 정경을 엮어낸다. 이에 비해 죽음에 관해서는 사실성에 충실한 산문 문장으로 한 시대의 역사와 인간사를 서술한다. 예수의 노심초사하는 내면과 하느님의 구원사업에 전신을 던지는 의지가 교차하면서 기록자의 감상이나 설명을 극도로 배제한 채 사태의 전말을 객관적으로 전달하고 있기 때문이다.

복음서 기록자들은 역사가인 동시에 문학적으로도 세련된 필력을 드러내, 〈구약성경〉의 〈탈출기〉에서 이스라엘인들이 이집트 땅을 무사히 벗어난 감격을 '모세의 노래'로 읊조린바 있듯이, 희랍극의 중간마다 등장인물의 독백과 합창단의 노랫말이 삽입된 것처럼, 이 탄생 이야기에서는 '마리아의 노래' '즈카르야의 노래'를 넣어 흥취를 드높인다.

죽음의 드라마는 희랍비극의 극적 상승처럼 숨 가쁜 파국을 펼쳐 보인다. 골고타 언덕, 터질 듯한 한낮의 긴장, 십자가에 못 박는 소리, 숨을 거둠, 성전 휘장이 찢어짐, 그리고 그날 저녁에는 아마 이 '선택받은 도시' 위로 노을이 시뻘겋게 불타올랐을 게다. 이야기만으로 볼진대, 희랍비극의 백미편인 소포클레스의 「오이디푸스 왕」이나 아이스킬로스의

「결박된 프로메테우스」인들 이에 필적하랴.

성탄과 십자가상의 죽음이란 이 상반되는 화제는 너무나 상극을 이룬다. 밝음과 어둠, 평화로움과 전율스런 파국, 촉촉한 서정성과 삭막한 서사성, 동화적 설화와 역사적 현장 기록, 신의 의지와 인간적 모습 등으로 극명한 대비를 보인다 하겠다.

자, 이제 부드럽고 황홀한 예수 성탄의 2막4장을 더듬어보기로 하자.

제1막 제1장은 이러하다. 갈릴래아 나자렛 동네의 어느 집에 한 나그네가 찾아와 처녀 마리아를 앞에 두고 느닷없이, "이제 네가 잉태하여 아들을 낳을 터이니 그 이름을 예수라 하여라" 하고 통고한다. 두어 마디 오간 후에 처녀는 아연, "저는 주님의 종입니다. 말씀하신 대로 저에게 이루어지기를 바랍니다" 하고 이내 승복하는 게 아닌가!

제2장은 마리아가 친척언니 되는 엘리사벳이 때늦게 임신했다는 소식을 듣고 인사를 차리려 산악지대에 있는 그 집을 찾아간다. 한데, 버선발로 뛰어나온 상대방이 오히려 "당신은 여인들 가운데에서 가장 복되시며 당신 태중의 아기도 복되십니다" 하고 먼저 하례를 하다니! 게다가 덧붙여 "당신의 인사말 소리에 저의 태 안에서 아기가 즐거워 뛰놀았습니다" 라는 말로써 세례자 요한과 예수의 유장한 인연을 암시한다.

제2막은 그로부터 몇 달 후의 일이다. 제1장. 만삭이 된 마리아는 약혼자 요셉의 동행자로 로마황제의 칙령에 따른 호적 등록을 하러 다윗 고을 베들레헴에 왔다. 여관을 얻을 수 없어 마구간에서 해산을 했는데, 들판에서 양치기 목자들이 천사들의 귀띔을 듣고 나타나 구유에 누운 아기를 보며 하느님을 찬양한다. 어디선가 합창단의 노래가 울려 퍼진다. '지극히 높은 곳에서는 하느님께 영광/ 땅에서는 그분 마음에 드는 사람들에게 평화!'

제2장. 동방 박사들이 유다인의 임금이 베들레헴에 태어났다는 표징의 별을 보고 아기를 찾아와 경배를 드리며, 마리아께 황금과 유향과 몰약을 예물로 드리고 돌아간다. 이 별의 이미지는 동방과 말구유에서 오늘날 지구촌 아이들의 반짝이는 눈망울로 전승된다. 세세대대로 동화극에 회자되는 꿈같은 장면의 원형이다. 수많은 종들이 마냥 뎅그렁거린다.

이 삽화들은 우리나라로 말하자면 신라시대, 그 아니라면 페르시아 왕조 때의 민간설화라 해도 하등 이상할 바 없겠다. 유다 민족의 특수한 이야기인가 하면, 세계 어느 지역의 전설이라 할지라도 거부감 없이 받아들여지는 보편성을 띠고 있다. 그래서 더욱 살갑고 친근한 계시의 영역이자 인간세상의 복스런 스토리라 하지 않을 수 없다.

우리는 곧 올해의 성탄을 맞는다. 아무렴, 선한 마음으로 충만하여 그 2막4장이 현시하는 기쁨과 평화와 은총이 온 누리 가득 넘치길 소망할 일이다.

"안아줘요"

우리집 식탁 쪽 벽면에 액자 하나가 걸린 지 오래 됐다. 언제, 어떤 사연으로 걸게 되었는지는 기억할 수가 없지만 무심코 대해오던 그 그림이 어느 시점부터 나를 사로잡기에 이르렀다. 액자의 그림은 가톨릭교회 시각으로 성화라 일컫는다. 예수 그리스도가 가시관을 쓰고 십자가상에 못 박힌 채 의식이 혼미해진 듯 고개를 떨어뜨리고 있다. 못 박힌 양팔은 팔꿈치 안쪽, 늘어진 두 다리는 무릎 위쪽까지만 화폭을 채운다. 고통에 신음하다가 목숨이 경각에 달한 그분께 일견해서 날개가 없는 큐우핏 같기도 하고, 또는 재롱둥이 정령처럼 보이는 한 아기가 양팔을 그분의 목덜미께로 쭉 뻗고는 전신으로 매달려 입술을 갖다 대려는 찰나다.

그림의 소재가 된 두 인물은 주로 황금색으로 채색이 되었고, 심플한 액자 프레임 또한 금빛으로 도색이 되어 있다. 다만 화폭의 두 인물을 에워싼 공간은 검은색으로 처리되었다. 아기로 말할진대 견자의 눈, 말하자면 선한 사람의 눈에는 천사로 비쳐질 법도 하다. 그 이미지는, 극심한 고통으로 숨져가는 그분을 지켜보는 천주성부의 다함없는 은총과 위로를 은연중에 표현하는 것이라고 해석할 수도 있기 때문이다. 검은색 배경은 창조주의 사랑을 등진 시대상을 나타내려는 것일 게고, 금빛은 이 희생제물을 통해 구원이 이루어질 거라는 암시를 하고 있을 터이다.

이것은 다분히 희망 일변도의 감상일는지 모른다. 우리를 위하여 오늘도 희생이 되어줄 그리스도, 그 죽음을 통해서 인류구원의 역사를 이룩코자 한 하느님의 뜻, 아기를 우리 곁의 성령으로 받아들이며 믿고자 하는 우리의 내심이 이런 감상안을 불러일으킬 터이다. 다분히 이기적인 해석이라 할지라도 그 또한 신앙에 말미암음이다.

나한테 첫 손자가 된 아이는 외손이다. 시집간 딸이 우리와 한 동네에 살았기에 아이가 태어난 뒤로 우리 내외가 자주 귀애해 주었더랬다. 그런데 애가 두 돌이 채 되기 전에 딸네 식솔이 미국으로 이사했는데, 얼마 지나지 않아 일시 귀국해 두 달간을 우리 집에 머문 적이 있었다. 이럴 경우, 아이는 정말 눈에 넣어도 아프지 않다는 말이 결코 허사일 수 없지 않겠는가(손자 얘기를 할라치면 다들 시큰둥해 하며, 들어봤자 별것 아니라고 떫은 내색을 짓기 일쑤일 테지만 잠시 동안만 귀를 기울여주길 바란다.)

때는 늦가을이었다. 아이놈이 집안에서만 맴돌기가 따분했을 건 불을 보듯 뻔하다. 내가 어린이놀이터라도 데려가 볼까 하고 운을 뗄라치면 애엄마가 아기한테 의사를 묻는데 언제나, 예외없이, 선뜻 따라나선다. 놀이터를 향해 몇 걸음을 나서면 도로는 경사진 고갯길이다. 녀석은 이 또한 예외없이 어느 지점에 다다르면 걸음을 멈추고, 예의 그 성화 화폭의 아기처럼 나를 향해 양팔을 번쩍 치켜들며 "안아줘요" 한다. 말이 늦은 이 아이가 알고 있는 몇 안 되는 말 중의 하나가 이 말인 성싶다.

성큼 안으면 피붙이 특유의 친밀감, 체온과 중량이 전하는 존재감이 확연히 느껴진다. 아, 이 몸뚱이! 우리 교회에선 사람의 몸이 하느님의 지체라고 가르치지 않는가. 그 아니고도 아이를 품에 안으면 몸이 환기시키는 말할 수 없는 동물적 환희, 즉물적인 연대감이 신경 세포 어딘들 후비며 들쑤신다. 둥둥아기 예쁜 아기… 이쁜 우리 새끼… 지나치는 사람의 눈도 의식하지 않고 호들갑을 떤다.

그런 한편으로 어느 한 집의 담장 너머 높다랗게 솟은 감나무 가지 끝에 붉은 감이 매달려 있어 나는 그쪽을 손짓하며 인식시키기를 잊지 않는다. 내가 파란 창공을 배경으로 선연히 드러나는 감을 바라보며 "감"이라 좋알대면 같은 말을 대꾸하곤 한다. 내가 "따따따" 하고 음정을 붙여 노래하면 따라하고, 어디 꽃이 많았지? 하면 가을꽃이 시들어가는 담장 밑을 손가락으로 가리키기도 했다.

이러는 사이 나는 팔이 늘어지고 숨이 찬다. "이제 걸어보지 않을래?" 하면 고개를 살래살래 내젓는다. 말은 늦으나 귀는 뚫린 모양이다. 아직 요량까지 뚫리지는 않았지만 말이다. 나는 힘이 드는 대로 아이를 안고 계속 걸음을 떼놓는다. 어느새 팔이 무지근해지고 등짝으로 땀이 끈적거린다. 아, 사랑은 이 경우에도 양가성이 있구나! 녀석과 같이 있는 시간이 즐겁지만 그건 공짜로 주어지는 것이 아니구나!

그리고 아기는 미국으로 돌아갔다. 이미 창공 가운데 감은 모두 사라졌고, 어느 집 담장께의 화초들도 그 빛을 잃고 말았다. 나의 품은 커다란 구멍이나 뚫린 듯 휑뎅그렁해져 허전하고 시릴 따름이다. 따따따 하고 음정을 붙여 트럼펫 소리를 내보지만 화답이 전무하다. 안아줘요 하는 소리만 내 가슴, 내 심장 어디쯤서 맴도는 듯하다. 그 소리, 그 말은 첫사랑 연인의 목소리보다 더 사무치게 그리움으로 파고든다.

아마 이때쯤 나는 예의 식탁 앞 성화에 유심한 눈길을 보내게 되었다. 그림에서 십자가상의 예수 그리스도는 당신 자신의 몸무게도 지탱키 어려운 처지에 가로놓여 있다. 절로 "나의 하느님, 나의 하느님, 어찌하여 나를 버리셨나이까?"라는 원망이 솟구치는 순간일 것이다. 그런 참에 철딱서니 없게도 아기는 목덜미에 매달려 "안아줘요" 하고 떼를 쓰는 양이다. 그 아기는 그분께 모든 걸 의탁코자 하는 우리 모두의 초상이리라. 어제도 오늘도 철없이 매달리려고만 드는 우리의 자화상 아니겠는가.

성화 속 아기가 천사의 이미지든, 아니면 그분께 한량없이 의존하려고만 드는 우리 자신의 풍유allegory이든 간에 어느 한 쪽으로만 해석할 필요는 없을 것이다. 안아줘요 하며 매달리는 대상이 있어 그리스도는 십자가를 피하지 않았다. 피할 수 있었을 것임에도 결연히 형틀을 향해 나아갔다. 2천 년 전의 일회성으로 그치지 않고 인류 역사를 통해 되풀이해서… 내가 이 글을 쓰는 순간에도 여일하게 말이다.

너무 늦었을는지 모른다

고교 시절의 영어 선생님이며 문예반을 맡아 나의 문학수업에 발화와 영향을 끼쳤던 최 선생님께서 먼 이역 땅 로스앤젤레스에서 작고하셨다는 소식을 뒤늦게 접하고는 마음이 추연해지지 않을 수 없었다. 그분의 삶이 흡사 장편소설 같이 기구한데다, 젊은 시절을 위태롭고 극적으로 넘긴 정황과 에피소드를 생전에 나에게 많이 들려주셨기에 추도의 정이 남다를 수밖에 없다.

그분의 내력이 모두의 관심사일 순 없다. 하지만 생에 있어서 운명의 시발이 되었던 계기는 우리에게 담론의 여지를 남기기에 말문으로 삼을 만하겠다. 선생님은 평북 태천의 유산계급 집안의 장남으로 태어나 소년기에 해방공간을 맞았다. 북쪽에서 공산당이 권력을 장악하자 시시각각 유산층에 공포감을 안기는 한편, 유물사관에 입각하여 종교계를 박해하기 시작했다. 천주교에 먼저 칼날을 내리쳐 일찍부터 이곳에 진출해 있던 베네딕트수도회 소속 외국인 성직자와 수도자를 임시수용소에 강제로 수용시킨 건 예정된 수순이겠다.

그 무렵, 그분의 가슴속에는 장차 어떻게든 외국을 두루 돌아다니며 살아가는 일종의 코즈모폴리턴이 되고자 하는 소망으로 가득찼던 모양이다. 그래서 틈만 나면 세계지도를 펼쳐드는가 하면, 영어공부에 매진했던가 보다. 영어도 회화가 중요하다 싶어 감시병의 눈을 피해 가며 임시수용소 철조망에 다가서서 외국인 신부와 대화하는 게 초미의 관심사가 되었단다. 그리고 얼마 지나지 않아 부친은 우선 장남을 먼저 남쪽으로 월경시켜 훗날을 도모하려 했으므로 1948년 아슬아슬하게 삼팔선을 넘었던 것이다.

우리는 남은 가솔이 어떻게 되었을까를 짐작키 어렵지 않다. 지주계급에 대한 철퇴는 일반상식이 되어 있지 않은가? 화제의 초점은 세계지도와 영어 학습에 골몰했던 그 청소년의 장래 그림이다. 그분은 전쟁 와중에 결핵의 악화로 대학 영문과를 중도에 포기, 마산 가포리결핵요양원에서 장기 요양생활을 하다 우리 학교에 영어교사로 부임했다. 이후 서울의 공립고교 교사, 태국 주재 한국무역진흥공사 관장, 대한항공 (당시 미주의 관문이었던) 샌프란시스코 지사장 등을 역임한 후 말년엔 LA에서 부동산중개업에 종사하던 중 타계했다. 더 파란만장한 생도 얼마든지 찾아볼 수 있겠지만 요컨대 그분은 북한 인민의 태생적 한계를 뛰어넘어 소년시절에 그토록 소망했던 세계주의자의 반경에는 들었던 셈이다.

나는 오랜 동안 선생님과 소식이 두절된 채 지내다가 우리 내외가 처음으로 LA를 찾은 길에, 그것도 귀국이 임박한 시점에 스승의 거처를 우연히 알게 되어 찾아뵐 수가 있었다. 선생님 내외는 그 사이 가톨릭에 입교를 했는데 공교롭게도 두 달 전에 상배喪配를 하셨다지 않은가! 사모님 묘지를 참배하고서는 헤어져야 할 텐데 그럴 수가 없었다. 나는 항공티켓을 사흘 후로 연기하고 그 사흘을 선생님댁에 묵으며 내내 선생님의 북한 방문기와, 자신이 남하할 때는 올망졸망했던 형제들이 이제는 성장하여 보낸 편지들을 읽는데 시간가는 줄 몰랐다.

북한이 미국에 대해 잠시 우호적인 제스처를 보였을 때 선생님은 미주의 교민 지도자, 유지들과 함께 북한을 방문한 적이 있었다. 고향에 들러서 아버지가 전시에 미군 폭격으로 희생되었다는 거며(?), 어머니는 자식들이 성장한 후에 사망했는데 선생님의 방문에 맞춰 급조한 묘지봉분이 유별나게 번듯한 거며, 아우들은 가계를 속인 채 살아왔기에 나름대로 입지를 얻은 저간의 사정을 듣게 되었다. 특히 자신의 소년시절, 일본유학생으로 당신 마음의 우상이었던 사촌형님을 어렵게 만날 수 있었는데 너무나 꾀죄죄한 행색에 충격을 받기도 했단다.

밤늦게까지 옆에 붙어 있던 안내원동무가 잠자러 간 뒤에 형제가 긴한 얘기를 나눈 건 인지상정이리라. 가슴이 미어지기만 했을 게다. 장남된 도리를 어떻게든 표하고 싶었을 건 쉬 상상이 되는 일이다. 어떤 혜택도 입지 못하고 성장한 아우들에 대한 배려로, 집안에 무슨 대소사가 있으면 꼭 알려달라고 해 그때마다 송금을 해주었는데, 형제들로부터 돈을 잘(?) 받았다는 내용의 편지가 이처럼 많이 쌓이게 되었다.

우리는 추운 겨울 다음에 새봄을 맞게 되듯이 북한과의 관계에 있어서도 전환기를 맞고 있다. 온 누리가 봄비를 맞아 소생을 하듯 한반도의 정세가 해빙기를 맞아 평화가 이룩된다면 얼마나 좋을까. 이 세계화 시대에 질시와 불신의 벽을 허물고 상호 협력하여 번영을 구가한다면… 타국에 뿔뿔이 흩어져 사는 교민들이 통일된 조국 땅에 돌아와 이웃으로 오순도순 살아간다면… 제발 더 상처가 깊어지기 전에, 더 늦기 전에 이루어지기를…

남북 당국자가 테이블에 마주앉아 경색된 정세를 타개하기 위한 회담을 한 뒤 웃음을 지으며 카메라 앞에 포즈를 취하기도 했다. 백악관에서 모종의 메시지가 북쪽에 전달되었다는 뉴스도 전해진바 있다. 남측에서 자재를 실은 화물열차가 군사분계선을 넘어 북측으로 달려간다. 이런 일련의 국면 전환이 희망찬 팡파르라 할지라도 저 흐루시초프 시절에 일과성으로 끝난 그런 '해빙기'를 넘어서길 간절히 바랄 따름이다.

선생님의 모습을 떠올릴라치면 나의 문학수업 시대와 훗날의 재회, 선생님의 저 북쪽 땅에서의 과거와 만년의 인연을 떠올리지 않을 수 없다. 그런 한편으로 오늘날 남북관계를 관련지어 보면 아! 너무 늦었구나 하는 탄식이 절로 솟구치기만 한다. 그분은 고향으로 돌아가지 못했고, 아우들과 함께 하는 생활을 누리지 못했다. 낯선 이국땅에 잠들어 있을 뿐이다. 저승에서조차 "너무 늦었을는지 모른다"며 끌탕을 치지 않을까 조바심이 인다.

'우리'와 '하나'

　나는 오늘 D일보의 '기자의 눈' 기사를 읽으면서 몇 차례나 눈시울이 뜨거워짐을 느껴야만 했다. 6월의 서해교전(제2연평해전) 추모행사를 정부 주관으로 거행하게 되었다는 뉴스와 관련하여, 전사자 중의 한 아버지가 당해기자에게 전화를 걸어 "이게 다 아이들을 잊지 않고 신경을 써주신 국민 덕분"이라며 국민 모두에게 진심으로 고맙다는 말을 되풀이해서 하더라는 게 글의 요지다.

　이 자리에서 서해교전의 전말, 당시의 정부 자세, 국가 존립의 의미를 되새겨보고 평가하는 일은 접어두기로 하자. 다만 내가 위의 박스기사를 접하고 눈시울이 뜨거워진 연유는, 이 글을 통해 한국인 특유의 가족에 대한 *끈끈한 정*, 공동체 일원으로서의 진한 유대감, 나아가서 국민감정이라는 보편적 가치에 생각이 미쳤기 때문이다. 평소에는 소홀히 여겼거나 방심하고 있던 문제가 어떤 이슈로 떠올랐을 때는 그것이 소중한 명제로 다가든다는 것이 여실히 증명된 사례라 할 수 있으니까.

　누군가 사고로 숨져갔다면 그건 한 사람만의 변고에 그치지 않는다.

더구나 공공을 위한 희생의 경우, 또는 남을 위해 자신의 목숨을 바친 의로운 죽음의 경우에 우리는 누구나 할 것 없이 순연한 감동을 느끼며 추모의 정을 보내게 마련이다. 서해교전 전사자는 국토방위의 신성한 임무를 수행하다 전사한 장병이기에 정부가 앞장서서 응분의 명예와 대우를 해야 마땅한 일일 것이다.

그런데, 작금 미국에서 한인 동포 젊은이가 의로운 죽음을 했을 때 그가 속했던 한인 성당가족과 남가주 일원에서 보인 동포사회의 관심과 추모의 물결은 놀라운 것이었다. 국내 현안의 냉담과 홀대와는 사뭇 다른 뜨거운 형제애, 동포애를 유감없이 드러내 여타 민족에게 커다란 감명을 안겨주었으니 어찌 감회가 유다르지 않으랴!

나는 작년 이맘때 두 달간을 미국에 체류하는 동안 한 달 여를 LA에서 보냈다. 주일이면 토렌스 시티에 자리한 '성103위 한인성당' 미사에 참례하였는데 여러 모로 흐뭇하고 긍지를 갖게 하기에 충분했다. 우선 성당구내가 4천여 평을 헤아릴 만큼 넓고 성전 건축도 손색이 없어 상쾌했다. 교우들의 형제애가 피부에 와 닿게 두터워 미사 후 실비제공으로 너른 야외 식탁에 앉아 식사를 하며 친교를 나누는 것부터 마음이 한결 따사로웠다. 나는 거기서 많은 청년들의 밝은 웃음소리와 저들끼리 악수하는 광경을 목격했다.

그중의 한 젊은이였을 것이다! 신앙생활을 열심히 하는 부모슬하에서 그는 대학을 갓 졸업했다던가? 어느 하루, 동족 친구와 중국계인 여자친구 이렇게 셋이서 사우스 베이로 알려지는 팔로스 버디스로 아름다운 낙조를 보러 나갔던가 보다. LA에는 태평양에 연한 해안을 끼고 헐리웃 쪽에서 보자면 산타모니카, 맨해튼, 레돈도 비치 등 많은 해안 사장이 산재하는데 유독 이곳만은 모래밭 대신 벼랑과 바윗돌이 널려 있어 경고판이 더러 보인다.

바람이 세차서 파도가 거셌을 게다. 친구가 방심한 채 너럭바위 끝으로 나갔는데 그 어느 순간에 사나운 파도가 덮쳐 쓰러지자 이 젊은이가 물불가리지 않고 뛰어들어 친구를 구출해냈단다. 그리고 자기 몸을 추슬러 위험으로부터 빠져나오려는 순간 더 큰 파고가 그를 할퀴어 대양의 내부로 삼켜버렸던 것이다. 이를 뒤늦게 전해들은 그의 부모! 성당가족! 이웃들의 망연자실함과 애통해 함은 필설로 형언키 어려우리라.

곧 시신을 찾고자 하는 대대적인 작업이 벌어졌다. 워낙 해수면 상태가 불안했던지 이로부터 한 달간 해변에는 성당에서 친 텐트(저녁엔 철거하면서)에서 기도가 연이어졌고, 남가주지역 해병전우회에서 자발적으로 대거 수색에 나서며 수습에 박차를 가하게 되었다한다. 게다가 사고 당시 우연히 근처를 산책하던 한 멕시코인 부부의 증언으로 당시의 생생한 상황과 의로운 죽음이 매스컴에 알려지자 이제는 성당가족, 한인이웃 범주를 벗어나 캘리포니아 전체의 이목이 집중되기에 이르렀다.

당국에서는 연일 헬리콥터와 수색선박을 띄워 해면을 뒤졌고, 남가주한인회도 발 벗고 나섰으나 시신을 찾지 못한 채 장례가 치러졌나보다. 그렇지만 시市로부터 의인을 기리는 동상을 세울 부지를 기꺼이 제공하겠다는 표명과 아울러 다민족사회의 표본 같았던 이 지역에서 한국인의 공동체 정신을 존경하는 시선이 부쩍 드높아진 것은 불행한 가운데 고무적인 현상임에 틀림없다. 개인주의가 발달한 미국인의 시각으로 보자면 이러한 일치단결된 결속력이 놀랍고 찬탄할 일일 법하다.

우리 주님은 누누이 이웃사랑의 실천을 강조하신다. 거기서 그치지 않고 "아버지, 이 사람들이 모두 하나가 되게 하여 주십시오" 하고 천주성부께 간절히 청원하신다. 나는 서해교전 전사자에의 추모행사와, 저 먼 이국땅에서 한 젊은이의 죽음에 보여준 그곳 교우형제, 나아가서 동포공동체의 아름다운 모습을 통해 주님의 말씀이 아련히 상기된다. 그것은 바로 '우리'와 '하나'의 의미에 관한 메시지 아니겠는가.

믿음의 한 모서리

　신앙생활을 하는 동안 누구나 템포랄까, 몰입에의 포즈에 있어 제각각이나마 어떤 변화를 겪게 마련이지 않을까? 나의 경우, 갓 30대에 올라 첫걸음을 떼놓기 시작한 신자로서의 행보는 퍽 느슨하고 헐거운 것이었다. 아마도 그 속내에는 나태와 객쩍음에 포장된, 그보다 더 질이 나쁜 어리석음과 교만이 똬리를 틀고 있었지 않나 싶다.

　입교한 지 7년만이던가, 나는 고백성사를 드린 걸 계기로 돌아온 탕자처럼 냉담을 풀고 신앙의 울타리 속으로 다시 돌아왔다. 그 한동안 마냥 기뻤고 들떴으며, 내가 앉을 자리를 찾았다는 안도감 같은 것에 싸여 마음조차 평화로웠다. 어쩌면 그것은 외향적 변모일는지 모르겠다. 들뜸은 그 자체만으로도 활력이 되고 앞으로 나아가는데 추진력으로 작용하겠으나 신앙의 참맛, (뭔가 우리의 오감으로는 쉬 판별이 되지 않는) 경이와 접촉되고 거기 흔흔히 녹아드는 상태로 진입하는 것과는 다르리라.

　때로 그 참맛은, 흡사 워즈워드가 시에 대해 정의한 것처럼 다가들기도 한다.

언젠가 저 남쪽 진도에 갔을 때, 마침 세설細雪이 바다에서 불어오는 바람 탓에 분분히 흩날리고 있었다. 혼자걸음이어서 한가한 참에 그곳 성당엘 들렀더니 경내 한 모서리에 성모상이 고즈넉이 눈발을 맞으며 젖어드는 양했다. 공교롭게도 성모상 뒤꼍의 동백나무에 붉은 꽃이 매달려 있어서 그 배색 효과와 젖음의 이미지가 선명하게 감지되었다.

늘 자애롭고 평온하기만한 성모님이 혼자 이 차가운 눈을 맞으며 어깨를 적시고 있다니! 아직 봄이 찾아들기에는 먼, 이 땅 위의 어디선가 근심과 고통이 짓누르고 혹은 고독과 절망에 덮씌워진 사람이 있을진대 저 성모님이 그걸 기억하고 함께 아파하고 있는 모습으로 내겐 비쳐졌다.

이 무렵, 나의 신앙생활 열기는 현저히 떨어져 들뜸으로부터 멀어진 편이었는데 이와 반비례로 성모님에 대한 인식은 새록새록 더욱 살이 오르던 참이었다. 이날 맞닥뜨린 성모님에 대한 느낌은 나에게 하나의 깨우침이자 개안이기도 했다. 우리가 구원의 여성, 자애로운 어머니로 상찬해 마지않는 성모 마리아가 지상의 쓸개즙, 억장이 무너지는 그런 불행을 감내한 분임을 잊어서는 안 된다는 앎이 내면에 뚜렷이 새겨졌다는 뜻이다. 이런 점이 그분을 한층 아름답고 거룩하게 여겨지도록 할 게다.

1990년대 중반의 어느 날, 내게 그러한 믿음이 워즈워드의 정의처럼 정말 고요 속에서 회상되듯이 찾아들었다. 나는 이를 지체치 않고 언어와 리듬으로 표현했다. 급한 마음으로 시 월간지에 발표를 했다. 이는 최소한 내게 주님의 뜻이 미쳤던 것이고, 나는 이를 피하지 않고 응답했던 소치요 그 전말이라 함직하다.

눈밭 위로 홀로 종종걸음 치는 노랑부리저어새는

자애로움이 어떤 것인가를,

그 눈발 휘몰려 듬성해진 들녘의 남루는

정결함이 무엇인가를 알 게 분명하다.

골 깊고 덮을 이불 없어 산자락이라도 끌어당기고픈,

송장 뼈마디가 우두둑 소리를 내는 저물녘에

하얀 깃털이 천지간을 감싼다.

적벽赤壁 아래 강물은 지어미 허벅지 위로 다리를 포갠 듯

마침내 깊이깊이 가라앉는다.

제철 양파밭머리에 수많은 흰나비떼 춤을 춘다.

–「산타 마리아 1」 전문

하얀 성모님, 머리에 화관을 쓰고 긴 드레스를 휘날리는 미태, 두 손을
모아 우리를 위해 기도하시는 성모님의 따사롭고 인자한 이미지를 나는
비로소 '송장 뼈마디가 우두둑 소리를 내는' 그 비정하고 냉혹한 풍경,
또는 얼어붙은 시공時空 속에 오버랩하는 득의를 획득한 셈이다.

이 창작은 내게 아주 긍지와 가능성, 거기에 더해 가속도가 붙는 시작
詩作에의 길을 열어주었다. 나는 〈산타 마리아〉란 제목으로 아홉 편의 연
작을 썼고, 이어 〈아베 마리아〉란 제목으로 일곱 편을 잇달아 써서 발표
했다. 전자는 성모님을 구원의 매개자, 성스러운 천주의 모친으로서의
면을 부각시킨 시편들이다. 그 속성은 '천상 모후의 관을 쓰신' 우리 교

회 가르침에 나타나는 성모상에서 살펴진다. 이에 비해 후자는 우리의 어머니, 인류의 역사 속에서 하느님의 계시에 따라 사셨던 인간의 체취가 물씬한 그 온후 다감함을 추구한 것들이라 할 수 있다.

내가 우연인 듯 필연인 듯 「산타 마리아」를 쓰기 시작하여 「응답시편」이란 표제의 시집을 펴내기까지 집중적인 노력은 자애로우신 성모님께서 지켜봐 주심 때문일 게다. 그분의 기도, 또는 의지를 통해서 우리는 주님을 가까이 느낄 수 있고, 주님의 보호하심 속에 있는 교회를 만날 수가 있다. 적어도 내게 있어서 1990년도 후반에 일어난 일련의 창작의지와 결실은 이 아니고선 어떻게 설명할 길이 없으리라.

저 구렁에도 한 줄기 빛이
— 월터 취제크의 「러시아에서 그분과 함께」

    문학작품은 우리가 볼 수 없고 감각하기 어려운 절대자의 존재, 그 섭리의 실체를 우리의 가시적 반경 내에서 형상화하여, 신에게 가까이 다가가고자 하는 사람에게 현실적으로 느끼며 깨닫게 함에 기여한다. 이 산문시대에 문학의 왕좌 자리를 확보한 소설에선 가톨릭 신부를 작중 주인공으로 삼아 진리에 접근하려는 노력을 통해 일반인의 폭넓은 관심을 얻고 있다. 널리 알려진 장편 몇 편을 예로 들어본다.

    베르나노스의 「어떤 시골신부의 일기」는 한촌寒村 앙브리꾸르에 부임하여 타성에 젖은 신앙생활, 교활함과 완고함에 길들여진 인성의 벽 앞에서 무기력한 초상으로 주저앉는 본당신부의 모습을 조명하고 있다. 그레엄 그린의 「권력과 영광」은 무신론의 기치를 내건 혁명이 돌발하자 위스키 신부는 일시에 쫓기는 신세가 되어 나약한 위상으로 하루의 연명에 급급한다. A. 크로닌의 「천국의 열쇠」는 영국 해외포교단의 일원으로 중국에 파견되어 모진 시련과 고초를 겪은 끝에 초라한 외양으로 귀국한 치섭 신부의 행로를 펼쳐 보인다.

이 작품들은 외관상으로는 한결같이 패배자의 기록이 아닐 수 없고, 경우에 따라선 반교회적인 글이 아닐까 싶을 만큼 사제의 그늘진 면, 교회의 일그러진 모서리, 이런 이야기에 용해되어 있는 '이해하기 어려운 하느님의 뜻'으로 읽혀지기도 한다. 그럼에도 불구하고 행간 속에 가려진, 밑바닥에 흐르는 속내에 있어선 하느님의 사랑, 그 현존하심, 그리고 진정한 의미의 하늘나라 승리와 가톨리시즘의 본질을 구현하고 있음은 의심의 여지가 없다. 하지만 이와 같은 메타포metaphor를 독해하는 세련된 문학적 감상안이 필요하기에 접근이 용이치는 않겠다.

한데, 「러시아에서 그분과 함께」는 소설 같은 화제를 담고 있지만 수기手記 형식을 취했기에 그 낱낱의 장면은 모두 사실fact에 입각한다. 꾸며낸 이야기에 비해 이것은 진상眞相을 서술한 것이다. 때문에 이러한 수기·자서전 유의 논픽션 산문 장르는, 소설이 꾸며내는 허구의 세계나 겉모양과 속내가 다름의 교묘함 따위와는 무관할 터이다.

이 수기는 상식을 초월하는 놀라운 기록이다. 적어도 20세기에 있어 가톨릭의 개가로 손꼽을 만한 귀중한 성과이겠다. 저자인 취제크 신부는 폴란드계 미국인으로 신학생 시절 예수회에 입회, 로마 유학중에 하느님의 뜻(현세적으로는 바티칸 정책)에 따라 폴란드로 간다. 한데 곧 제2차 세계대전이 발발해 그가 사목하는 곳이 나치 독일의 점령지가 되기에 이르렀고, 위기의 와중에 본래의 목표대로 (신을 부정하고 교회를 말살하는) 소련으로 잠입하는데 성공한다. 신분을 속이고 전쟁 물자의 보고라 할 우랄산맥 지대의 노동자 모집에 자원해 간 것이다.

그는 불행하게도 소련 비밀경찰의 손아귀에 들어간다. 우랄에서 일 년여 죽을 고생을 하며 신앙의 불씨를 일구던 중 체포당해 저 유명한 모스크바의 정치범 형무소 루비안카에서 오랜 신문과 취조를 당하고는 예정된 코스대로 시베리아 강제노동 현장에 수용되는 신세가 되었다. 그것도 최악의 유형지인 혹독한 추위 속의 두딘카와 노릴스크로 말이다.

루비안카의 취조라 하면, 스탈린의 제거대상이 된 볼셰비키의 혁혁한 노병, 의지가 강철 같은 혁명대열의 별들이 온갖 회유, 고문을 견뎌내다 마침내는 가족을 고문하는 데에 굴복하여 반국가 스파이라는 죄목에 서명을 한 후 처형장의 이슬로 사라져 간 곳이다. 노릴스크라 하면, 형기를 마치고 풀려나는 게 기적이란 소문이 파다한 소련의 악명 높은 강제노동수용소이다. 취제크 신부는 바티칸의 스파이란 낙인이 찍혀 15년 형을 치르고 석방 후에도 이른바 '제한 자유인'으로 살다가 우여곡절 끝에 미국으로 귀환했다.

이런 행형 제도는 서방세계 사람들에겐 경악을 금치 못할 일이다. 일찍이 도스토예프스키에 의해 제정러시아 시대의 시베리아 유형지 실상이 장편 「죽음의 집의 기록」을 통해서, 그리고 소비에트 치하에서는 솔제니친의 「이반 데니소비치의 하루」, 「수용소 군도」 등의 문학작품에 의해서 그곳의 반인륜적이며 잔혹한 노동 실태가 만천하에 알려지게 되었다. 자국민의 픽션을 통해 세상에 알려진데다 외국 가톨릭 신부에 의한 논픽션이 여기에 가세한 결과였다.

취제크 신부는 불행 중 다행으로 몇 가지 기대할 것을 가지고 있었던 셈이다. 미국인이지만 폴란드 이민 2세란 점, 타고난 강건한 체력과 그 체력을 유지하기 위한 적응력, 그리고 무엇보다 자신을 지켜주는 하느님의 손길을 믿고 그분의 의중에 여일하게 감사했다는 점이다. 그는 어떤 극난의 처지에 있을 때에도 기도에 소홀하지 않았고, 그 기도의 힘이 자신을 보호해 줄 것임을 한시도 잊지 않았다.

노릴스크 수용소의 벽돌공장에서 수인들이 처우 개선의 요구사항을 걸고 사보타지를 해서 경비대와 대치하며 죽음의 항거를 할 때였다. 그는 벼랑 끝에 몰린 심정으로 견디기 어려운 자기 연민과 고독감에 빠져들 수밖에 없었으리라. 그 절체절명의 순간을 이렇게 토로하고 있다. - 나는 마음속으로 반문했다. "정말 하느님도 너를 잊으셨다고 생각하는가? … 바로 그 순간 나는 하느님의 뜻을 완전히 믿는다는, 조금도 흔들리지 않는 신앙심이 나를 지켜주고 있다는 확고한 답을 들을 수 있었다."

이 수기가 20세기에 있어 가톨릭의 개가라는 긍지는 도처의 국면들이 보증을 하고 있다. 첫째, 세계는 공산주의 블록으로 인해 반분되어 냉전시대에 놓여졌다. 세계 보편교회인 가톨릭은 종교의 싹이 잘린 그 블록, 특히 종주국인 소련에 복음이 비춰져야 한다는 사명을 깊이 인식하고 있었다. 이를 위해 교황은 얼마나 노심초사했으며, 세계 가톨릭 공동체는 러시아를 위해 얼마나 적극적인 기도 캠페인을 펼쳐왔던가?

둘째, 이 사명에 따라 여러 성직자가 그곳 수용소에서 선교활동에 매진한 결과 모진 고초와 박해를 받았다는 사실이다. 취제크 신부는 그 일원으로, 주로 폴란드인, 독일인, 리투아니아인 등을 대상으로 한 라틴전례는 물론, 잠입하기 전에 교육받은 동방전례로 정교회 신앙에 목마른 슬라브 민족에게 미사를 드리는 임무를 훌륭히 수행했다. 이럴진대 동토에도 하느님의 빛이 면면히 비쳐졌다는 확고한 증거가 되지 않겠는가?

그 밖에도 이 수기 자체의 문학적 매력이다. 편견이나 군더더기가 없는 문장, 힘찬 메시지, 그리고 읽는 이의 마음을 사로잡는 진정성은 논픽션 산문의 문학적 요체다. 이 진정성은, 열차 속에서 호송장교가 떨어뜨려 의자 밑으로 굴러들어간 빵조각을 호송병 몰래, 애면글면 애타게 손에 넣어 목구멍으로 꿀꺽 삼키는, 굶주린 짐승의 경계에서 충분히 일별된다. 이 경우, 비루함도 한낱 인간적인 슬픔으로 카타르시스 되기에 정채를 띤다.

어떤 에피소드

'그대의 키스로 나를 불멸케 하라'

1990년대 초반의 미국여행 길에 저 유명한 옐로스톤 국립공원을 들렀을 때다. 새벽에 찾아본 노리스 열탕 부근의 풍경은 몽환적이며 괴기스런 분위기여서 보는 이를 압도할 만했다. 이런 연유로 우리 일행 가운데 영시 전공인 숙명여대 신# 교수와 시에 대한 얘기를 나누게 된 건 전혀 뜻밖이거나 우연이 아니었다.

대화가 이어져다 보니 그분은 영국 낭만주의 시를 연구한 분답게 셸리의 언어 감각을 언급하게 되었고, 한 예로 sweet이란 단어를 시인들이 어떤 이미지로 표현했는가를 들려주기에 이르렀다. 내 기억이 정확하다면 셸리는 이 낱말을 두고 '아름다운 남의 부인과의 입맞춤(했던 추억)'이라고 읊었단다.

나는 이 말이 꽤 근사하게 받아들여진 탓에 이를 뇌리에 입력해 두었더랬다. 서울로 돌아와 두어 달 지난 무렵, 역시 대학에서 영시를 강의하는 성찬경 시인과 단짝이라 할 박희진 시인 두 분을 대학로 쪽에서 만나

술잔을 나누게 되었다. 이 자리에서 내가 옐로스톤의 비경을 얘기하던 중 신 교수가 들려준 시구를 되새김질했더니 박희진 선생이 한술 더 뜨는 것이었다.

"어디 그뿐인가요? 스윗이란 단어 구사엔 기막힌 구절이 많지요. 셸리보다 훨씬 전시대의 시인인 크리스토퍼 마알로우는 '스윗 헬렌, 그대의 키스로 나를 불멸케 하라'라고 했단 말이에요. 헬렌이라면 트로이전쟁의 빌미가 된 절세의 미녀 아니에요?"

들고 보니 과연 굉장한 의미요 표현이다 싶었다. 단 한 번의 입맞춤으로 상대를 불멸케 할 수 있는 위력! 로맨틱의 절창! 시인은 올림푸스 제신諸神도 질투해마지 않았던 미녀 헬렌을 상찬하는 형용사로 스윗이란 말을 써서 구원의 여인상으로 각인하고 있다. (나중에 찾아보니 이 구절은 「헬렌」이라 제한 시편의 서두 부분이다. '이것이 천 쌍의 배를 진수시키고/ 트로이의 드높은 탑들을 불태웠던 얼굴인가?/ 아리따운 헬렌이여, 그대의 키스로 나를 불멸케 해다오!/ 그녀의 입술이 내 영혼을 빨아낸다. 보라 내 영혼이 도망치는 곳을!/ 자, 헬렌, 자, 내 영혼을 다시 돌려다오./ 여기에서 나는 살겠노라, 왜냐하면 천국이 이 입술 속에 있기에,/ 그리고 헬렌이 아닌 것은 전부가 찌꺼기.')

나는 나의 첫 장편소설이자 한인동포의 수난사를 그린 대하소설 「까리아인」을 마무리 지으면서 이 구절을 안성맞춤으로 차입했다. 소비에트의 한인 청년이 막다른 궁지로 몰린 끝에 레나라는 러시아 연인을 목마르게 갈구하는 대목에서다. '꿀같이 달콤한 레나여, 그대의 입맞춤으로 나를 불멸케 하라'라고 되뇌는 것이 그것이다. 그녀가 소비에트 정권이 내친 이 까리예츠(한인) 청년 김 세르게이한테 열렬한 키스를 하였음에도 불구하고 파멸을 막을 수 없었던 건 아무래도 매정스런 인간역사의 공간이기 때문일 것이다.

이래서 우연히 귀동냥해 들은 이 sweet이란 낱말이 과연 내게도 아주 감미롭고, 기분 좋고, 멋지게 작용한 셈이다.

'그리스도의 피가 하늘을 난다'

실은, 그 대학로의 술집 대화 중 크리스토퍼 마알로우의 시에 대한 화제는 여기서 끝나지 않았다. 두 분 다 영문학을 전공한 탓이리라. 이와 같은 자리에선 두 분이 죽마고우일 뿐만 아니라 시쳇말로 죽이 어지간히도 맞는다. 박희진 선생의 코멘트가 있자 이어서 성찬경 선생이 말꼬리를 이었던 때문이다.

"마알로우는 셰익스피어와 동시대를 살면서 가톨릭 정신을 구현한 대단한 시인이었지. 이런 시행이 있잖아? '보라, 그리스도의 피가 하늘을 난다. 저 한 방울만으로도 구원을 받을 것을.' 누가 이처럼 신앙의 절대성을, 그 핵심을 한 마디로 농축한 사람이 있겠어요? 한 번 새겨 보라구."

나는 짧은 지식을 남한테 의존해 일용할 양식을 채워야 할 형편대로 들을 귀(?)의 복은 지녔나보다. 십자가상의 피, 보혈寶血, 방울지는 선혈, 이런 말과 이미지에는 익숙해 있었지만 그리스도의 피가 하늘을 난다는 언명이나 문맥에는 생소했다. 그날, 황혼녘의 하늘자락으로 선혈이 뻗쳐나가는 장엄한 장면이 되새겨졌을 게다. 순간적인 느낌이었지만 이 짧은 두 마디의 센텐스가 어마어마한 울림으로 다가들었다.

첫 장편소설을 펴낸 지 몇 해 후에 나는 두 번째 장편소설을 내놓았다. 앞의 작품이 러시아 대륙에서 스탈린 치하의 1930년대가 주 배경이었다면, 뒤의 작품은 시대가 이어져서 스탈린이 죽은 해까지 사할린 섬에 거주했던 한인이 겪은 수난사를 조명한 것이다. 전작의 주인공 김 세르게이는 당원으로 발돋움했으나 아시아계 소수민족의 운명을 뛰어넘지 못하고 종내 체포당하는 비극적 결말을 그린데 비해, 「사할린은 눈물도 믿지 않는다」의 김훈金薰은 사할린에서 한인사회의 주요인물이 되긴 했으나 '소비에트 인간'에 진입하지 못한 탓에 자살에 이르고 만다.

그는 한국명으로는 김훈, 일제 치하엔 가네히라 가오루, 그리고 소베에트 인민이 되어선 김 세르게이(전작 주인공과의 연결성을 고려하여 동명으로 했다)라 이름이 바뀐 정황이 암시해 주듯 부초 같은 인생, 끝내 변방인일 수밖에 없는 존재였다. 그가 사회생활에 첫걸음을 내딛던 무렵, 동족으로 보통학교 교사며 신앙적 인간이었던 영삼씨로부터 마알로우의 (앞서 인용된) 시구를 전해 듣고 막연히 피안세계를 꿈꾸게 된 건 그의 행로에 어떤 암시가 되기에 충분하겠다.

종전이 되었으나 고국으로 돌아가는 길은 이념의 장벽에 막혔고, 직장에선 당성黨性이 문제되어 축출당하고, 일본인 아내 치에코와의 결혼생활도 망가져 그녀가 귀국길에 오르자 (일본 거류민은 연차적으로 환국 조치가 취해졌으므로) 김훈은 기댈 언덕이나 서 있을 지반을 상실해버리고 만다. 그가 한반도를 마주한 바다에 몸을 던지는 건 이러한 외적 조건보다 더 근본적으로 '그리스도의 피 한 방울'을 가지지 못한 내적 조건에 기인한다고 볼 수도 있는 일이다.

작중에서 주인공을 자살로 몰아넣는 건 매우 신중을 기해야 하고, 또 응분의 필연성을 설정하지 않으면 안 된다. 그런데 대학로의 그 술집 자리에서 주워들은 시구가 나에게 영감을 불어넣어 주었다. 피 한 방울은 생명의 모티프도 되지만 소설 속에선 죽음의 모티프도 될 수가 있겠다. 절망해 있던 훈에게 어떤 말이 아렴풋이 상기된 건 하등 이상한 일이 아니리라. 소설에서 그 부분은 이러하다.

'…그래, 이 싯귀를 곧잘 읊조리기도 했어. 보라, 그리스도의 피가 하늘은 난다. 저 한 방울만으로도 지옥에 굴러 떨어지지 않을 것을! 누구의 시라고 했더라? 그런데 놀랍게도 이 싯귀가 훈의 영혼에 어떤 반향을 일으켰던지 갑자기 전율했다. 구원? 죽음이 있은 후에야 구원을 기대할 게 아닌가. 구원 문제를 들먹였던 영삼씨는 사자가 되었다. 죽은 그가 무슨 말을 하고 있는 걸까.'

－이렇듯 자초지종 실타래를 풀어놓고 보니까 꼭 얘기를 지어 만든 픽션 같기만 할 게다. 이럴진대, 우연히 접하게 된 시의 언어sweet, 그것이 발화점이 된 시 두 편의 울림이 그야말로 일파만파이지 않은가?

4부

글동네 이야기

안중에 없음, 의중 있음
―김동리 선생에의 회고

    김동리 선생님은 바쁠 것 같지 않은데도 늘 분망한 가운데 잠시 짬을 낸 듯한 표정을 띠는 게 유달리 기억된다.

    1960년의 어느 하루였다. 서라벌예대 학생이었던 나는 미당 서정주 선생님을 따라 문예창작과 학과장실을 들린 적이 있었다. 학과장이셨던 김동리 선생님은 느긋한 걸음새로 도어를 밀치고 들어서는 미당을 대하고는 (조건반사적으로) 책상 위에 어지러이 펼쳐진 종이며 책 따위를 건성으로 치우는 시늉을 하면서, "강의 끝났노? 원 뭐가 이리 바쁜지… 이건 또 뭔고?" 혼자 궁시렁거리셨다. 혼잣말이려니 해서 미당은 대꾸를 하지 않았을 게고, 또 대꾸를 들으려고 건넨 말이 아닌 듯이 동리는 그냥 안락의자에 주저앉아버렸을 게다.

    그로부터 십여 년이 흐른 후에 내가 재직하던 회사 일로 선생님을 신당동 자택으로 찾아뵈었을 때다. 거처하시는 방은 넓었지만 항시 자리하는 머리맡께는 책, 원고지, 다기茶器며 일상 소용되는 물건들이 어지러이 널려 있었다. 몸을 일으켜 세우며 좌정하는 얼굴에는 '뭐가 이렇듯 복잡한지…' 그런 표정이 묻어났다. 아마 대충의 용건을 듣고 난 다음일 게다.

"바깥이 춥제? 니 술 쬐끔 해라. 홍차에 위스키 좀 타면 좋을끼다."

손수 홍차를 찻잔에 따르고는 위스키병을 기울여 더도 덜도 아닌 술을 쬐끔 첨가했다. 그걸 게눈 감추듯 목구멍에 털어넣고 어정쩡하게 일어서려던 참이었다. 선생님께선 머리맡의 그 북새통 일부를 차지하는 당신의 붓글씨 쓴 종이들 위로 눈길을 준 다음이어선지 입을 여신다.

"니, 내 글씨 한 점 안 가졌제? 그럴끼다. 누구는 초정艸丁게 좋다 하고, 구용丘庸이 어떻다더라만… 내 다음에 연락할낀게 가져 가거라."

그리고 후딱 맹한 표정을 지으셨다. 아주 바쁜 틈서리에 잠시잠깐 생각을 돌린 듯한 내색이었다. 과연 보름 남짓 지나 연락이 있어서 글씨 한 폭을 얻어왔다. 나는 내게 줄 글씨를 쓰시느라 선생님이 파지를 내지는 않았을지라도, 그렇듯 바쁜 시간에 쫓기며 잠시 짬을 내 먹물에 붓을 적셨을지라도, 붓을 내려놓고는 복잡한 어떤 일에서 풀려난 듯이 멀뚱하게 눈길을 던질 선생님의 한 순간을 포착하기에 어렵지 않다.

그로부터 이 삼 년 뒤던가? 시인 강우식의 동생이 종로의 어느 예식장에서 혼례식을 올리게 되어, 그 주례를 동리 선생께 청했더랬다. 예식 시작 10분 전쯤부터 조바심이 일기 시작했다. 강우식 옆으로 친구들 몇이 서성대며 "선생님이 오시는데 차질이 없겠지?" 하며 걱정들을 했다. 아침에도 전화를 드려 확인을 했고, 모시고 올 차를 보내겠다고 하자 그럴 필요 없다고 굳이 사양하셨고, 그런 말끝에 "멀지 않은데 택시를 타면 될

일 아이가?" 하셨단다. 정시가 되어도 나타나지 않자 댁으로 전화를 드렸더니, 손소희 선생께서 "이 양반 늑장을 부리시더니… 십여 분 전에 나가셨으니 좀 늦더라도 기다려요"란다는 거다.

예식 시간 30분을 넘기자 혹시나 싶어 대기시켜 두었던 예식장 전속 주례자를 내세울 수밖에 없었다. 식이 시작되어 신랑 입장이 있고 난 참이었을 게다. 흡사 공이 굴러오듯이 작고 통통한 체구의 동리 선생이, 예의 그 광대뼈 쪽이 반짝거리는 얼굴을 내밀며 식장으로 달려 들어와 (식장 단상이며 전후좌우 정황은 안중에 없다는 듯) 단상으로 오르는 계단을 밟으며 돌진하는 게 아닌가!

사회자는 갑자기 의기양양해졌을 게다. "본 주례자이신 김동리 선생님께서 입장하셔서…"라는 멘트를 했고, 이어 주례석에 장엄하게 버티고 서 있던 전속 주례자가 "예식의 다음 순서로…" 하는 말이 마이크를 통해 장내에 울려 퍼졌다. 선생께선 그제서야 단상으로 시선을 보냈고 비로소 사태를 파악하셨으리라. "어이쿠!" 외마디소리와 함께 오른손바닥으로 당신의 이마를 탁 치시면서 허겁지겁 몸을 돌리셨다.

저 천진스런 동작! 재게 놀리는 걸음걸이와 더욱 빨개진 안색! 이거 원, 무슨 낭패람. 이런 자탄을 까글까글 웃음으로 얼버무리며 당신을 존경하는 제자들에 둘러싸여 옆문으로 퇴장할 때에도 내겐 어쩐지 "뭐가 이렇듯 바쁜지 원. 도무지…" 하고 궁시렁대는 것처럼 느껴지기만 했다. 그 뒷모습에는 이런 장면이 오버랩되기도 한다.

대학 캠퍼스에서 학생들이 가지고 놀던 축구공이 떼굴떼굴 굴러온다.

예컨대 미당이며 조연현 선생 같은 분들과 함께 교문 쪽을 향해 느직한 걸음으로 걸어오던 중, 그 굴러오는 공을 표적으로 돌발하는 분은 꼭 동리 선생이시다. 그 공을 구두코로 걷어차야 마땅하지만 헛발질을 하고서는 무안하고 계면쩍어 껄껄 웃음으로 얼버무리는 동안童顏의 천진스러움이 오후의 대기를 휘저어놓는다.

어떤 인물을 떠올리면 우리가 흔히 인상이니 이미지 따위의 말로 정의하는 한 가지(성향, 됨됨이, 양상)로 다가들게 마련이다. 그런데 동리 선생만은 어떤 한 가지로 정리되지 않는, 좀 다른 유형으로 일별되고 파악되는 건 어쩐 일일까?

얼굴이며 외모가 드러내는 인상으로 볼진대 동글동글함, 반짝이는 피부와 혈색, 껄껄껄 터뜨리는 웃음 하며 낙천적이고 한만閑漫 일색이다. 말씀하시는 폼도 단순하고 직선적이라 할 만하다. 어디에도 복잡하다거나 분망스러워야 할 구석이 없는 것처럼 보인다. 한데, 선생님의 책상 위, 거실의 머리맡은 정리가 안 된 채 이런저런 소용물과 소도구들로 널려 있기가 예사다. 잠깐 사이, 긴 번잡 속에서 한 순간 풀려난 느낌을 얼굴에 묻히든가, 그 아니면 휴− 하는 눈짓을 띠는 양하다.(실제로 결혼주례 시간을 놓쳐 당신 이마를 손바닥으로 찰싹 때리며 황황히 돌아서기도 했잖은가?)

그러나 선생님의 내면, 정신세계 − 그 전부는 아닐지라도 그 영역의 대부분은 전술한 바와 같은 건성, 천진스런 돌발, '앗차' 하는 허점과는 거리가 먼, 아주 치밀하고 정연하며, 너스레가 배제된 완벽을 기하는 세포 조직이지 않을까 싶다. 아니, 가정법이 아니라 그런 실증쯤은 되풀이 제시할 수가 있다. 많은 평가들이 거론하는 바이지만 20대에 창작한 단편「무녀도」의 한 대목은 치밀·정연함이 천부적 성향임을 깨우쳐 알게 해준다.

　주인이 소녀에게 말을 건네보았으나, 소녀는 굵은 두 눈으로 한번 그를 바라보았을 뿐 입을 떼려고 하지는 않았다.
　아비가 대신 입을 열어, "여식의 이름은 낭이琅伊, 나이는 열일곱 살이옵고…"
　하더니 목소리를 낮추며
　"여식은 귀가 좀 먹었습니다." 했다.
　주인도 이번에는 고개를 끄덕였다. 그리고는 사내를 보고, 며칠이든지 묵으며 소녀의 그림 솜씨를 보여달라고 했다.

　작품에서의 묘사뿐만이 아니다. 목월 선생의 1주기를 맞을 때였던 것으로 기억된다. 어떤 지면(아마도 목월이 주재 발간했던 시지 〈心象〉인 듯)에서 목월을 추모하는 글을 게재했더랬다. 동향이며 문학적 노선에서 리더였던 동리 선생이 그를 회고하는 글을 쓰지 않을 리 없겠다. 나는 이 산문이 추억의 글로서 백미일 뿐만 아니라 선생님의 소설가적 기질과 정연한 문체(문장 전개)를 십분 접해주는 글로 받아들이며 감동했었다. 오래전에 읽어 기억이 바래지긴 했으나 대략 이런 내용이었다.

젊은 시절에 목월과 함께 동해안을 여행하면서 한 주막에 들렀다. 술자리에는 앳된 여인이 붙어 앉았는데 생김새가 반주그레했다. 한데, 손님 중 체구가 훤칠한 쪽이 시인 박목월임을 듣고는 그녀가 엎어지듯 하며 눈에 염염한 빛을 띠는 거였다. 그런 판국에 "니는 소설 쓰는 김동리는 모르나?"라는 말은 헛발질에 불과했을 법하다. 그런 후 오랜 세월이 흘렀을 게다. 대전인가 하는 도시에서의 청함이 있어 목월과 다시 동행할 기회가 있었다. 술좌석을 마련한 이가 있어 간 음식점 방에 중년 나이지만 미색이 그럴 듯한 주인 여인이 인사차 나왔는데, 그녀가 전날의 그 주막집 앳된 술시중꾼이 아닌가! 이날에도 그녀는 여전히 시인 목월과의 우연한 해후에 야단법석이어서 '저명한 작가 김동리'의 심사가 뒤틀릴 수밖에 없었다.

소설가적, 너무나 소설가다운 회고담인가 하면, 후배 문인에 대한 살뜰한 애정이 넘치는 추념문의 모범이 될 만하다. 일체의 군더더기가 없이, 흡사 일본의 빼어난 작가 나스메 소세키夏目漱石, 다니자키 준이치로谷崎潤一郎, 혹은 다자이 오사무太宰治의 잘 빚어낸 여행담 소설의 격조를 대하는 것 같기도 하다. 이 산문에 결코 픽션이 가미되진 않았을 게다. 그렇더라도 그 시간 경과며 여인의 편모며 서술자의 애달픈 심경은 잘 짜여진 창작의 그것과 다르지 않다.

역시 그 무렵의 에피소드다. 내가 재직하던 삼중당 출판사에서 주력상품이었던 '한국대표문학전집' 〈후기편〉을 기획해서 추진하던 때의 장면이다. 〈전기편〉이 최인훈으로 마감되었기에 후기편은 60년대 작가부터

70년대 초반의 신예까지 아우르고자 했다. 먼저 편집부에서 작가 명단과 주요작품 일람표를 만들고, 주로 장편을 수록 대상으로 하는 만큼 주요 장편소설을 발표한 작가에다 출판사의 영업상의 필요도 감안하여 따로 자료를 만든 다음 편집위원회 모임을 가졌다.

그 편집위원 면면은 이러했다. 백철, 김동리, 안수길, 황순원, 이어령 제씨였는데 백철 선생은 참석할 수가 없다며 위임의 뜻을 전해왔다. 도심지 어느 한식점 조용한 방에 자리가 마련되었다. 본사측으로 보자면 편집위원의 성향이나 문단 위치가 제각각인 만큼 작가 선정에 있어 순탄하게 귀결되기만 바랄 뿐이었다.

편집위원 선생들께선 복사된 자료들을 저마다 앞에 펼쳐 두고서 때로는 힐끔 곁눈질해 보면서도 가벼운 한담만 오갔다. 그러던 중에 동리 선생이 일변 자료를 끌어당기고, 한편으로 만년필을 꺼내 뚜껑을 열어 들고는 말문을 열었다.

"어서 일을 끝내고 배를 채워야 할끼 아이가? 뭐, 앞에서부터 체크해 봅시다. 어, 이 사람 열심히 쓴께 우선 동그라미를 쳐보고… 이 사람은 장편이 없제? 그러니까 제쳐놓을 밖에 없겠고… 이건 우떻노? 누가 얘기해 보시지요. 보자, 장편도 더러 있네. 자, 일단 동그라미를 쳐보지. 그 다음…"

일사천리다. 편집 실무자로 참석한 나로서는 마음이 놓인다. 안수길 선생을 보다가 황순원 선생 쪽으로 고개를 돌려보았다. 이따금씩 거드는 말을 덧붙일 정도이고 반대의견을 개진하는 분은 없다. 이어령 선생의 개성을 걱정키도 했으나 어쩐 일인지 한 발 물러선 채 관망하는 자세다. 왈가왈부하는바 없으니 명단을 가려뽑는데 시간이 오래 걸리지 않는다.

"뭐, 우선 일차적으로 이렇게 점찍어 보았으니… 보자, 몇 명인고? 하나 둘… 스물네 사람이제? 딱 맞지 않나, 안 그래? 그럼 됐지. 자아 식사를 들여놓으라 하고… 문제거리가 있으면 식사 후에 또 논의하지요."

참으로 간단명료했다. 그 스물네 명의 작가 선정은 자료를 펴놓고 곁눈질하는 사이 선생의 의중에 손꼽혀 있었지 않았을까? 안수길, 황순원 선생의 입장이며 속뜻도 웬만큼 감안한 결과이리라. 또 출판사의 희망도 헤아렸던 게 아닐까? 나는 다른 편집위원 선생들께서 이 명단에 전적으로 동의했는지 그 속내는 알 길이 없다. 적어도 다른 의견은 갖지 않는 것 같았고, 동리 선생의 능동적 결정에 불만이 없는 듯했다. 더욱 확실한 건 식사 후에는 어떤 문제 제기를 할 분위기가 아니어서 곧 2차인 비어홀로 자리를 옮겼다.

그렇게 시종일관 참관하면서 나는 선생님이 건성으로인지 치밀한 계산으로인지, 정말 스스로를 분망한 가운데로 내모는 편인지 그런 척 시늉만 내는 건지, 천연스럽기만 한 건지 아니면 이면이 달리 도사려 있는지…를 모르겠다. 이날껏까지도 모를 일이다. 안중에 없어 낭패를 보기도 하는 면과 의중이 있어 우리 마음속에 우뚝 서 계시는 면과를.

박목월, 다감과 자상
-두 장의 사진

사진에서 보는 바처럼 목월 선생의 용모는 이목구비가 반듯해서 잘 빚어낸 조각상을 연상시키기에 족한 귀골의 풍격이다. 체격 또한 장부답게 헌칠하다. 박목월이란 이름이 환기하는 자하산 청노루의 이미지에, 50대의 중후함이 서로 잘 보완해주고 있는 점에서 더욱 자태가 두드러진다. 그 내면에 있어서는 더도 덜도 아니게 육질 좋은 배같이 사근사근한데다 또 더없이 다감하다. 후배 문인을 대할라치면 언제나 자상스런 모습을 보여주는 것도 특유의 덕성으로 손꼽을 만하다. 모든 면에서 선생께 정을 빼면 뭐가 남을까 싶기만 하다.

나는 대학 강의실에서 선생께서 맡았던 시 실기 시간에 몇 번 수강한 적이 있을 뿐이고, 문단에 데뷔를 하고서는 피끓던 20대를 이냥저냥 살면서 인연을 이어볼 어떤 꼬투리도 잡지 못했더랬다. 십년의 세월이 흘렀을 무렵에야 직장 일로 목월 선생을 다시 뵙기에 이르렀다. 그것은 서울생활과 문단에 첫걸음을 내딛던 당시의 나에게는 행운인 셈이었다. 내가 재직하고 있던 삼중당 출판사에서 선생의 시와 산문을 집대성한 『박목월 자선집』(전10권) 간행을 서두르고 있었는데 그 편집 실무를 내가 맡게 되었으므로 자연히 대면할 기회가 잦았고, 따라서 원효로에 있던 댁을 수시로 찾아가야만 했다.

그 회사에 입사한 게 1971년이었다. 아마도 그해 가을에 〈자선집〉의 원고를 받아서 편집 업무가 시작되었을 것이다. 그리고 이듬해에 나는 등단 10년에 맞춰 늦깎기로 시집 『고전과 생모래의 고뇌』를 묶어내면서 그때 자주 만나뵙곤 했던 선생께 내 첫 시집의 서문을 청한 건 자연스러운 일이었다. 또 이해에 당신께서 회장을 맡고 있던 한국시인협회 회원 가입을 권유하였으므로 입회를 하여, 제3회 한국시인협회 광주 세미나에서(10월) 나란히 서서 카메라 앞에 포즈를 취할 기회를 갖기도 했다.

그러므로 이러한 일련의 일들이 거듭된 1972년은 내가 목월 선생 곁으로 다가갈 수 있었던 참으로 뜻깊은 인연의 해가 아닐 것인가? 그해 10월 초에 나의 첫 시집이 출간되었고, 곧이어 세미나에 다녀와서는 그 출판기념회란 걸 가졌다.

한데, 공교롭다는 건 대개 단수로 끝나지 않는 게 세상사인가 보다. 직장엔 대학 2년 선배인 이규호(작고) 시인이 있어 이분 역시 첫 시집을 나와 동시에 내면서 서문을 서정주 선생으로부터 받고 함께 합동출판기념회를 갖게 된 것이다. 그때 찍은 사진이 있는데 이 자리에 두 분을 모셔서 축사를 듣고 양가 가족이 나란히 서서 기념으로 남긴 것이다.

내 편으로 보자면 대학에서 가르침을 주신 스승은 서정주 선생이다.

그나마 대학에서 학업을 이수할 수 있었던 것도 미당 선생의 배려에 힘입었달 수가 있다. 나의 등단 소식을 접하고 향리에 있던 내게 축하의 엽서를 보내주기까지 했다. 그런 사연들로 말미암아 이날의 대칭적인 만남은 데면데면한 면이 없지 않다. (내 옹졸한 생각, 시답잖은 소심함에 말미암은 건지 모르지만 말이다.) 아무튼 한복을 멋스럽게 차려입고 나온 미당 선생이나, 양복 정장 차림이 번듯한 목월 선생의 행보에서 이들 고명한 대가의 후학 사랑이 어떠했던가가 십분 짐작되리라 생각한다.

이런 일들이 연속적으로 진행되는 동안 나는 목월 선생께 실로 과분한 사랑을 받은 셈이다. 그 어간은 나의 처지로 볼 때, 가난한 상경과 신혼 초기의 고단함을 전신으로 견디던 시절이라 정말 경제적인 여유가 없었다. 남으로부터 작은 친절, 대수로울 바 없는 관심에도 마음이 따스하게 덥혀질 터인데 하물며 그 이름만 들어도 운수 좋은 날인 것만 같던 목월 선생으로부터 두터운 정애에 있어서랴.

어느 날인가는, 선생과 함께 명동에서 입구께로, 그러니까 시공관 앞쯤을 걸어내려 오다가 당신께서 느닷없이 "신군, 여름인데 남방셔츠 하나 맞춰 입어야제?" 하고는 눈에 띄는 맞춤가게로 들어가 치수를 재게 하여 선물로 계산을 하는 게 아닌가. 또 연말이 다가오자 원효로 집으로 찾아오게 해서는 "부인 치레야. 괜찮아 보이제?" 하며 내민 것은 한복 한 벌 감이었다. 내게 왜 이렇게 인정을 쓰시는지 그저 마음이 싱숭생숭할 따름이었다. 수유리 단칸방에서 첫아이를 얻었다는 얘기를 듣고는 "집에서 원고를 쓸 일이 있을 텐데 방 두 개짜리로 이사를 가야제? 신군, 형편이 안 되면 내가 돈을 좀 빌려줄까?" 했지만 그런 언감생심이라니!

회사 일로 선생을 찾아뵐 일이 이후로도 많았다. 원효로 4가의 그 집. 거실로 들어서면 선생께서 현관 옆방의 침대 위에 배를 깔고 엎드려 이백 자 원고지 칸을 메우던 모습이 너무나 낯익다. 만년필을 굴리듯 하며 글씨를 내려쓰던 자세, 이럴 때 사모님은 마룻바닥에 나앉아 여일하게 온화한 웃음을 띠던 장면을.

목월 선생은 일찍이 청록파 시인이 되어 문명을 얻고, 금슬이 좋아 집안이 안락하며, 대학교수에다 예술원 회원으로 사회적 입지를 누리고 있어 통째 다복한 생애 그것이었다. 시인으로서의 역정歷程은 뮤즈도 시샘을 할 정도의 광채와 윤기로 넘치는 양했다.

「청록집」에서 향토적 서정성의 정형률을 선보인 후, 리듬 감각이 「산도화山桃花」「난 · 기타」로 달라졌는가 하면, 시풍에 있어서는 「청담」을 거쳐 「경상도 가랑잎」으로 판이한 세계를 보여준다. 그러다 「사력질」로 사유의 깊이를 더했으니 이런 변모는 예술가의 덕목을 유감없이 드러낸 것이라 할 수 있다. 가히 시인의 천품을 타고난 분이란 느낌이 들지 않을 수 없다.

한데 목월 선생의 말년은 그의 삶의 화창함에 비해 적요한 편이었다. 문단 풍토가 기성 질서를 거부하며 무게 중심이 급격히 이동해 간 것과도 무관치 않고, 또 문학관의 시선이 순수 · 참여로 양분되어 예각적인 분위기를 띤 면도 간과할 수 없는 일이겠으나 어느 한편으론 헐뜯으며 악의적으로 도전하는 쪽이 있었던 것이다.

언젠가 댁으로 찾아뵈었더니 무슨 험한 꼴을 당한 듯 불편한 심기를 감추지 못했다. 어느 시지詩誌에서 당신의 시를 두고 작심을 한 듯 평가 절하하고 폄훼하는 장문의 글을 게재한 때문이다. 심지어는 「불국사」같은 (우리 시단에서 일찍이 보여준 적이 없었던) 독특한 정형률을 시도한 시를 부정일변도로 해작질해놓기도 했다. 그때 선생께선 글을 쓴 필자보다 시 잡지를 주재 발행하는 시인에게 노여움을 드러냈다. "OOO, 이 작자가 내게 무슨 원한이 있기에 나를 이렇게까지 매도해!"

이 경우는 어느 한 사람의 하찮은 단견의 소치로 치부해서 무시해버릴 수 있겠다. 그러나 해를 달리한 뒤의 일이지만 목월 선생의 마지막 역저 시집이 출간되었을 때 이상할 정도로 적막한 반응은 어떻게 받아들여야 할 것인가!

시집 「무순無順」은 내가 원고를 받아왔고 교정을 전담했으며, 표지며 장정을 선생의 뜻대로 맞추어 제작 간행한 것이다. 4×6판 양장본으로 표지에 태지를 덧붙이고 그 위에 모조지를 덧씌운 아담한 시집이었다. 출간이 된 후 찾아갔을 때 선생께선 거실 바닥에 잉크 냄새도 상큼한 새 시집을 늘어놓고 보낼 곳을 챙기고 있던 참이었다. 마침 박두진 선생의 얼굴이 떠올랐던 모양이다. 일말의 감회가 솟구치는지 사인(붓)펜을 들고 면지에 이렇게 쓰는 것을 나는 옆에서 지켜보았다. '두진형. 오래 적조했습니다.' 그리고 한 문장을 더 썼던 것 같다.

문득, '선생님께서 외로움을 타시는구나' 싶었다. 그래서일까? 증정 본 글을 쓰던 손을 멈추고 서재로 들어가 합죽선 한 개를 챙겨 나왔다.

"신군, 내 글씨 하나 써줄게." 나를 빠안히 바라보며 정겨운 웃음을 실풋 지으셨다. 전주산 합죽선에 사인붓펜으로 당신의 저 유명한 시「나그네」를 쓴 다음에 자상스럽게 낙관을 찍어 주었다. 내가 공손히 받아쥐는 걸 눈여겨 바라보던 게 지금도 눈에 선하다. 그 눈길이, 시집을 만들어 주느라 애썼다는 표시인지, 이걸 받아 기쁘지? 하는 건지 그건 잘 살펴지지가 않았다.

하여튼 이 중요시집에 대해서 문단이나 언론에서는 응분의 평판을 보이지 않았다. 그걸 매정스런 세태라 해야 할지, 선생께서 말년에 보여준 운신運身에 대한 조건반사라 해야 할지는 모르겠다. 삼중당에서도 영업에 열의를 보이지 않아 서점 배포에 소홀했으므로 이 시집은 소수의 증정본을 받은 사람에게만 연이 닿았을 게다. 목월 선생의 그 문명, 다복이 이에까지 미치지 못한 건 참으로 유감스럽다.

시집이 나온 후 선생께선 좋은 나이에 갑자기 급서하셨으므로 그 종생의 적막 또한 칼날 같기만 하다.

여유와 꿈 사이

– 조병화

　사람은 매우 복잡하고 다양한 요소로 이루어진 존재이지만, 타인에게는 단순하게 요약되는 인상과 단선적 이미지로 각인이 되게 마련이다. 내가 대면한 조병화 선생은 한결같이 대범하고 여유로워 대인풍이란 이를 두고 하는 말이려니 싶었다. 결코 다변인 편은 아니지만 그렇다고 지나치게 말을 아끼는 편도 아니다. 말 한 마디로써 상대방으로 하여금 친밀감을 느껴 가슴 깊이 간직하게 만든다. 이를테면 "신형, 이즘 별일이 없는 거지?" 하며 던지는 인사치레 말이 그야말로 은근하다.

　편운 선생과는 어떠한 연도 갖지 못한 채 지내면서 30대 후반에 이르렀다. 그런 중, 내가 근무하던 직장에서 〈삼중당문고〉란 걸 기획출판하면서 선생의 시선 「때로 때때로」를 간행하게 됨으로 여러 차례 만날 기회를 가졌다. 도무지 까다로운 데라곤 없어 마음이 편했다. 시선집 권말에는 연보를 수록하게 되어 있어 내가 자세하게 작성한 것이 좋게 생각되었던지 인사말을 빠뜨리지 않았다.

이로부터 시인협회 모임이나 행사 때 간헐적으로 대면이 이루어졌다. 다가가 인사를 드리면 빙그레 웃음과 함께 예例의 저 덕담을 던진다. 신형이란 호칭에서 아, 나를 기억해 주는구나 하는 믿음과 함께 이어지는 안부에서 남을 배려하는 성격이 십분 접해졌다. 뭐, 동경고사(도쿄고등사범학교)를 나온 수재라거나, 수학을 전공한 데서 느껴질 법한 공식성이나, 럭비 선수였던가 함에서 비쳐질 와일드한 모서리나, 저명한 명성 따윈 개입될 여지가 없이 다만 시로 엮어진 관계의 연대감이 확연해지는 듯했다.

나는 선생께서 스케치한 석 장의 컷을 이날까지 갖고 있다. 한 장의 풍경 스케치와 두 장의 내 초상 선묘線描가 그것이다. 선생께서 여행 중에 늘상 휴대하는 작은 스케치북에 그린 것으로, 처음 받은 두 장은 '1979. 10. 21 시협 공주세미나에서'란 글이 명기되어 있다. 공주 금강의 풍경 스케치에 이어 그날 내 얼굴 캐리커처를 또 한 장 건네주었던가 보다. 여기에 게재하는 것은 그로부터 이태 후 서명과 함께 '취중醉中 - 안성에서'란 문구가 보인다.

단색의 펜을 이용, 선을 최소화하고는 어떤 특징적 부위만을 소묘하여 그 인물의 형상을 암시하는 이런 인물 선묘는 프로 화가도 익숙하지 않은 경우라면 펜을 잡으려 들지 않을 게다. 내가 받은 두 번째의 이 캐리커처는 콧날과 턱 선이 여실하게 나를 양각陽刻한다. 리드미컬한 몇 가닥 선으로 터치한 머리카락은 전체의 볼륨이며 머리 형태를 은연중에 드러낸다. 속된 말로 빼다박았다라고들 하는데, 나는 이 스케치를 보노라면 미로Miro, Joan의 회화에서 보는 리듬 감각 같은 것을 떠올리게 된다.

썩 마음에 든다는 뜻이다. 때문에 나의 수필집 『저물녘의 플룻』을 출간하면서 이 그림을 속표지 다음에 넣었으며, 지금도 나의 스크랩북에 (모스크바에서 활동하는 동포작가 김 아나톨리의 미술학생 시절의 스케치 그림 한 장과 함께) 소중히 보관하고 있다. 편운 선생으로부터 이런 펜화를 받아 간직한 분이 더러 있겠지만 만일 인물 스케치 콘테스트를 할라치면 나의 이것이 더욱 빛을 발하게 될 게 분명하다.

언젠가 편운 선생께서 경희대학 교수연구실로 한번 들리라는 기별이 있어 찾아간 적이 있었다. 연구실은 두 면 벽 쪽으로는 서가가 늘어섰고, 그 나머지에도 이런저런 소품들로 어수선한 틈에 4~6호 남짓할 유화 몇 점이 눈에 띄었다. 벽에 걸려 있는 게 아니라 바닥면에 비스듬히 세워져 있거나 이젤 위에 놓여 있었던 것 같기도 하다. 대뜸 선생의 회화작품이구나 짐작이 되었다. 그림은 그 어느 유파 또는 화가의 것과도 구별될 정도로 개성적이며, 거의 노랑 또는 갈색이 주조를 이루는 성싶었다. 선을 극도로 배제하고(혹은 감추고) 색감이 화폭을 채우는 일견 분위기 풍경화라 이를 만했다. 안개 낀 가을 가로수 길인 듯도 싶고, 또는 새벽녘 숲 원경으로 보임직도 하다. 굳이 이런 성향의 화풍을 생각해내라 한다면 정원이나 수련 같은 그림의 모네Monet, Claude를 떠올려 볼 수가 있겠다.

대상을 사실성에 가두지 않고 현저히 몽환적으로 표현한다. 직시하지 않고 명상케 한다. 선이 현실적이고 표면적이라면 색감은 리얼리즘의 이면이며 사색의 공간이다. 편운 선생의 데생과 유화는 이런 양극에 걸쳐 있다. 나는 선생의 스케치에서 단색으로라도 대상의 명암을 나타내는 걸 본 적이 없다. 오로지 선의 흐름만이 있을 뿐이다. 그 반대로, 유화에서는 어떤 색상으로라도 형태를 나타내는 뚜렷한 선은 찾아보기 어렵다. 조형 미술임엔 틀림없으나 사물이나 풍경을 꿈의 세계로 환치했다고 볼 수 있겠다. 데파르마숑이 아니라 그야말로 선생이 평생 추구한 꿈의 실체가 페인트로 현현되었음직하다.

선생의 유화를 떠올릴 때면 어쩔 수 없이 주요작으로 손꼽혀 마땅한 시「낙엽끼리 모여 산다」가 환기된다. '지나간 날을 생각지 않기로 한다/ 낙엽이 지는 하늘 가/ 가는 목소리 들리는 곳으로 나의 귀는 기웃거리고/ 얇은 피부는 햇빛이 쏟아지는 곳에 초조하다/ 항상 보이지 않는 곳이 있기에 나는 살고 싶다/ 살아서 가까이 가는 곳에 낙엽이 진다' – 이 시편의 정서감이 바로 캔버스에선 색조로 피력된 것에 다름 아니니까. '항상 보이지 않는 곳이 있기에'라는 생의 궁극적 명제가 유화에선 저런 황갈색으로 드러났을 것이다.

편운 선생은 비단 그림에서만 이렇게 양면을 건사하며 조화를 구하지만은 않았을 게다. 수학을 전공하고 럭비 선수였기도 한 분이 정서적인 시와 정적이며 내밀한 그림에 몰입한 점이 그걸 예증한다. 위스키를 즐기고 파이프 담배 향내를 은근히 흩뿌리는 한편으로 텁텁한 서민풍과 친근한 대인관계를 보여주는 점에서, 경중鏡中 경기라 할 안성사람이면서도 어딘가 코스모폴리탄 같은, 젊은 날 명동 일우에서 바바리코트 자락에 바람을 일으키며 걸을 때 진동하는 자유인의 모습에서도 그러하다.

그러한 분을 나는 대인풍에서 비롯되는 것이라고 생각한다. 이 이미지는 그릇이 크고, 바람에 휘지 않으며, 무뚝뚝하게 솟구친 무엇을 연상시키게 마련이나 천만에, 선생의 인사말은 언제나 나직나직하고 인생역정은 물 흐름같이 유연하며, 특히 나를 소묘한 캐리커처는 그지없이 간결하고 리드미컬하다. 이는 필시 내면에, 어디서 연원하는지 모를 섬세한 부드러움을 지니고 있는 까닭 아닐 것인가.

그의 계관桂冠

– 성찬경

어떤 사람에게 있어 그가 살아오면서 확보한 실제적 면모와 이름으로 상기되는 이미지가 딱 들어맞는 경우와, 그와 반대로 상이한 경우가 있다고 한다면 성찬경 시인은 정녕 전자에 속한다. 다음과 같은 측면에서 그러하다.

우선 그의 이름이 성찬경成贊慶 그것이 아니라면 도저히 어울리지 않겠다. 한자에서 그분다운 본성이 두드러지게 드러나는데, '경사스러움을 돕고, 기리고, 찬사하다'는 점에서 초상에 영락없이 부합한다. 또 충청도 예산인禮山人이어야 마땅하고(우스갯말로 멍청도라 할 때의 그것도 포함해), 어떤 관문보다 〈문학예술〉지를 통해 등단한 시인이어서 제격이고(추천인이 신통하게도 조지훈인 것까지), 그리고 다른 대학이 아닌 성균관대학 교수로 시종한 게 왠지 상통하는 것 같다.

그런가 하면 그의 내력을 두고 머리가 갸우뚱해지는 부분이 없지도 않다. 문학에 심취했을 청춘시절에는 학업을 소홀히 할 법도 한데 서울대

영문과를 졸업한 거며, 천성이 세상 번잡과 반할 법한데 한국시인협회 회장을 거쳐 예술원 회원이 된 이력이며, 인생살이에 있어 도무지 시의 성時宜性을 의심케 하는 취향 등이 그러하다. 그 취향의 별스러움은 이런 점에서 엿보인다.

지금은 이런 취미에서 빠져나온 듯하나, 오랜 동안 나사못이 눈에 띄기라도 할라치면 한사코 수집하던 모습은 별나다 싶었다. 특히 새로운 형태의 것, 그것도 암수 한 쌍을 주워들라치면 어린애처럼 희희낙락했다. 또 한 가지는, 취향이랄 수는 없는 행위예술 같은 것으로서 그가 천착한 '말 예술' 공연은 어떻든 독자적이고 고독한 문화운동이었다. 이는 고령의 나이도 괘념치 않고 〈공간시 낭송〉을 오늘날에도 원년 멤버로 활동을 계속하고 있는 것과 궤를 같이한다고 보겠다.

나는 성찬경 선생과 비교적 긴 교분을 쌓아왔다. 동류의 시인 테두리 아니라면 그분과 연분이 멀듯한데 이처럼 가까이 지낼 수 있었던 건 가톨릭이란 신앙을 공유한 때문이다. 학연이나 지연, 시단의 어떤 블록에도 끈이 닿지 않아 나로선 오랜 동안 성명 삼자나 알고 있었더랬다. 영문학 강단에 있는 분이라면 호황을 구가하던 시기에 대개 번역소설 몇 편이 있어 출판사에 종사한 나로서는 그것이 끈이나마 되련만 성찬경 선생은 이런 쪽에는 도외시하여 그로써도 연이 닿지 않았다. 그러던 중 70년대 말경이었을 게다. 가톨릭문인회란 모임에 나갔다가 구상, 김남조, 구중서 이런 분들과 함께 성찬경 시인을 대면할 수 있었다.

한데, 늦게 이루어진 만남에 급속한 유대가 성립되는 것인지 이때부터 궁합이 잘 맞아떨어진 모양이다. 그때는 임원진이 간사 제制여서 선생이 연구간사를 맡을 때 내가 총무간사를, 이어 선생이 대표간사에 오르자 내가 연구간사를 맡으면서 살가운 사이가 되었다. 시인사회란 데에 있어선 사이가 돈독해진다는 게 (나 같은 사람으로 보자면) 그저 술자리를 자주 함께 한다는 말 외의 다른 무엇일 것인가? 이러는 사이에 나는 이분으로부터 잘 숙성이 된 유머, 눈에 띄지 않는 덕성, 무엇보다 은근과 중용지도中庸之道의 표양을 눈여겨 볼 수가 있었다.

　1991년도에 문인들과 함께 중국 일원을 여행하면서 백두산 천지를 등정한 때의 스냅이다. 그곳의 기상이 천변만화한다는 건 널리 알려진 사실인 바, 우리는 이때 이 점을 따갑게 경험해야만 했다. 하룻밤 묵을 숙박지에 도착한 저녁나절에는 부슬비가, 등정 당일 새벽엔 씻은 듯한 '어떤 개인 날'이었던 것이, 그 꿈의 정상에 올랐을 땐 짙은 운무에 에워싸여졌더랬다. 도대체 한 치 앞을 가늠할 수 없을 정도로 는개 장벽이었다. 그러한 불운도 잠깐의 희롱이었을까, 단 몇 분간의 청명한 날씨를 드러내어 우리로 하여금 천지연의 신비를 조우케 하는 변덕을 부렸다. 일행은 기상천외한 기후 때문에 다시 깜깜해진 백두 봉우리에서 세찬 바람과 얼굴에 와 닿는 선뜩한 기운으로 인해 황황히 하산걸음을 재촉할 도리밖에 없었다. 이때, 성 선생이 특유의 코멘트를 했다.

　"신형, 우리가 뭔가 보기는 본 거지?"

　나는 이런 계산되지 않은, 조건반사적 유머가 좋다. 일견 어눌해 보일 법한 성 선생의 이런 조크가 아주 좋다. 마치 맨스필드의 단편 「인형의 집」에서 가난한 집 딸인 꼬마 엘스가 부잣집의 기막히게 아름다운 장난 감 '인형의 집'을 보고 쫓겨나듯 나온 후 (그 비참한 지경에서도) 언니 릴을 향해 미소를 지어보이며 "나는 그 조그만 램프를 보았어" 라고 속삭이는 장면을 떠올리게 한다. 선생은 이때 하느님을 느끼며 "주님, 전 조금 전에 당신의 현존하심을 설핏 보았답니다" 라고 함에 다름 아닐 게다.

나는 아마 그 무렵에서야 성찬경 시인의 시를 읽기 시작했을 게다. 그전에는 『화형둔주곡』『벌레소리 송頌』이라 하는 시집 제명이 말하듯 기를 쓰며 접근하고 싶은 의욕이 나지 않기도 했을 것이다. 좀 친해진 다음에도 그분이 추구하는 '순수 절대시' 니 '요소시' 니 '밀핵시' 니 해서 괜히 근처에 얼씬댔다가는 내 무식만 탄로날 것 같아서 멀찍이 맴돌기만 했다. 덤벼들고 싶으면 차라리 유식을 자랑할 기회도 적지 않을 엘리엇의 시를 답사하지 하는 저울질도 덤으로 얹어.

그런데 근년의 시집 『논 위를 달리는 두 대의 그림자 버스』 수록 시편을 대하고 내 속없는 머리를 탓할 밖에 없었다. 아, 이게 우리 시작법의 좋은 모범 사례가 될 만하겠다. 상상과 상징, 감각과 리듬, 우리 심상의 서경敍景으로 잘 빚어낸 한 폭의 수채화가 아닐 것인가! 특히 동명의 시에서 이 구절은 시 창작 기법상의 지침이 될 만하지 않겠는가?

　　반지르르 들기름에 꿀 흐르는 땅.
　　논과 그림자 버스는
　　알몸과 알몸.

납작한 밀착이다.

철저한 천착이다.

완벽한 이별이다.

흔적은 무구無垢다.

나와 저 그림자 버스는?

첫 행으로 제시한 '논 위를 달리는 두 대의 그림자 버스'는 우리의 일 상적 풍경이다. 그 다음에, 버스 그림자가 논을 마구 쓸고 지나가도 풀 하나 흔들리지 않는다는 진술로써 현실세계를 초월하여 상상의 세계에 진입한다. 버스 그림자가 착 붙어 논을 핥는다는 인식은 감각적이면서 동시에 앞에 예시한 시행의 관능적이며 에로틱한 상징으로 치닫는다. 알 몸끼리 교합하다가 흔적도 없이 헤어짐은 시니컬한 세태풍자가 된다. 그 흔적을 티없이 깨끗하다는 뜻의 낱말 '무구'로 치부하고 있는 점도 이 시대상의 풍자 아니겠는가?

더 재미나는 것은 이런 우리 풍경을 두고 성경에서 말하는 복지 가나 안을 표상하는 '꿀 흐르는 땅'이라 전제한 점과, 이어지는 행에서 논과 그림자 버스의 관계를 정의하는 단형單形 서술문의 그 해학성이다. 영시 에서 보여주는 감각적 유머에 익숙한 소산일 성싶다.

내 눈에 비친 성찬경 시인의 면모랄까 친분을 요량대로 몽뚱그려 보았 는데 아무려나 수박 겉핥기가 되고 말았다.

작가의 내력

- 김 아나톨리

　모스크바의 우리 동포 러시아작가 김 아나톨리의 문학적 기량과 세계 문단에서 차지하는 비중은 대단하다. 한데, 그가 살아온 험난하고 극적인 삶의 내력은 다른 각도에서 얘깃거리가 되기에 충분하다. 그가 한국에 와서 체류하는 동안 월간지 〈전망〉과 〈동아일보〉에 연재한 자서전이 「초원, 내 푸른 영혼」이란 단행본으로 출간이 되었는데 이를 근거로 소개해 본다.

　그의 조부는 1900년대 초엽에 조선 땅을 떠나 러시아 연해주 지방으로 월경을 한 이른바 유민이었다. 그 후 소비에트 혁명이 일어났고, 아버지 대에 와서는 해외동포 역사 가운데 가장 참혹한 '재소한인 강제이주'를 겪었다. (강제이주라 함은, 스탈린이 철권통치를 하던 1937년 가을, 일본의 세력 확대에 위기를 느낀 크레믈린에서 연해주에 흩어져 살던 한인을 단 두 달 사이에 화물열차 편으로 저 먼 중앙아시아 사막 지대로 이주시킨 사건을 말한다.)

　그는 부모가 이주해 간 이태 후에 카자흐스탄의 남부 한인 이주촌 세르기예프카에서 태어났다. 아주 열악한 환경과 고달픈 생계 속에서 연명하기에만도 쉽지 않은 세월이었다. 거주 이주의 자유는 물론 없었다. 그러다가 제2차 세계대전이 끝난 후인 1948년에 거주 제한이 풀린 데다 아버지가 캄차카 반도의 (학교 이름이나 건물이 존재하지 않는) 한인학교 교사로 발령이 나서 '너무 일찍 딴 풋사과 반 자루'를 달랑 들고(재산목록 1호인 싱가 미싱을 챙겨서) 이사 길에 올랐다. 시베리아를 가로지르는 열차로 블라디보스톡에 닿았고, 거기서는 배를 타고 캄차카로 향했다. 이 얼음 덮인 곳에서 유년시절을 보내야만 했다.

열두 살이 되었을 때 한인 공산당원으로 순회강사 직분을 맡고 있던 사람이 캄차카에 들린 길에 교육열이 높았던 아버지는 아나톨리를 두 살 위의 누나와 함께 그 강사가 거주하던 하바로프스크로 유학을 딸려 보냈다. 그런데 굉장한 인물로 여겼던 공산당원이 가정 내에서의 위상은 하잘 것 없어 두 남매는 찬밥 신세였다가 '얼음이 창문짝을 두껍게 덮은' 어떤 계단 밑 방으로 이사하여 초등학교 과정을 겨우 이수한다. 유난히 병치레가 많은 나약한 체질의 그가 심한 천식에 시달리며 생명을 보전했다는 건 기적이라 할만 했다.

그 후 잠시 아버지가 새 임지로 발령을 받았기에 가족이 다시 합쳐 (하바로프스크에서 과히 멀지 않은) 시베리아 숲속 생활을 하기도 했다.

소년으로 접어들 무렵 가족은 다시 사할린으로 옮겨갔다. 이 섬은 기후가 좋지 않아 예부터 러시아인들이 유배지 정도로 생각하는 특수지역이었다. 그럼에도 불구하고 이곳에서 중등학업을 마친 열일곱 살 때까지 수년간을 자신의 생애에서 '정말 행복하게 살았던' 시기라고 그는 술회한다(안톤 체홉이 이 섬을 방문하고 유명한 여행기를 남긴 걸 기억할 일이다).

학업을 마친 그해, 단신으로 모스크바 유학의 꿈을 안고 시베리아철도에 몸을 싣는다. – 이런 불가해한 진로는 당시 소비에트 사회상과 관습에서는 가능한 것이다. 모스크바에선 미술대학 진학에 실패, 노동판에서 숙식을 해결하다가 간신히 모스크바미술대학 진학의 꿈이 이루어졌다. 하지만 그는 졸업을 한 학기 앞두고 군에 지원입대하고 만다.

군대생활은 최악 그것이었다. 소비에트 치하의 악명 높은 수용소 경비병으로 복무를 했는데 그나마 작가적 체험 쌓기에는 덕을 보았는지 모른다. 제대 후에 중장비 운전 등 건축노동자로 전전하던 끝에 마음속 깊이 염원해 왔던 작가의 꿈을 실현하고자 '모스크바 고리키문학창작대학' 에 진학하여 졸업했다. 수년간의 습작기를 거쳐 1975년에 비로소 '소연방 작가동맹' 회원이 되면서 작가의 길로 나아갔다.

이러한 우여곡절과 단신 유학 실현은 소련시대의 사회풍속, 교육제도, 인민의 협조에 대한 이해 없이는 상상키 어려운 일이다. 소비에트 인민의 이념 추구 덕목과 소수민족의 비애가 교차하면서 극난을 헤치고 아슬아슬하게 세파를 넘긴 전말은 소설 이상이다.

소련이 붕괴되고 작가동맹의 위력도 쇠락한 뒤 그의 처지는 오히려 나아졌던가 보다. 그의 출세작이라 할 「다람쥐」는 소련에서만도 백만 부 이상 팔렸지만 그 인세는 작가동맹으로 들어갔더랬다. 붕괴 무렵엔 그의 소설 여러 편이 유럽 전역에 각국어로 번역 출판이 된 터라 원작료 수입을 직접 가질 수가 있게 되었다.

나는 러시아에 두 달 체류하면서 그를 만나보려고 노력했는데 그때 그는 중앙대학에서 초빙하여 안성 캠퍼스에 출강하고 있었다. 나중 내가 그 대학 예술대학에 출강하던 때에 대학 인근마을 공도에서 살고 있던 그분을 만나게 된다. 그 후에 작가 이연철의 주선으로 그분의 가족과 함께 울산, 경주, 통도사 일대를 2박 3일로 근사한 여행을 하기도 했다.

돌아와서는 그분이 자기 집으로 초대를 해주었다. 나는 이때 유럽 17개국에서 번역 출판된 그의 책들을 접했다. 이러면서 한껏 친밀한 시간을 누리기도 했다. 그 무렵 러시아 형편은 매우 나빠졌다. 경제 파탄으로 인해 사회불안이 한껏 고조된 시점이었다. 그런데 그는 4년 가까이 편안하게 지내온 한국을 떠나 살벌한 모스크바로 돌아가려는 게 아닌가?

"저쪽 상황이 좋지 않은데 왜 돌아가려 합니까?"

이런 내 물음에 대한 그의 대답은 작가의 자세, 사명, 책무, 행로에 있어서 귀감이 될 만했다.

"작가는 자기가 모국어로 쓰는 나라가 어려움에 처해 있을수록 그 역사와 사회의 한복판에 서 있어야 합니다."

그렇다. 추방자의 신세로 해외에 전전한 솔제니친이 미국에 정착하여 생활의 여유와 심신의 안정을 얻었지만 그는 끝내 조국으로의 귀환을 희망하여 모순 덩어리의 땅으로 되돌아가지 않았던가? 그는 낮은 목소리로, 작가는 모국어를 등지고 살아갈 수 없다고 말했다. 김 아나톨리의 작가적 강개慷慨랄까, 성실성이랄까 하는 것도 솔제니친의 그것과 마찬가지라고 말할 수 있겠다. 그 외에, 성장기의 역경을 딛고 일어선 자립심 혹은 이상 추구의 의지가 뒷받침되고 있기도 하지만.

페레스트로이카가 행해진 이후 모스크바 문단에서 그의 입지는 한층 높아진 모양이다. 그는 소련시대에 국가이념과 정책이 이끄는 대로 따르지 않은 소수의 작가 가운데 한 사람이었으며, 그렇다고 반체제 작가군群에도 기웃거리지 않은 채 올곧게 순수문학 창작으로 일관한 작가였다. 모스크바에선 그에게 문학 월간지 편집위원직과 고리키문학대학의 강사직을 마련해 놓고 기다린다고 했다.

그분과 만나 대화를 나누는 사이, 그가 러시아에 대해 진정으로 애정을 갖고 상찬해 마지않는다는 것, 동시에 한국인의 핏줄로 태어난 것을 소중히 여기며 결코 잊지 않는다는 걸 알았다. 예를 들면, 그는 모스크바의 러시아어가 매우 고급한 언어이며 비 러시아인으로 자기가 이러한 언어를 세련되게 구사하는데 동료작가들이 놀란다고 자랑삼아 들려주었다. 또 세계에서 러시아어는 큰 위력을 갖고 있으므로 한국문학이 노벨문학상에 도전하려면 러시아어 번역에 관심을 기울여야 한다고 조언해주기도 했다.

내가 그의 작품 중에서 『사할린의 방랑자』라는 단편집을 두고 이런저런 질문을 하자 이렇게 답했다. 어린 시절에 할머니로부터 한국 전래의 민담을 자주 들었는데 이것이 바탕이 되었다는 거다. 조선의 도깨비 이야기, 수수께끼, 그 밖의 신화와 전설이 초기 작품의 모티프나 사상적 배경이 되었노라고 말이다. 단편집에 수록된 동명의 작품에 등장하는 그 해골의 장본인이 누구냐는 물음에 이런 말을 들려주었다.

"죽은 자는 진실에 대해 말하지 않는데 세상사엔 일쑤 산 자가 사자를 두고 이러쿵저러쿵 떠들며 편의대로 호도하지 않아요?"

그의 작품은 앞서 소개한 것 외에 대표작 「아버지 숲」과 「켄타로우스의 마을」 「푸른 섬」 등의 장편에서부터 「페챠의 통나무집」 같은 동화에 이르기까지 많은 작품이 우리나라에서 번역 출판되었다. 한국에서의 그의 입지도 높아져 KBS가 제정한 해외동포상을 비롯해 여러 상을 수상하기도 했다. 그렇지만 이 따뜻함을 등지고 귀국을 서두른다. 그가 남긴 마지막 말은 이러했다.

"한국은 정말 좋은 나라입니다. 하지만 나는 한국 못지않게 소중한 저 러시아로 돌아가야 합니다."

친구여, 잘 가시게나

– 양문길 벗을 추념하며

양문길이란 이름을 떠올리면 나는 어쩔 수 없이 1960년대의 그가 강렬한 인상으로 접해진다. 그때의 그는, 성격상의 어느 면에서도 그러했으려니와 헤밍웨이 문장에서나 비치는 그 비정함 같은 것이 풍기기 때문에 한껏 매력적인 면모였다. 어투가 상냥함과는 거리가 먼데다 과묵한 편이기도 했다. 누르스름한 잠바를 걸친 몸매는 날렵한 느낌을 주었으며 이따금씩 권투에서의 어퍼컷을 가벼운 운동삼아 날리던 모습은 1960년대 그의 특징 중 하나였다.

그는 교통고교 시절에 작가 김용성과 단짝이었다. 고교 재학 중에 「이류항」이란 단편이 조선일보 신춘문예에 (당선작 없는) 가작 1석을 차지해 전국의 문학 지망생을 놀라게 한 바 있었다. 그런데, 정작 문단에 경천동지할 만한 충격을 던지며 화려하게 등단한 쪽은 김용성이었다. 갓 스물을 넘은 나이(1961년)에 한국일보의 600만환 현상 장편소설 공모에 당선되어 친구 몇에게 술을 한 턱 낸 날, 나는 양문길의 그 주먹질을 한 방 얼어맞고 눈이 밤티가 되는 불운을 뒤집어썼었다.

눈두덩에 계란질을 해대며 그가 사과하러 오길 눈이 빠지게 기대했지만 헛일이었다. 도무지 나타나질 않으니 내 쪽이 몸이 달아 한남동에서 김원일, 김원두와 셋이 합숙하는 집을 찾아갈 밖에 없었다. 한데 그는 갓 배우기 시작한 담배를 피며 내 눈을 멀뚱히 바라만 보는 것이었다. 그뿐이었다. 쓰다 달다 말이 없는 그 비정함이 멋스럽기까지 해 악악대고 싶은 충동이 싹 들어가고 말았더랬다. 그런 양문길이었다.

또 그는 문학도였던 우리에게 신선한 시그널이기도 했다. 이를테면 실제로 카뮈를 먼저 알았고, 「북호텔」 같은 소설을 들먹거렸을 뿐만 아니라 그해에 발표되어 재빠르게 번역 출판된 콩쿠르 수상작을 펼쳐듦으로써 우리를 자극했다. 말하자면 새 문학 조류에 민감해서 우리들을 늘 선도한 셈이었다. 그 무렵에 그를 통해서 조세희, 조해일, 황석영 등을 알게 된 것도 나에게는 빛바랜 앨범 이상의 추억이라 하겠다.

양문길은 1966년에 동아일보 신춘문예를 통해 등단한 뒤 출판사 현암사에 몸담으면서 그의 초기작 시대를 열어나갔다. 작품 세계는 한 마디로 이색적이란 말로 요약될 그런 경향이었다. 요즘에 와서는 유별날 바 없겠으나 당시로는 고개를 갸우뚱거리게 하는 철학적·관념적 주제에 몰입했다. 도시 젊은이가 겪게 되는 어느 한낮의 느닷없는 재앙 – 필연성이나 개연성이 전혀 없는, 모든 이유에 있어 작가가 시치미를 떼버린 채 요령부득의 현실태만 제시되는 정황을 펼친다.

양문길의 실험정신은 주목받아 마땅하여, 어느 잡지에서 평론가와 기자가 선정한 〈오늘의 신예 작가 5인〉에 들었기에 그의 얼굴이 한 페이지 가득 게재된 게 지금도 눈에 선하다. 적어도 그때의 평가는 우리들에게 진짜 문학이 어떤 것인가를 암시하며 자극했던 양문길 그의 본 모습이었다. 그로부터 몇 년 간격을 두고 나온 창작집들, 즉 「풍화」와 「보호받는 풍경」은 이때의 흔적이 역력하다. 그의 문학적 특징이라 할 비타협적 문학 자세, 대중을 염두에 두지 않는 비상업적인 작품, 누가 뭐래도 자기가 추구하고자 하는 문학을 견지한 문학관은 반드시 기억되어야 한다.

이러한 인상을 선명하게 각인했던 그가 어쩐지 70년대 중반부터는 느슨해진 듯해서 일말의 의문이 따른다. 뿐이랴, 얼굴에 혈색이 돌며 전보다 너부데데한 윤곽을 보이기 시작한 것은 그다운 이미지가 아니다. 또 있다. 누구에게나 친절하고, 사근사근한 말씨며 인사성, 한껏 겸손한 일면을 보인 말년의 세월은 정말이지 60년대의 초상에 대한 반역이라 하지 않을 수 없다. 그 비정, 그 매력, 그 고독한 혼을 어디 감추어 두고 있단 말인가!

그러한 양문길이 세상을 등지고 말았다. 그것은 최소한, 그를 기대하고 신뢰했으며 어떤 강렬한 인상을 간직한 사람에게 던지는 마지막 반역이지 않을까? 그를 추념하는 빈소 자리에선 죽은 자에 대한 예의나 덕담의 차원이 아니라 저마다 한 마디씩 진정을 토로했다. 나는 그 말들을 기록하며, 내 어쭙잖은 문재文才를 가리고자 한다.

먼저 경주중학 시절의 학우였던 한문학자 이동환 고대 교수는 자리를 뜨기 전에 "이 사람, 차암 성실했지"라 했다. 영원한 문우라 할 김원일은 얼굴이 불콰해졌다가 그애 눈시울을 슴벅이기 전에 "문길이는 착한 성정을 가졌잖아?" 했고, 엄격한 풍모 같지 않게 술을 과하게 들이키고 나가떨어지기 전의 김용성은 "뭐니 뭐니 해도 얘는 정직했어" 이렇게 결론지었다. 나도 가만히 있지 못해서 "결곡했단 말이야. 결곡, 그렇잖아?" 하며 정색을 했다.

아, 양문길 벗이여. 버드나무 잎새가 일렁이는 오솔길을 걸어가는 고결한 영혼이여. 살아 생전에 누린 복락보다는 훨씬 낫고 좋은 곳에서 노닐 벗이여.

그때 그 시절

　지난 40~50년간에 세상은 참으로 많이 변했다. 산천뿐만 아니라 사회 풍정이나 인심까지도 예스런 표현을 빌자면 뽕나무밭이 바다가 된 듯이나 변했다. 세월감이 느껴질수록 그때 그 시절이 비록 구차스럽고 우중충하기만 해도 그리움으로 되새겨진다.

　1962년 가을, 미당 서정주 선생님 댁은 항간에 널리 알려진 바대로 공덕동 언덕 위에 자리해 있었다. 내가 이 집을 찾아간 때는 시세를 잃은 화초 검불들로 어수선한 뜰에서 가을국화 또한 시든 몰골을 보이던 참이었다. 전화 이용이 용이치 않았던 그 시절, 어떻게 골목길을 묻고 두리번대며 올라 산등성이께의 문짝을 젖히며 들어섰던지 그저 용키만 하다. 아, 이 집에서 '공덕동에 피어오르는 아지랑이는/ 공덕동에 사는 이의 사랑의 모습'(「아지랑이」)과, '그립고 아쉬움에 가슴 조이던/ 머언 먼 젊음의 뒤안길에서/ 인제는 돌아와 거울 앞에 선/ 내 누님같이 생긴 꽃이여'(「국화 옆에서」)를 읊었단 말이지.

　내가 그해 〈사상계〉의 신인문학상에 당선된 건 내 생애에 있어 드문 행운에 속할 만하다. 당선자 발표가 신문지상에 보도될 만큼 문학애호가들의 관심을 끌던 관문이었다. 그렇다면 원근 각처로부터 이런저런 편지나 엽서를 받을 만했을 텐데 나한테는 그저 적막강산일 따름이었다. 다만, 고향과 친척에 대해 인연을 끊고 살던, 의학공부를 하기 전엔 문학도였다던 원지의 백부께서 축하의 말씀과 함께 장차 노벨문학상을 받게끔 분발하라는 편지를 보내주셨다. 또 대학에서 시를 강의해 주셨던 미당 서정주 선생님이 "내가 자네를 문단에 추천을 할 생각을 하고 있었는데 이렇게 다른 경로로 나오게 되었으니 그것도 좋은 일로 여겨지네"라고 낯익은 필체로 적은 엽서를 보내 주신 게 기억에 건져질 따름이다.

시상식에 참석하러 상경하는 길에 스승께 인사드리는 걸 빠트릴 순 없겠다. 가난하기만 했던 나의 어머니는 자식의 입신양명(?)을 격려코자 한 되들이 유리병 꿀 두 병을 마련해 주셨다. 한데 완행열차 화물선반에 올려놓은 꿀 중 한 병이 떨어져 병 상단부가 깨진 불상사가 발생했다. 명륜동 친구 집에 들러 깨진 병의 꿀을 새 병에 따랐더니 가까스로 반을 넘길 정도였다. 온전한 병은 나의 등단심사를 맡았던 조지훈 선생 댁 방문인사로 썼고, 스승을 찾아뵙는 길에는 반병짜리 꿀을 내밀기가 데면데면해 백화정종 한 병을 사 덧붙여서는 작곡 전공이던 명륜동 친구를 대동하여 갔더랬다.

아실만한 분은 어렵잖게 짐작하겠지만 존경하는 스승께 이런저런 요량으로 인사하러 가는 마당에 반병짜리 꿀은 무어며, 또 선생님에게는 생면부지의 음악공부를 하는 학생을 동반하여 간 건 또 무슨 요량이란 말인가? 그럼에도 스승께선 개의치 않으시고, 내가 드리는 큰절을 받은 다음 목탁을 두드려 사모님을 부르시는 거였다.

"당신도 아시는가아? 신중신이라고 내 애제자인데, 이번에 사상계를 통해 등단했단 말씀이지이. 어쩌겠소? 아암, 가져온 술도 있으니 술상을 한번 채려보시는 게…"

이리하여 대낮에 술좌석이 만들어져 셋이서 (나로서는 익숙지 않은) 정종 한 병을 다 비웠다. 이만쯤에서 일어섰으면 좋겠다 싶은 참에 선생님은 다시 목탁을 집어 드셨다. 스승의 말씀을 되풀이해서 흉내를 내는 것은 도리가 아닐 게다. 다시 술을 덥힌 주전자가 들어왔기에 일어설 때 우리는 상당한 취기를 느껴야만 했다. 이것이 1960년대, 저 유명한 시인 스승께 꿀 반병짜리를 들고 찾아뵌 지지리도 못난 시골촌놈의 방문 스냅이고, 또 국화꽃이 허물어지면서 그 마지막 향기를 애잔하게 감추던 저 소문난 공덕동 언덕 위의 집에서 일어난 인정어린 스케치의 전모이다.

이즘 세태 풍속이라면 어느 고명한 이가 처세를 잃고 하향한 제자에게 엽서를 띄울 아량을 베풀 것이며, 이그, 못난 것도 유분수지 그 쩨잘스런 인사치레를 챙겨갈 엄두나 낼 것이며, 또 대낮에 정종 술자리를 벌일 것이냐 말이다.

내가 자리에 일어설 눈치를 보이자 선생님은 앞으로 작품 발표를 하는 데 도움이 될 거라며 당시 유수한 문학지였던 〈현대문학〉지에 근무하던 박재삼 시인한테 전화를 걸어 만남을 주선해 주시는 배려까지 잊지 않으셨다. 이런 풍정이 예사스러울 수 있었던 게 그때 그 시절이었다.

내가 공덕동 선생님 댁을 찾은 건 최상의 발심이었다. 마침 깊은 가을이어서 그냥 청빈해 보일뿐인 서민주택 뜰 한편에서 국화가 제철을 마감하고 등을 돌리던 시점이었다.

그리고 이에 이르러, 멀리서 들려오는 해조음海潮音에 귀를 쫑긋거리듯 어떤 낭랑한 울림에 마음을 기울이게 된다.

'가난이야 한낱 남루에 지나지 않는다.

저 눈부신 햇빛 속에 갈매빛의 등성이를 드러내고 서있는

여름 산 같은

우리들의 타고난 살결, 타고난 마음씨까지야 다 가릴 수 있으랴.

청산이 그 무릎 아래 지란芝蘭을 기르듯

우리는 우리 새끼들을 기를 수밖엔 없다.'

바로 서정주 선생님의 시 「무등을 보며」의 앞부분이다.

책, 뫼비우스의 띠

'책', 이 한 음절로 된 낱말이 내겐 '영靈' '집home' '꿈'의 연장선상에서 살펴진다.

위의 대상들은 내 생활에서 언제나 강력한 구심력을 발휘해 왔는데 그 중에 책은 작고, 손에 쥘 수 있으며 내 의지로 좌지우지할 수 있다는 점에서 다른 것보다 만만하다. 그러나 그것의 흡인력 또한 무시할 수 없어 손오공이 손바닥으로 저팔계 갖고 놀 듯은 안 됨을 나는 잘 알고 있다.

책에 눈길이 쏠려 욕심을 내기 시작한 건 아마 고교 3학년에 오를 무렵이었던 것 같다. 나는 이때 문학에 인생을 걸기로(시쳇말로 올인하기로) 굳게 마음을 정했다. 집안의 형세가 어려워 학교에 매달 내는 월납금을 마련하기도 수월치 않았던 터에 시집이나 소설책, 혹은 문학지를 사서 읽는다는 건 허황된 꿈일 밖에는… 그래서 좋아하던 시집은 한 권을 통째 필사筆寫를 해서 읽기도 했다. 1950년대 후반, 문화적 환경이 얼마나 열악했던가?

문학도라면 예외 없이 〈현대문학〉지에 관심을 가지던 때여서 나는 어쩌다 신간을 산 친구가 있으면 옆에 붙어서서 가슴을 설레곤 했다. 표지는 그 당시에는 흔하지 않던 원색 인쇄였고, 본문 컷은 김환기, 장욱진, 유경채 등 쟁쟁한 화가가 장식했더랬다. 신간 문예지를 펼쳐들고 코를 박으면 신선하고 향기로운 잉크냄새가 폐부를 찌르듯 온몸을 사로잡았다.

독서에의 욕구가 강해짐에 따라 서점에 자주 들려 웬만한 것은 귀퉁이에 쪼그려 앉아 읽기도 하던 시기에 나는 홀연 어떤 신간서적에 홀려들었다. 앙드레 지드, 헤르만 헤세 선집으로 4×6판 양장본 각각 다섯 권짜리로 간행된 예쁘장한 책이었다. 그것이 서가에 가지런히 꽂혀 있는데 등배 색깔이 지드는 하얀색이고 헤세는 파란색으로 된 것이었다. 나는 거기 눈길이 닿을 때마다 침을 꼴각 삼키지 않을 수 없었다.

무슨 꿍꿍이속이었을까, 학년 초 나는 월납금을 납부하지 않고 며칠간을 주머니에 넣은 채 우물쭈물한 게 탈의 첫 단추였다. 학교 서무계에 눈길이 갈 때마다 월납금을 손으로 만지기만 하다가 마침내 간 크게 선집을 사는데 쓰고 말았다. 어쩌자고? 글쎄, 그게 내 의지대로 되는 게 아니다. 바늘도둑이 소도둑이 되는데(즉 월납금으로 책을 사는 노릇)에는 당시 출간되기 시작한 동아출판사의 〈세계문학전집〉이 일조를 했다. 사실 앞서의 선집은 제책製冊 면에선 아주 신통찮은 거였다. 이에 비해 동아전집은 본문 지질뿐만 아니라 하드카바 표지가 썩 미려해서 오늘날까지 제책상의 기념비가 되기에 손색이 없다고 이제나저제나 믿고 있을 정도다.

그때 목이 타면서 샀던 책들은 지금 어디로 다 가버리고 기억에서조차 지워졌다. 그래도 우리집 서가에는 그 후에 사들인 동아판 〈세계문학전집〉이 열 권 너머는 되고, 그중에 「20세기 시선」은 지금도 항상 내 손 닿는 반경 안에 꽂혀 있다. 이런 전력이 있는지라 나에게 책에의 욕구는 뫼비우스의 띠같이 끝이 보이지 않는 그 무엇이다. 표면으로 시작해서 뒷면으로 번갈아 뱅글뱅글 돌아가기만 하는…

1970년대 중반, 나한테 끈질기게 따라붙는 경제적 목마름 또한 그것 아니었을까? 출근 주머니가 그야말로 헐거운 시절이었다. 빠듯한 생계비로 신혼생활을 보낸 후 형편이 조금쯤 나아지던 때에 어쩌다 일본에서 신간으로 한 달에 한두 권씩 배본되던 호화본 미술전집에 눈길이 쏠렸다. 하출서방(河出書房)이란 출판사의 〈세계미술전집〉 전24권짜리였다.

일본어를 모르는데다 외국서적 전문점에는 도무지 걸음할 일이 없을 텐데 어쩌다 이 책자에 홀려들어 이로부터 전질을 갖출 때까지 꼬박꼬박 용돈을 털어넣을 밖에 없었다. 지금 광화문 동화빌딩 뒤쪽 골목이나 명동 입구에 외국서적 점포가 있어서 퇴근하는 길에 서점을 뒤지고 다녔다. 이렇게 공을 들여 모았다 해서 열심히 펼쳐들고 명화에 익숙해지며 심미안을 늘였더란 말인가?

나는 성정이 부(富)티 또는 호사 취향과는 거리가 먼 편이다. 그런데 유독 책에 대해선 편향된 의식을 갖고 있다. 본문 지질이 고급 모조지여야 직성이 풀린다. 쪽의 글자 수가 웬만큼 들어찬 게 좋고 쪽수도 삼백을 넘는 걸 선호한다. 제본은 양장본(하드카바)에다가 특히 포(布)크로스라면 금상첨화로 여긴다. 책을 무덤까지 갖고 갈 것도 아닌데 영구 장서본이길 기대한다. 실제로 나의 시집 중에도 고집을 부려 표지를 시속과 동떨어지게 베로 감싼 포크로스로 출판된 게 두 권이나 된다.

　이러한 책과의 인연, 책에 홀려 상식에서 일탈한 저간의 궤적이 나의 삶을 지탱해 주는 지주支柱가 되었으니 세상사는 참으로 익살맞다. 그것이 밥을 먹여 주더냐 하고 묻는다면 나는 유감스럽게도 고개를 끄덕일 밖에는… 고전「고문진보古文眞寶」에 나오는 '가난한 자는 책으로 말미암아 부자가 되고 부자는 책으로 말미암아 존귀해진다' 는 말은 내 처지에 비춰볼 때 아무래도 동의할 수 없는 것이 유감이지만.

세 장면의 시퀀스

그 첫째 장

언제인가부터 나는 한국시인협회상에 관심을 갖게 되었다. 그 사정이
나 내력을 구체적으로 손꼽아가며 나열할 수는 없겠으나 대략 정리해 보
면 이런 점에 연유했을 듯싶다. 첫째, 수상자 중 초창기를 장식한 이들,
즉 1회의 김수영, 2회의 김춘수, 3회의 전봉건 등 면면의 명성에 대한 확
고한 신뢰감이다. 둘째, 회원 시인(나중엔 수상자만으로 바뀌었지만)에 의해
수상자를 선정하여 협회 이름으로 주는 성격의 특성이다. 셋째, 당시로
서는 상금이 없는 유일한 문학상으로 '다른 무엇'으로 명예를 대신한다
는 순수성(?)이다.

내가 이 자리에서 첫 말문을 여는 화제로 삼고자 하는 건 세 번째 이유
에 얽힌 내 나름대로의 생각 때문이다. 참으로 물정을 모르던 시절의 소
치이겠으나 돈이 개입되지 않은 게 어쩐지 시인 세계답고 세속에서 초탈
한 것으로 받아들여진 탓이었다. 그 외에 구체적으로 어떤 부상副賞이 곁
들여지는지 귀가 어두운 탓으로 견문이 접해지지 않았더랬다.

그러던 어느 해였다. 누구인가 기억에서 지워졌지만 한 시인의 집을 방문했던 기회에 서재에서 아주 때깔이 나게 폼을 잡고 있는 〈한국시협상〉 상장에 눈길이 간 적이 있었다. 상장은 국내의 저명한 서예가의 글씨를 받아 작성해서는 표구를 한 것이었다. 어벙한 나의 눈길로는 그 표구된 상장에서 서릿발이 이는 듯했다. 나 또한 이런 상장을 내 집안 벽면에 떠억하니 걸어놓았으면 하는 마음이 절로 일었다.

나는 1970년대 초반, 협회에 가입을 하고는 두어 번 지방 나들이 시협 세미나에는 참석했으나 시협상 시상식에 얼굴을 내민 적이 그 무렵엔 없었다. 시단 교우가 넓지 못해 데면데면한 탓도 있었겠지만 친구인 강우식이 수상한 해에도 자리를 메워주지 못한 건 아무래도 시샘 그 아니고선 해명이 되지 않는다.

그런 까닭에 부상으로 따르는 '다른 무엇'에 접근할 기회를 놓쳤을 것이다. 한참 후인 어느 시기에, 그 서예가가 김양동 씨라는 것과, 부상으로 금 한 양으로 시협상 마크를 새겨넣은 은메달이라는 걸 알게 되었다. 나는 여전히 그 상을 부러운 마음으로 떠올리곤 했다.

그 둘째 장

한국시협상도 시류라는 걸 타는지 일정 시기에는 수상자가 한 명씩이던 것이 어느 해엔 두 명이 되기도 했다. 그러더니 그예 이판사판이란 듯 한동안은 연속으로 두 명(어떤 해엔 세 명을)씩 수상자를 배출하게 되었다. 마치 덤핑 세일한다는 느낌을 불러일으킬 정도였다. 나는 이로부터 그

상에 대한 관심, 나아가서 꿈속에서의 달콤한 기대마저 싹 지워버렸다. 마치 물정을 알아서 실망을 한 것처럼이나. (하지만 그런 기간은 6년에 지나지 않고 다시 한 명 선정으로 굳어진 지가 스무 해 남짓다.)

참 세상 이치라는 게 요상해서 내가 이것에 목을 빼고 있을 땐 얼씬도 하지 않던 게 아주 무심해져버린 참에는 제 쪽에서 소리없이 찾아드는 법일까? 내 두 번째 시집 『투창』을 발간하고는 이런저런 상의 후보에 올랐다는 전언이 접해졌으나 종무소식이 되고 말았더랬다. 들러리로 올랐을 테지만 시협상에도 거론되었다는 귓속말을 들은 바 있다. 그런데 네 번째 시집 『바이칼호에 와서』를 내놓고는 선하품이나 하고 있던 차에 누군가가 협회로부터 곧 기쁜 연락이 갈 거라는 귀띔을 전화로 해주었다.

상이란 건 받을라치면 미상불 기쁘고 어깨가 으쓱거려지게 마련이다. 때문에 그걸 먼저 전해준 이의 배려가 살갑게 여겨질 밖에. 한데 나중에 또 다른 말을 아니 들었으면 좋으련만 그 이치 또한 요상해서 귀에 접해지지 않을 리 없다. 심사위원이 다섯 분이었는데 심의 과정에서 위원장은 추세를 관망하고 있는 가운데 네 분의 의견이 두 쪽으로 나누어졌더란다. 이런 국면에서 위원장이 나를 거명했으므로 결정이 났다는 거다.

더는 알 수도 없고, 설령 들었다 하더라도 현장에 있어 본 경험이 없다면 완전히 그 심의 분위기나 정확한 동향을 이해하기는 어려우리라. 왜냐하면 시협상 심의 방법도 시기에 따라 달라져 왔을 것이며, 기준이란 게 확립이 된 후일지라도 위원장의 사회 방법 따라, 또는 좌중 분위기 따라, 아니면 후보자의 비중 따라 조금씩 달라질 법하니까.

나를 반대했다기보다 다른 경합자의 시작품을 더 선호했을 두 심사위원에게 별난 유감을 갖지 않았다고 하면 생똥 거짓말일 게다. 당시엔 그분들과의 교분도 서먹하지 않아 섭섭한 생각이 들기도 했다. 한데 곰곰 되새겨보면 이런 다른 의견의 개진과 다수 뜻의 존중이라는 과정, 절차의 결과가 이 상의 공정성과 권위를 보증하는 듯해 오히려 바람직한 뒷말로 여겨지기조차 했다.

이런 에필로그는 의젓잖은 얘깃거리이겠으나 굳이 덧붙이고 싶은 걸 어쩌랴. 시상식 당일 내가 받은 건 그토록 벽에 떠억하니 걸어놓고 싶던 상장이 아니라 플라스틱으로 만든 상패였다. 하지만 그날의 북새통에, 그리고 날이 지난 참에는 좋은 일 끝에 뭐라 볼멘소리하기가 군색스러워 아쉬운 마음을 묻어두었다. 수년의 세월이 흐른 후, 새로 사무국장을 맡은 시인 윤석산씨와 자리를 함께 한 적이 있어 어쩌다 이런 뜻을 피력하게 되었다.

그때 비로소 알게 된 사정이지만 내가 수상자가 된 그해에 이 서예가 선생께서 해외에 체류 중이라 나만 그 서릿발이 이는 듯했던 친필의 상장을 쥘 수가 없었던 거였다. 대신, 종이보다 더 오래 변치 않을 플라스틱 상패를 주었으니 누군가 고변치 않는다면 그걸로 잊혀져버릴 사안이었다. 나는 고변까지 한 건 아니었으나 신임 사무국장은 이를 묵과하지 않았다. 당해 연도의 상장 필적을 청탁하면서 묵은 내 것까지 챙기는 사려 깊음을 보여주었으니 고맙기 짝이 없다.

그렇지! 아무리 요상한 세상일이로서거니 뜻이 있으면 길이 있고, 꿈에서라도 그리면 성취되는 법이다. 수상의 어깨 들먹임이 아니라 상장에 대한 연연함을 두고 하는 말이다. 내 심사를 헤아려서 하지 않아도 그만일 수고를 한 집행부를 두고 고마워서 하는 여담이다.

그 셋째 장

시협상은 대개 전년도에 활발한 시작 활동을 해서 우수한 작품을 발표한 회원 시인을 가려 격려하고자 하는 목적으로 매해 시행된다. 심사위원은 기 수상자 5명으로 구성되며 위원장은 그중 원로시인이 맡는 게 관례다. 위원 한 사람은 전년도 수상자로 충당되는 편이다. 그러므로 나는 수상 이듬해에 심의 자리에 참석해야 마땅하나 그때 외국여행 중이라 결번이 될 밖에 없었다. 어쩐 셈인지 또 한 해를 건너뛰고는 심사위원 위촉을 받았다.

참석하고 보니 이미 들은 바대로 예심을 거쳐 선정된 시집 열 권이 가지런히 놓여 있었다. 회장이며 사무국장 등 현 임원진은 옆방에 대기한 채로 심사위원장 김춘수 선생과 위원 네 명이 얼굴을 맞대고 앉았다. 김춘수 선생은 이 일에 익숙해서인지 어눌한 언변임에도 요령 있게 규칙과 선정 절차를 설명해 주었다. 합당함에 있어 의문의 여지가 없음에도 불구하고 예선 통과 시집을 사전에 일람토록 자료와 기회를 제공치 않은 건 옥의 티라 할 만하다. 자칫 작품보다 시인 이름으로 판별하게 할 우려가 없지 않겠기에 그러하다. 나는 남이 보면 핀잔거리가 되기에 족할 만큼 새삼스레 몇 권의 시집을 들쳐보는 모습을 보일 밖에 없었다.

그리고는 각자의 의견 개진과 잠시 토의가 있은 다음 위원장은 곧바로 백지를 나누어 주도록 하여 제각각 천거하고 싶은 시인의 이름을 두 명씩 기명토록 했다. 객관적 심의를 지향하는 것이겠으나 편의와 효율성에 지나치게 치중한다는 면이 없지 않다. 이렇게 해서 다수로 거명된 상위 몇 시인을 골라 다시 재의에 부쳤다. 그것 역시 거명된 이름을 대상으로 두 명 중복 기표하는 동일 방법이다. 이러자 묵시적으로 어느 한 시인을 선정하기에 이르러 세 번째 투표에선 한 위원이 백지 기표를 했고 나머지 네 명이 한 사람을 지지하게 되어(흡사 바티칸의 콘클라베같이) 무난하게 결정이 났다.

이 방식은 적어도 나를 수상자로 선정할 때와는 다르다고 할 수 있다. 어느 쪽이 더 현명하며 합리적인가를 가리기는 어렵다. 일장일단이 있기 때문이다. 의견이 맞서서 더 많은 논의에 이르게 하는 것과 표의 산술로써 객관성을 기하며 효율성을 높이는 것에는 분명 차이가 있으리라. 나는 이런 심의 절차를 거쳐 한국시협상 역대 수상자 명단에 이름 석 자 올리게 된 것을 오늘까지 자랑스럽게 여긴다.

소설에의 길

소설을 가리켜 흔히 시대와 사회상을 반영하는 거울이라고 한다. 19세기 사실주의 문학의 개념으로는 특히 그러하다. 하지만 20세기로 넘어와서는 보다 인간(물론 사회를 구성하는 일원으로서) 개인의 문제나 내면의 미묘한 세계로 관심이 바뀌어졌음은 사실이다. 그런 가운데서도 동족 집단이 역사적 현실 속에서 어떤 운명에 처해졌던가에 무관심할 수는 없었다.

솔 벨로와 더불어 현대 미국문학을 대표하는 작가인 버나드 맬라머드의 「수선공」이 그 일례다. 이 장편소설은 제정러시아 치하 우크라이나에 오랜 세월 동안 뿌리 내리고 살아온 유대인에 대한 공공연한 박해를 정공법적 수법으로 그린 것이다. 영화 〈지붕 위의 바이올린〉이 전하는 바와 같이 제정러시아 시대에는 유대인을 적대시하여 거주 제한지역에만 살도록 법적 조치를 취했으며, 뚜렷한 이유도 없이 '포그럼(유대인 대량 학살사건)'이 거듭해서 자행되었다.

작가 맬라머드는 우크라이나와 아무런 관련이 없는 미국 출생이지만 그 자신이 유대인이기 때문에 동족의 비극을 묵과하지 않았다. 그는 이

소설을 통해 현대인이 감내하지 않을 수 없는 소외의식을, 전 세계인으로부터 소외당해 온 유대인의 비극을 환기시킴으로써 인류 양심에 문제 제기와 경종을 울리고자 했다. 작가는 자신이 속한 문화권에 기여해야 마땅하듯이 또 동족을 위한 책무에서도 자유로울 순 없다. 독일과 폴란드 사이에서 고통의 세월을 견뎌온 소수 종족 카슈바이인에 대한 귄터 그라스의 애정(『양철북』)도 같은 맥락에서 살펴진다.

나는 30년간 일관되게 시만 부둥켜안아 왔었던 터에 어떤 계기로, 또 무슨 충동이 있어 장편소설 「까리아인」을 쓰게 되었던 걸까? 소설문학은 어떤 사상事象을 단지 표현할 뿐이지 전달하려 해서는 안 된다는 가장 기본적인 미학을 알고 있으면서도 말이다.

1991년 봄쯤의 어느 날이었을 게다. KBS의 장기 프로그램 중의 하나로 김동건 아나운서가 진행을 맡은 〈9시에 만납시다〉가 있었는데, 이날은 초청인사로 하바로프스크 공대(지금은 종합대학) 역사학 교수인 우리 동포 김 세르게이 내외분이 나왔다. 부인은 그 대학의 철학교수란다.

나는 우연히 이 프로그램에 눈길을 주게 되었다. 그분은 저 잊어서는 안 될 1937년도의 '연해주 거주 한인의 강제이주' 사건의 전말을 들려주었다. 공포 독재정치의 대명사인 스탈린이 일본 세력의 대륙 침략에 위기감을 느끼고, 거기 영합할 우려가 있다는 이유 하나로 자국 내 극동 시비리아 일원의 한인 삼십만 명을 단 두 달간에 걸쳐 화물열차 편으로 황량한 중앙아시아 사막지대에 흩뿌려놓은 가공할 역사의 한 장이 그것이다.

나는 그때까지 우리 민족의 강제이주 사실이며 그 참상과 극난의 생활을 전혀 모르고 있었다. 그 프로그램이 종료된 뒤엔 형언할 수 없는 혼란스러움 - 일말의 부끄러움에 몸을 떨어야만 했다. 시인으로서, 동포의 일원으로서 그 사실에 대한 무지가 여간 송구스런 게 아니었다. 어떻게 하든 러시아로 가서 김 세르게이 교수를 만나 자세한 전말을 듣고 싶었고, 연해주와 중앙아시아 일대를 답사하고픈 충동이 솟구쳤다.

　　그해 가을에 비인에서 국제펜클럽대회가 열렸는데, 그 참가자는 러시아를 관광하는 스케줄이 있어 내게는 과중한 경비임에도 선뜻 나섰다. 구소련이 붕괴되는 시점이지만 우리나라로 봐서는 그곳이 여전히 적성 사회주의 국가인데다 우리 대사관도 개설되어 있지 않아 개인적 여행이 어려웠던 탓이다. 우선 분위기라도 살펴볼 양으로 출국해서 모스크바와 페테르부르크 두 도시를 잠시 기웃거리고 돌아왔다.

　　그때의 느낌으론 체제의 이질감과 사회 불안으로 혼자서 여행하기가 불가능할 것 같았다. 언어의 장벽과 그 나라의 서비스 정신 부재 또한 만만찮은 장애이겠다. 그럼에도 불구하고 이 특정국가(당시 우리 외무부의 공식 용어)를 언젠가는 찾아가 극동에 있는 김 교수와 중앙아시아 쪽의 동포를 꼭 만나보려니 하는 꿈을 접지는 않았다.

　　과연 '진인사 대천명盡人事待天命'이란 고사성어 그대로다. 이듬해에 문예진흥원에서 '해외동포 밀집지역에 작가 파견' 프로그램이 생겨 첫해 수혜자로 내가 구 소련지역으로 나가게 된 것이다. 두 달 간의 여행 경비

일체를 지원해 주어 그 지역 한인동포의 삶과 애환을 제재로 작품을 쓰도록 권장하는 취지에서였다. 마치 나를 위해서 만들어진 기회 같았다. 그곳에 가보고 싶어 절치부심하던 내겐 이보다 더 적절한 격려가 어디 있으랴.

그때는 한국에서 소련지역으로의 항공편은 모스크바로 가는 노선뿐이어서 우리나라와 가까운 하바로프스크나 블라디보스톡 같은 연해주 쪽을 가려 해도 지구 저쪽을 경유, 환승하지 않으면 안 되었다. 게다가 비자를 얻는 것도 아주 까다롭지만 일이 잘 풀리노라고 모든 게 쉬 해결이 되었다. 이렇게 하여 8월에 모스크바로 날아갔다. 이후의 여정은 이러했다. 모스크바→ 하바로프스크→ 이르쿠츠크→ 알마아타→ 타시켄트(사마르칸트)→ 모스크바→ 페테르부르크→ 모스크바→ 서울.

생각대로라면 응당 블라디보스톡과 키예프가 포함되어야 했다. 전자는 우리 동포가 전날 해삼위라 부르며 시베리아의 거점도시로 삼았던 곳이고, 후자는 대러시아 속에서 소러시아로 통하는 우크라이나 수도로 문학작품에서 자주 접한 도시인 때문이다. 그런데 전자는 하바로프스크에서 항공티켓을 구해보려고 애써 보았으나 바캉스 시즌이어서 미치지 못했고, 후자는 두 달 기간에 체력과 경비가 바닥이 났으므로 무리를 하기가 어려웠다.

나는 여행을 계속하며 곳곳에서 많은 우리 동포를 만나 인터뷰를 하고 현지답사를 하며 취재에 열을 올렸다. 알마아타(카자흐스탄 수도)에서는 강제이주당한 후 우리 동포 공동체의 중심지였던 우스토베를 찾아가 며칠 체류했고, 타시켄트(우즈베키스탄의 수도)에 머물고 있을 때는 소비에트 연방 내에서 가장 모범적 꼴호즈로 알려진 한인 주축의 폴리옷트젤도 다녀왔다. 이러는 사이 고생도 여간이 아니었다. 예상할 수 있는 장애와 불편뿐만 아니라 날씨를 감안한 옷가지와 각종 선물을 잔뜩 넣어갔기에 과도한 짐이 그야말로 거추장스러웠다. 예컨대 8월 하순의 모스크바 날씨는 쾌적했는데 9월의 중앙아시아는 무더웠으며 10월 중순을 넘기는 모스크바와 페테르부르크는 여간 추운 게 아니었다.

나날이 모험과 난경을 겪어낸 다음 무사히 서울로 돌아왔다. 처음에는 시를 써온 대로 서사시 한 편을 얻겠거니 했던 게 마음이 달라져 갔다. 내가 듣고 접한 사연이 너무나 거창하고 파란만장한 것이어서 시보다는 소설 형식이 마땅하다고 판단이 선 까닭이다. 그렇다고 그게 용이한 일일 것인가? 한데 나는 대하소설 창작에 착수했다. 문학에 접맥된 이래 늘 멀리 동떨어져 있지 않았고, 나와 인연에 닿아 있는 듯했던 소설이 이렇게 다가온 것이다.

이태 뒤 나는 세 권짜리 장편소설 「까리아인」을 출간했다. 러시아어로 한국을 까리아로 발음하는 데서 붙인 제목이다. 이건 나를 강력한 힘으로 고개 돌리게 한 동포의 수난사에 대한 관심과 철학을 충족시킬 만했다. 이로부터 나는 시작과 병행하여 소설의 길로 나아가기에 이르렀으니 이 모든 게 어느 순간의, 작은 계기에 말미암음이다.

다시 읽고 싶은 책
– 밀란 쿤데라의 「사유하는 존재의 아름다움」

'옥타비오 파스는 이렇게 말한바 있다. "호메로스도 베르길리우스도 유머를 알지 못했다. 아리스토텔레스는 유머를 느낀 듯하지만, 유머가 형태를 갖는 것은 다만 세르반테스와 더불어서이다. …유머야 말로 현대정신의 가장 위대한 발명이다." – 근본적 생각 : 유머는 까마득한 옛날부터 인간이 행해 온 게 아니라 소설의 탄생과 연관된 하나의 발명이라는 점이다.'

– 밀란 쿤데라의 〈파뉘르쥬가 더 이상 웃기지 않는 날〉에서

매혹적인 장편 「참을 수 없는 존재의 가벼움」의 작가 밀란 쿤데라가 현대적 감각에 넘치는 에세이집(원제는 Les testaments trahis)을 출간했다. 우연히 나는 이 번역서를 접하고 그동안의 나의 근시안적 지식, 경직된 안목, 특히 타성에 젖어 고정관념에 지배되어 온 자신을 유감스럽게도 되돌아보지 않을 수 없었다. 그는 이 글들에서 유머, 섹스, 엑스터시, 은유,

멜로디 등 예술영역에서 필요로 하는 기호에 대해 그 속성을 선지자적이며 명쾌한 언어로써 많은 사람의 뇌리에 각인시키고 있다.

예컨대 유머를 소개하는 장에 있어서는 기상천외한 사례를 인용함으로써 우리를 놀라게 한다. 쿤데라는 서두의 인용문과 관련지어 라블레의 작품을 텍스트로 삼아 입심 좋은 설득력을 보여준다. 「팡타그뤼엘」에서, 작중 주인공 파뉘르쥬는 한 부인을 사랑하게 되어 무슨 수를 써서라도 그녀를 소유하고자 한다. 교회에서 미사가 진행되는 동안, 그는 부인에게 기절초풍할 외설들을 속삭이는데, 그 부인이 듣지 않으려 하자 그녀의 옷에다 발정 난 암캐의 분비물을 흩뿌려 놓음으로써 보복한다. 교회를 나서자 주변의 모든 개들(60만 마리하고도 열네 마리라고 라블레는 말한다)이 그녀를 뒤쫓으며 오줌을 갈겨댔다.' 이러한 유머야말로 누구나 즐길 뿐만 아니라 인생을 풍요롭게도 한다는 것이다.

쿤데라는 체코 태생으로 장편소설 「농담」을 발표하여 일약 스타덤에 오른 작가이다. 그 소설의 주인공은 대학생활 중 사소한 농담 한 마디를 한 것이 학생당위원회에서 말썽이 나 속된 말로 인생이 종쳐지고 말았더랬다. 작가가 현실에서 맞닥뜨린 처지와 자신이 상찬해 마지않는 라블레의 작중 유머가 이렇듯 상충됨은 개똥밭 같은 현세의 한 아이러니라 하지 않을 수 없겠다. 쿤데라가 이 에세이집 도처에 조국의 선배작가이며 파격적인 천재 프란츠 카프카에 대해 다함없는 존경과 애정을 표하는 건 너무나 당연하다.

문학사를 수놓은 많은 작가와 작품을 거론하는 가운데 특히 주목하는 소설은 그로테스크하며 상징성이 두드러진 「성城」이다. '카프카가 가장 아름다운 성애 장면은 이 장편의 세 번째 장에 있다. K와 프리에다의 성교행위가 그것이다.' 둘은 만난 지 한 시간이 채 못돼 지저분하고 맥주로 질척거리는 맥주홀 계산대 뒤 바닥 위에서 나뒹군다. 이 장면에서 주장하고 있는 것은, 더러움은 그 본질상 성과 분리될 수 없지만 '성교의 길이가 낯설음의 하늘 아래에서의 행진과 같은 은유로 변하고 있는데 이 행진은 추하지 않다'는 게 쿤데라의 해석이다. 다시 말하자면 성행위와 더러움의 관계를 암시하면서 동시에 그것을 추하기는커녕 아름답게끔 느끼게 하고 있다는 것이다. 다른 주요작 「아메리카」와 함께 카프카가 그리는 인간의 고독감, 타자와의 관계, 그리고 무엇보다 은유 속에 숨겨진 표현 양식에 대해 깊은 관심을 표명한다.

쿤데라는 소설, 에세이 등 문학 외에 음악, 연극영화, 그 밖의 전위예술에 전방위적 재능을 발휘하는 현대의 대표적 지성이기에 이 에세이에서 그는 낯설음과의 조우, 새로운 방식으로 글쓰기, 현대성의 맛 등에 걸쳐 폭넓은 메시지를 전하고 있다. 거명되는 예술가는 한결같이 매력을 더하는 인물들로서 그들의 창작적 특질이 살펴지기도 한다. 이 지면에서는 그가 유독 강조하고 있는 유머, 성에 국한해 소개했지만 모든 화제의 낟알들은 그야말로 카랑카랑 빛나는 금싸라기에 다름 아니다. 나는 이 책을 읽고선 비로소 때묻은 멍석자리를 털고 일어나 휘황한 별밭 가운데로 나앉은 듯한 느낌에 휩싸여들지 않을 수 없었다.

선량, 해학, 그리고…

– 위화余華의 두 장편소설

예상을 뒤엎고 노벨문학상이 중국의 망명작가 가오싱젠高行健에게 돌아갔다. 그 수상을 뒷받침하는 장편소설「영산靈山」은 한 작가가 중국각지를 여행하는 내용을 그린 것이다. 나는 이 결정 소식을 전하는 신문 보도를 접하고는 두 가지 측면에서 아연했다.

첫째는 영미불독러 언어권 태생의 작가가 아니기 때문이다. (실인즉 가오싱젠의 수상은 프랑스로 망명하여 그 나라 시민권을 얻은 이후다.) 또 페루의 바르가스 요사와 같이 한 문화권을 대표하는 작가나, 아니면 근년에 후보로 자주 거론되어 왔던 밀란 쿤데라, 이스마엘 카다레 같은 지명도 높은 작가가 아닌 점에서도 그렇다. 세 번째는 우리의 문화와 밀접한 관련이 있는 중국인이 수상자가 되었는데 그동안 우리는 현대 중국문학에 대해 너무 문외한으로 지내오지 않았느냐 하는 자성에서다. 하긴 현대 중국문학에 조예가 있다 하더라도 아연해지지 않을 수가 없을 성싶다.

문학은 어차피 저울로 그 가치를 정확하게 재 볼 수는 없는 일이어서 노벨문학상도 작가의 역량(작품의 성취도와 병행한) 외에 시대적 조류, 지역적 판도, 언어 소통에의 투자 말고도 극히 애매하지만 작가의 운에 따라 수상자가 결정되기도 할 터이다. 위에 열거한 조건이 비슷한 경우에도 결과가 달리 나타나서 못내 아쉬운 뒷말을 남기기도 한다. 일본에서는 가와바타 야스나리와 오에 겐자부로는 수상자가 되었지만 정작 자주 거론되며 문명 또한 앞섰던 다니자키 준이치로谷崎潤一郎는 빛을 보지 못하고 말았으니까.

어떻든 우리에게 비교적 생소한 중국작가가 수상한 것은 우리에게도 고무적인 일이다. 우리는 현대 중국문학이라면 「아큐정전」의 루쉰 이후 「자야子夜」의 모순, 「낙타 상자祥子」의 라오서, 「가家」의 빠진 등 리얼리즘에 입각한 작가와, 인공치하에서 활동한 「양꺼秧歌」의 장아이링, 「변신인형」의 왕멍 정도에만 익숙해 왔던 게 사실이다. 냉전 논리가 쇠퇴하고 한중 국교가 트인 이래 문화혁명기 이후의 작가들이 소개되고 있으나 우리 독서계엔 크게 어필하지 못했던 것 같다.

이런 시점에서 신진기예 위화의 등장과 우리 국내에서의 소개 또는 반응은 매우 예외적이다. 위화는 1960년생으로 현재 중국문단의 '중국 제3세대 문학을 대표하는 작가'로 크게 각광을 받으며 그의 소설은 공전의 회오리바람을 일으키는 것으로 접해진다. 작금 우리나라에도 「세상사는 연기와 같다」라 표제한 창작집과, 그의 불세출의 장편 「살아간다는 것」, 문명을 드높인 대표작 「허삼관 매혈기」가 잇따라 쏟아져 나왔다. 나의 소견으로는 그의 소설가적 장기는 창작집에서 더욱 빛나고 인상적으로 받아들여지지만, 두 편의 장편 저력 또한 눈여겨볼 만한 것이어서 화제에 충분히 값할 것이다.

　「살아간다는 것」은 국외에서 소설 원작으로보다 영화로 먼저 알려져 있지 않나 싶다. 장예모 감독에 의해 영화화되어 (우리나라에선 〈인생〉이란 제목으로 상영됨), 1994년에 칸영화제에서 그랑프리를 수상하게 됨으로 세인의 주목을 모은 장편이다. '살아간다는 것'이란 개념은 상식 그 이상도 이하도 아닌 상투적인 말이지만, 이 소설에서 '사람은 살아가는 것을 위해서 살아가지, 살아가는 것 이외의 그 어떠한 것을 위해 살아가는 것이 아니다'라고 발설했을 땐 그 행간에 긴장과 진실, 일종의 패러디와 구문構文의 힘이 새삼스럽게 우리를 사로잡는다.

　이 소설의 주인공 복귀는 이승의 개똥밭에 뒹군 생애라 함직하다. 1백여 묘의 땅을 가진 지주의 외아들로 태어나 읍내 미곡상집의 참한 규수 가진을 아내로 얻었지만 주야장천 계집질과 망나니짓, 그리고 도박에 빠져 재산을 깡그리 탕진하고 초가집으로 쫓겨 앉아 다섯 묘의 소작인으로 굴러 떨어진 사연으로부터 얘기가 시작된다. 부모가 차례로 급사한 뒤, 그와 때를 전후해서 국민군 징발과 해방군 편입을 거쳐 귀가해서는 한낱 소작 농군으로 연명해 간다. 모든 걸 다 잃고서야 하루 몫의 노동에 따른 생명 보전과 가족에의 인식을 터득하게 된 것이다.

　하지만 아들은 현장부인인 여교장 출산 때 과도한 헌혈로 절명하고, 딸은 병을 앓아 벙어리가 된 뒤 요행 시집을 갔으나 초산 후유증으로 잃고, 그 밖에 평생토록 헌신해 온 아내와 또 정이 솔기솔기 밴 사위와 어린 단 하나의 외손자마저 차례로 숨지는 걸 겪는다. 여기까지 민국 치하, 국민군과 해방군의 내전, 인공 치하의 인민공사 시절과 문혁기의 홍위군 발호의 모든 시련이 농축된다. 하루도 사람다운 삶을 영위할 수 없는 극난, 혹은 극한상황의 연속이다.

　이런 얘기를 서사화한 위화의 문맥에는 그 사실성보다 중국 특유의 순명, 달관, 선성, 해학이 지배함으로써 전날의 리얼리즘 경계를 넘어선다. 예컨대 아들이 멍텅구리 의사 때문에 죽은 병원에서, 수혈을 받은 여교장의 남편이자 현장인 어른을 만나 삿대질을 해대려던 순간이다. 그런데 상대방이 전날 국민군 징발 시절의 연하 동료인 줄을 알아보고, 느닷없이 당시에 떡을 주우러 나갔던 사정을 떠올리며 "큰 떡은 찾았나?" 하고 묻는다. 바보스럴 정도의 선성, 변전의 코믹함, 구제불능인 듯한 해학이 인생살이의 철리를 일깨운다.

　「허삼관 매혈기」는 평생토록 피를 팔아 가족의 생계를 꾸리고, 꼭 필요한(아니, 때로는 정분을 나눈 여인에게 줄 선물과, 돼지간볶음을 곁들인 황주 두 잔의 유혹 때문인 경우도 있지만) 용전 마련을 위해 매혈을 하는 사내의 일대기를 그린다. 이처럼 핍진하고 황폐한 이야기를 전개하는 와중에도 피를 파는 억울함이나 저주보다 체념의 선의, 달관의 골계滑稽가 정황을 압도한다.

　예컨대 다음과 같은 두 대목이 그러하다. 허삼관은 운수 좋게 염염한 용모의 허옥란을 아내로 얻었지만 그녀는 하소용이란 남자의 씨를 뱃속에 담은 채로 왔기에 내내 남들로부터 '자라대가리'라 놀림을 받는다. 더구나 그 아기(일락)가 자라나서는 남을 때려 가당찮은 배상을 치러야 했을 때 허삼관은 이렇게 앙앙거린다.

"내가 전생에 무슨 죄를 지었누? 이생에서 하소용이만 재미 보게 해주고, 재미 본 건 놔두고라도 그놈의 씨를 받아서, 아니 씨받은 건 관두더라도 일락이를 낳고, 아니 일락이를 낳은 건 관두더라도 일락이가 사고까지 치니…"

두 번째는 끝 장면으로, 심란했던 세월을 다 보내고 아들 일락, 이락, 삼락이마저 혼인을 시킨 뒤 노쇠한 허삼관은 어느 날 승리반점 앞을 지나며 그 옛날 피를 팔고 난 후에 으레 들리곤 했던 돼지간볶음 한 접시와 황주 두 잔이 먹고 싶어 새삼스레 피를 팔러갔다. 애송이 새 혈두血頭는 노인 피는 가구 칠감에나 필요할까 여기서는 소용없다고 핀잔을 주었다. 체면(?)을 중히 여기는 허삼관은 삼락이보다 어린놈이 기고만장이라고 이렇게 푸념을 늘어놓는다.

"그걸 가리켜 좆털이 눈썹보다 나기는 늦게 나지만 자라기는 길게 자란다고 하는 거라구."

이 한 마디 말에 위화가 그리는 인물상의 본색이 확연하게 드러난다.

작품 속의 유머

하루하루마다 세계가 엄청난 속도로 변해 가고 있다. 가치관도 현저히 달라진다. 어제까지만 해도 진선미였던 게 오늘은 그렇지 않은 경우가 많다. 오늘은 삶의 덕목으로 손꼽혀지는 것이 내일엔 쓰레기통을 채우는 허접스런 것밖에 안 될는지 모른다. 사람마다 삐삐라는 걸 허리에 꿰차고 다닌 때가 언젠데, 지금은 거리의 인파 속에 제가끔 휴대전화를 귀에 대고 뭐라 중얼대며 걷는 풍경에 익숙해졌다.

그마저 앞으로 스마트폰을 능가하는 '꿈의 통신'이라는 무언가가 출현하면 구닥다리 신세를 면치 못하게 될 터이다.

그런데 문학은 어떻고 시는 어떤 포즈인가? 오, 이런 재앙이람! 시에서 축축한 서정성이나 시정신 엄숙주의는 개뼈다귀나 먹어라. 소설에서 건실한 리얼리즘이나 첨예한 시대정신에 아등바등했다가는 헛물을 켜고 낯빛이 우거지상이 되기 꼭 알맞겠다. 오죽하면 〈시드니 2000년 문인축제〉에서 시를 성토하는 젊은이들이 "시는 최고로 잘 돼도 하찮은 짓에 불과하고, 나쁠 경우 문화적 불화 요인이 된다"면서 시를 교과서에서 몰아내야 한다고 기세등등했을까.

　시를 교과서에서 추방해야 한다는 이 극단적인 주장을 우리는 경청해 마땅하고 그 이유를 곰곰 되새겨보아야 한다. 우리는 시를 대하면서 여직 아날로그 감각에 머물러 있지는 않는가? 전화번호 다이얼을 돌려 통화하는데 익숙해 있지나 않는가? 저 많은 젊은이들이 언제 어디서든 필요에 따라 버튼 하나만 눌러 커뮤니케이션을 하는 이 디지털 정보 시대에 말이다. 싱크대에서도 수도꼭지를 틀어 물이 흐르게 하는 건 질색하며 어느새 원터치에 익숙해져 있다. 그런 시대감각에 문학은 어떻게 비쳐지고 있을 것인가?

　오늘날 젊은 문학 독자층에 폭넓은 공감을 얻고 있는 밀란 쿤데라는 그 돌파구로써 이런 지적을 했다. 도덕과 진지성을 팽개쳐버려라. 유머와 해학을 중시하라. '교미 뒤의 모든 동물은 슬프다Post coitum omne animal triste' – 카프카는 이러한 비애의 희극성을 묘사해낸 최초의 인물이었으니 사표師表로 삼으라. 이런 전제하에, 에세이 〈파뉘르쥬가 더 이상 웃기지 않는 날〉에서 구체적인 예로 라블레의 「팡타그뤼엘」의 한 대목을 들고 있다.

　주인공 파뉘르쥬가 음심을 품고 한 부인에게 교회에서 미사가 진행되는 동안 기절초풍할 외설들을 속삭이는데(오늘날의 미국이었다면 성 학대 죄로 113년간의 징역살이에 처해져 마땅할 일이다; 쿤데라의 촌평), 부인이 거부하자 앙심을 품고서는 그녀의 옷에다 발정난 암캐의 분비물을 묻혀놓았다. 교회를 나서자 주변의 수많은 수캐들이 그녀를 뒤쫓으며 오줌을 갈겨댔다는 거다.

쿤데라는 독자를 잃지 않으려면 이러한 기발함, 과장이지만 밉지 않은 유머 감각, 읽는 사람으로 하여금 웃음을 통해 세파를 정화시키는 장인匠 人 기질이 있어야 한다는 거다. 그는 실제로 노동자에게 이 이야기를 들려주었는데 그들은 한결같이 달달 욀 정도가 되었으며, 보수적이라 할 시골도덕이 몸에 밴 사람들조차 그 성 학대자를 비난하는 기색이 전혀 없었다고 토로한다. 하지만 라블레는 16세기의, 르네상스와 종교분열의 격랑기를 살았던 인문주의자가 아닌가.

오늘날의 소설을 접하면 그 기상천외함은 더욱 놀랍다. 우리 동시대의 가장 훌륭한 작가 중의 한 사람인 귄터 그라스의 「양철북」 첫머리는 이러하다. 주인공 오스카르의 선대에 일어난 일이다. 외할머니는 처녀 적에 들판 감자밭에서 네 벌을 겹쳐 입는 폭 넓은 스커트 자락을 펼치고서 감자를 구워먹던 중에, 경찰에 쫓기던 콜야이체크라는 땅딸막한 체격의 남정네가 숨을 곳을 청하기에 스커트 속에 숨겨주었다. 뒤쫓아 온 경관들이 그녀에게 탐문하는 사이 기이하게도 스커트 자락 속에서 성행위가 이루어졌던가 보다. 이 황당한 계기로 인해 오스카르의 어머니 아그네스가 태어난 것이다.

소설에서 구질구질하고 해괴망측하고 애브노멀한 성sex만 중요하단 말인가 하는 논의는 접어두자.

우리가 소설을 운위하면서 쿤데라의 말에 귀 기울여야 할 점은 다르게 쓰기와, 그 다르게란 실세계로부터 도피하기보다 잘 파악하기 위해서란 그의 주장이다. '왜냐하면 실세계를 파악한다는 것은 바로 소설의 정의 자체에 속하는 일인 까닭이다. 한데 실세계를 파악함과 동시에 판타지의 매혹에 빠져드는 일이 어떻게 가능할 것인가? 서로 양립할 수 없는 이 두 목표를 어떻게 결합시킬 것인가? 카프카는 이 엄청난 수수께끼를 해결할 줄 알았다' 고 고견을 피력한다.

소설 장르는 이렇거니와 시 쪽이라고 해서 강 건너 불 보듯 해야만 옳을까? 우리 시가의 전통에도 황진이의 염정艷情과 파인 김동환의 「웃은 죄」 같은 유머가 있지 않았던가? 우리 시단의 그 많은 시인들 가운데 왜 성애와 웃음과 해학이 번득이는 시편을 생산하는, 그러한 독창성과 독자성을 보여주는 시인을 만나기가 어려운가? 이런 독백 끝에 나는 은근슬쩍 한 편을 시작試作해 본다.

아흐렛날이 좋긴 좋을 게야.
저기 보리밭 고랑은
어슴푸레 젖어드는 달빛과
보드랍게 살진 보리며
바다 밑 그저 한 통속일 테니까.
동네방네 떠들썩하게 – 그랬다더라 한들,
휘늘어진 벚꽃이 제풀에 꽃비 단비로 흩뿌려진들.
물색 모르는 사내가 반주그레한 과수댁 옴팡집서

맨걸음에 제 입성만 거머안은 채
코피 쏟으며 줄행랑칠 때도
아흐렛날 야밤이 좋긴 할 게야.
꽃분홍이나 자줏빛이 한가지인 듯,
엎치고 덮친 것도 그게 그것인 듯.

　　　　　　　　　　－「봄밤」 전편

두 개의 낱말

'반주그레하다' – 내가 좋아하는 우리말

나는 어릴 때 친척 아주머니들이 모인 자리쯤에서 "그 처자 얼굴이 반주그레하더니 그예 사단을 냈군" 하고 빈정대는 소리를 들은 적이 있는 것만 같다. 그때 나로서는 억울한 노릇이지만 '사단'이 무엇을 뜻하는지 알 수가 없었다. 하지만 반주그레하다는 말이, 꽤 괜찮아서 어쩔 수 없이 인정할 밖에 없는 의미를 띠긴 하나 적어도 춘향이나 심청이 같은 여자를 두고 쓰는 말이 아닌 줄은 짐작했다.

그리고 나는 성장한 후 이 낱말의 정확한 뜻을 사전에서 찾아볼 필요를 느끼게 되었다. 그에 의하면 '(생김새나 얼굴 모양이) 겉으로 보기에 반반하다'란다. 반반하다는 말은 생김생김이 얌전하고 곱다는 건데 나의 뇌리에 박힌 이미지는 좀 뉘앙스가 다르다. 예컨대, 이광수 「무정」의 선형이는 경성의 재원으로 미모와 덕성을 갖추었지만 반주그레하다는 건 적절치 않고, 채만식 「탁류」의 채봉이는 지방의 시답잖은 집안 처녀로 해맑은 인상이나마 왠지 반주그레한 것 같다는 점에서 그러하다.

무엇보다도 이 말은 어감이 부드럽고 삽상하다. 그냥 듣기에도 느티나 뭇결에 칠을 한 듯이나 윤기가 자르르 흐른다. 게다가 한 꺼풀 벗겨보면 그 속에는 기름기가 찰찰 돈다. 여인이 창포에 머리 감고 나선데 더해 동백기름을 살짝 묻힌 양이다. 그 아니면, 명절 뒤 끝에 시금치 고사리 등속의 나물을 쓸어 넣어 비빔밥을 비빌 때 꼭 들어가는 참기름같이 미각을 홀리는 데가 있다.

이 형용사는 발음상으로 여인네의 내밀한 생활을 엿보게 하는 반짇고리를 연상시키면서 느낌으로는 말 자체에 어쩐지 볼우물이 감도는 성싶다. 한 술 더 떠서 요지부동의 형상같이 근엄함으로 다가오는 게 아니라 뭔가 가망이 있고 친근하여 언젠가 수작을 붙여도 날벼락은 떨어지지 않을 거라는 그런 낱말로 비쳐진다.

아무려나, 그저 풍문에 접하는 반주그레한 여인이 슬쩍 풍기는 냄새는 범상스런 사내 터수로 미상불 들척지근키만 한 걸 어쩌랴. (언젠가 우리말 연구가에 의해 〈우리말의 성性 상징태 사전〉 같은 게 출간될 때 참고가 되길…) 이와 같은 순전히 내 나름의 인식이 나로 하여금 앞 장에서 본 「봄밤」과 같은 시행을 얻게 했다.

'애이꼽다' – 내 고향 사투리

이를테면, 중년 부인이 친면이 있는 손아래 여인에게 인사말삼아 건네는 말쯤으로 여기며 읽어보자.

"보래이(이보게), 그 집에 복이 굴러들어왔다고들 캐쌌대."

복을 들먹이는 건 미상불 덕담일 법하다. 그럼에도 불구하고 복에 대해 다른 관념을 갖고 있는 아낙은 뜨악한 얼굴로,

"그게 뭔 말인데요?"

하고 맹맹한 낯빛을 띤다. 남 잘되는 게 별 서러울 일도 아닌 양 부인이 곧이곧대로 말을 잇는다.

"와이카노? 좋은 일을 갖고. 그 집 시숙媤叔이 물려받은 것에서 지차之次한테 한 무디(몫) 떼 주었다고들 카대."

그 순간, 아낙은 눈을 동그랗게 치뜨든가 눈썹을 세모꼴로 모은다.

"아이고, 전 무슨 말이라꼬. 그것도 소문이라고 났습디까? 참 애이꼽스럽게."

혹은 '그게 한 무디라꼬예. 애이꼽스런 그게요?' 라고 함직도 하다.

이 대화에서 보는 바처럼, 우리 고향(경남 거창)에서 항용 쓰는 〈애이꼽다〉라는 사투리가 어떤 말에 어원을 두고, 또 변한 말인지는 모르겠으나 쓰임새로 볼 때 확연히 냉소적임엔 틀림없다. '너무 적거나 하찮아서 시시하고 신통찮다' 혹은 '잘고 인색하다. 그래서 치사스럽고 다랍다' 는 이기죽림을 적극적으로 표방하기 때문이다.

남정네가 이를 들먹이는 경우는 드물다. 다만 '애이꼽스런' 관념을 어딘가에 붙이고 사는 듯한 여인네들이 분에 차지 않을라치면 동네 다 들어도 상관없는 양 볼멘소리로 내뱉는, ─ 액면 그대로는 정나미 떨어지는 말 같지만 한편으론 어감에 아양이 스멀대기도 하는 면이 없잖아 귀를 씻어낼 정도는 아니겠다.

독서의 흔적

　나는 부지런히 세계명작을 찾아 읽는 편이다. 단지 문학적 교양을 쌓거나 안목을 깊게 하기 위해서라면 그 설명이 미흡하다. 또 독서의 즐거움을 찾아 무성하고 백화난만한 명작의 숲속을 헤집고 다녔다는 대답도 어딘가 석연찮다. 물론 이런 점도 두루 포괄하겠지만 내가 적극적으로 찾아 읽고 많은 시간을 쏟아 부은 데에는 나름대로의 이유가 있다.

　시의 길로 전신을 기울인 후부터 시의 어떤 그루터기, 아니 시 창작의 어떤 가닥이라도 잡아볼까 하는 기대감에서 출발했달 수는 있다. 이즘엔 시를 바라보는 눈이 많이 달라졌지만 이삼십 대만 해도 내 시적 관심은 상당히 관념에 경도되어 있었으며, 따라서 시의 제재를 소설에서 찾아내기도 했었다. 실제로 내 데뷔작 중의 한 편인 「그 순간의 시선이」는 사르트르의 「자유의 길」을 읽고 난 후 나대로의 사색의 한 편린이었다고 말할 수 있다. 「바다 일각」의 이 시행은 레마르크의 「개선문」 중의 한 문장을 빌어 시화한 셈이겠다.

안개 덮인 바다 위로

불빛 휘황한 여객선은 떠나가고

물거품이 악다물다 스러지는 부둣가엔

소금기 찬 바람이

억센 기둥처럼 치받쳐 올랐다.

「개선문」의 주인공 라비크는 베를린종합병원 외과과장으로 나치를 피해 파리로 망명해 온 불법 체류자다. 그가 절망에 빠진 조앙을 구해 취직을 시켜주며 사랑의 감정을 느끼게 되었으나 그녀는 밤무대의 관능에 빠져들고, 그를 사모하며 접근해 왔던 미국의 유한여인 케이트는 암 말기 환자로 귀국선에 오른다.

위 시구에 영감을 준 (케이트가 떠나가는) 바다는 그야말로 고독한 라비크의 내면의 상징이자 탈출구가 막혀버린 떠돌이의 운명을 석명釋明하는 그것이다. 나는 한때 고독이며 절망을 시의 제재로 삼길 좋아한 편이었는데 이 장면이 나의 갈증을 축여주는 듯했다. 내가 세계명작에 남다르게 심취한 데에는 이런 요인도 간과할 수 없으리라.

이렇게 시작된 명작 편력은 진지한 독서에서 대개 그렇듯 먼저 언더라인을 치는 버릇부터 갖게 되었다. 기억력이란 건 참으로 믿을 수 없는 것이어서 인상에 남는 대목일라치면 가령 홀수 페이지의 상단 어디쯤까진 생각이 날만한데, 필요할 때에 그걸 되짚어 보려고 들면 무진 애를 쓰며

끝탕을 치게 마련이다.

더구나 외국인 이름을 외우기란 미상불 쉽지 않다. 한 사람 한 사람 이름도 생소한 터에 그 한 사람을 지칭할 때도 지문과 대화에서 제각각 성과 이름을 혼용하기에 더욱 혼란이 일어난다. 이런 경우가 유독 심한 나라는 호칭에 있어서 유달리 애칭, 혹은 통상 쓰는 일반적인 이름, 더러는 성과 부친 이름까지 합친 정식 명칭을 상용하는 러시아소설에서다.

그래서 외국소설을 읽기 시작하면 등장인물의 이름에 연필로 동그라미를 하고 기억해 두고 싶은 대목에는 밑줄을 긋는다. 그런데 어떤 경우에는 특별히 중요하다고 여기거나 앞으로 활용할 것같이 생각되면 색깔이 있는 볼펜으로 표시를 해둔다. 그런 사례를 들추어보면 이러하다.

①「채털레이 부인의 사랑」– '비 내리는 요란스런 고요 속에서 그는 그녀를 끌어안고선 짧고 날카롭게, 마치 동물처럼 끝내고 말았다.'

②「노인과 바다」– '그러나 그 많은 사람들이 저것을 먹을 가치가 있을까? 없다. … 저 당당하게 행동하는 모습, 저 위엄, 저놈을 먹을 만한 가치가 있는 사람은 하나도 없을 것이다!'

③「인간의 대지」– '우리 밖에 있는 공통된 어떤 목적으로 형제들과 연결됨으로써 비로소 우리는 숨을 쉬는 것이며, 사랑한다는 것은 둘이 서로 마주 들여다보는 것이 아니고 함께 같은 방향을 쳐다보는 것임을 우리는 경험으로 안다.'

①은 묘사 문장의 강렬한 선명성에서, ②는 작가의 사상이 적절하게 반영되었다는 점에서, ③은 에피그램으로 근사하게 느껴져 빨간색 볼펜

으로 밑줄을 친 것으로 추정이 된다.

이렇게 표시를 해둔 문장은 문필을 업으로 삼다시피 하는 나에겐 많은 도움이 된다. ①과 ②같은 문장은 그 작가나 작품을 소개하는 글에서 유효하게 인용이 되고, ③과 같은 문장은 수필류를 쓸 때 더없이 좋은 참고가 된다. 기억력이 신통찮은 사람이라 할지라도 자기가 밑줄을 친 구절까지 못 찾아낼 것인가? 이래서 게으르기만 한 나에게도 이 열성이 마치 부잣집의 곳간처럼 이용되기도 한다.

내가 톨스토이의 「안나 카레니나」를 구입한 시기는 십년 전쯤이다. 그러고도 뭉그적대기만 하였으니, 어쩌면 이토록 뒤늦게 읽게 되었는지 이상할 정도이다. 너무나 아름답고 매혹적이며 심오한 사상을 구현하고 있기 때문이다. 전 8부 중 〈제7부〉의 마지막 부분이 특히 압권이다. 귀부인 안나 카레니나가 청년장교 브론스키 백작과의 열애에 금이 갔음을 알고는 그를 응징하고 세상 사람의 모멸에서 벗어나기 위해 스스로 열차 밑으로 몸을 던지는 장면이 그야말로 하이라이트다. 이 장면을 읽으면서 나는 짝수 홀수 양면에 걸쳐 세 군데에 언더라인을 쳐 놓았다.

읽는 사이에 쇼킹한 장면을 순차적으로, 또는 속도감을 체크하기 위해 밑줄을 그었는지 모른다. 그런 관심이 뒷날 나로 하여금 시 한 편을 얻게 했다. 나는 이 무렵에 「참을 수 없는 존재의 가벼움」으로 인해 「5월에」라 제題한 시를, 칭기즈 아이트마토프의 「백년보다 긴 하루」를 읽은 게 빌미가 되어 「스텝 지역」을 쓴 바 있다. 내 기억이 정확하다면 「안나 카레니나」라 제목을 붙인 시편은 아마도 이 두 편 사이에 썼을 게다.